Виктор Волкер

Салон
«Санта Муэрте»

Чудеса вокруг нас

УДК 821.161.1(477)'06-312.9
В67

Волкер, Виктор.
В67 Салон «Санта Муэрте» / Виктор Волкер. — Киев : СПЭЙС ВАН, 2020.— 263 с.: ил.
ISBN 978-617-95032-9-0

Часто влюбленные говорят, что ради своей любви готовы на все, и так же часто их решимость ограничивается лишь словами...
Но Себастьян доказывает, что готов буквально на ВСЕ, лишь бы сделать любимую счастливой. Даже если противостоять ему будет сама Смерть...

УДК 821.161.1(477)'06-312.9

Все права защищены.
Полное или частичное воспроизведение материалов книги возможно только с письменного согласия правообладателя

© Виктор Волкер, 2020
ISBN 978-617-95032-9-0 © «СПЭЙС ВАН», 2020

Глава 1
Перекресток

У каждого в жизни бывают свои перекрестки.

Чаще всего мы не замечаем их, проносясь мимо, лишь по прошествии времени, возможно, приходит понимание... Иногда мы делаем выбор совершенно сознательно, и зачастую неверное решение превращается в долгое, томительное блуждание по кругу, пока не вернешься к исходной точке, на которой ты повернул не туда. Но бывают и кристально-ясные перекрестки, их можно называть как угодно, вот только уж точно нельзя объехать...

И это был его перекресток.

Он понял все сразу, стоило ему перевести взгляд с унылого пыльного кузова грузовичка, притормозившего перед ним на красный свет, на витиеватую надпись, венчавшую дверь булочной. В тот самый момент дверь распахнулась и на улицу выпорхнула девушка в легком цветастом платье.

Вероятно, все сложилось бы не так, может, абсолютно иначе, если бы она смотрела в другую сторону и, легкой походкой проскользнув мимо, навсегда осталась миражом, призрачным образом на самых задворках памяти…

Однако незнакомка взглянула прямо на него, и глаза их встретились. Всего на секунду… Но этого было достаточно — парень застыл на своем скутере, ошеломленный теплотой добрых, чуть печальных глаз.

Молодой человек как будто увидел всю картину сверху: словно энергии взгляда девушки хватило на то, чтобы он как птица воспарил в небо и навсегда запечатлел в памяти обычный перекресток пыльной городской улицы…

Несколько остановившихся на красный свет машин, гудящий и подрагивающий от жа́ра двигателей воздух, ленивое солнце, неспешно карабкающееся вверх по безоблачному небу мексиканского городка Росарито. Теплый запах асфальта, и еле уловимый бриз близкого океана. Обычное утро рабочего дня, уже успевшее прогреться, но еще не наполненное палящим зноем. Девушка с ярко-карими глазами, длинные темные волосы которой мягкими завитками рассы́пались по спине.

И он сам — неподвижно замерший, как изваяние, верхом на стареньком скутере с кучей коробок пиццы в сетчатом багажнике. Она чуть улыбнулась ему — одними уголками губ, но в тот момент громоздкая белая туша автобуса с пыхтением остановилась рядом, закрыв собой незнакомку.

Наверное, еще никогда в жизни Себастьян не испытывал к автобусам столь сильных эмоций, как в ту растянувшуюся глупую минуту. Лишь когда услышал резкие звуки клаксонов, повернулся, наконец, к светофору: зеленый уже горел, призывая в путь. Позади нарастал возмущенный гул сигналов вперемешку с крепкими словечками, посланными растяпе на никчемном скутере, застопорившему транспортный поток.

Себастьяну ничего не оставалось, как проехать злополучный перекресток, чтобы притормозить сразу же за ним. Он хорошо знал эту часть города: камер наблюдения здесь не было. И хотя парень, не первый год работая развозчиком пиццы у Дона Карло, привык уважать правила дорожного движения — это был особый случай! А ради такого можно и рискнуть...

Тут же приняв решение, Себастьян резко развернулся и ловко вырулил на дорогу с другой стороны улицы, где еще минуту назад стояла прекрасная незнакомка. Но... его ждало горькое разочарование: улица опустела!

Нет, конечно, несколько прохожих там все же было: грузная сеньора неспешно вела за руку крохотную девочку, еще двое молодых парней и какой-то пожилой сеньор. А вот обладательница карих глаз и печальной улыбки бесследно исчезла!

Себастьян обогнул весь маленький квартальчик. Бросив на произвол судьбы ни в чем не повинный мотороллер, забежал в ту самую лавочку, из которой выходила Она.

На вопрос о девушке продавщица лишь удивленно пожала плечами, затем с интересом проводила взглядом растерянного парня: он выглядел так, будто в ту минуту потерял нечто очень важное...

И лишь вновь оказавшись на улице, Себастьян понял: его призрачный шанс ускользнул вместе с прекрасными глазами таинственной незнакомки. Она словно растворилась посреди еще не слишком оживленной в ту пору дня улицы...

«Но что бы я мог сказать, даже если бы подошел к ней, наплевав на светофор и ругань всех вместе взятых водителей? Может, девушка просто рассмеялась бы мне в лицо...»

Воображение Себастьяна тут же нарисовало яркую картину: красавица гордо проходит мимо него прямо к роскошному автомобилю с почтительно распахнутой дверцей... Вздохнув, водитель скутера уныло продолжил свой путь. Безрадостные мысли вертелись в голове одна за другой. Между тем внутренний голос — упрямый до назойливости — твердил: все было бы совсем не так.

Хотя что он знал о ней? Что мог понять об этой девушке, единственный раз случайно встретившись глазами с ней на том перекрестке ранним утром? Почему вообразил, будто она вдруг обратила на него внимание? Скорее всего, просто искала кого-то из знакомых или свой транспорт и машинально скользнула взглядом по парню в бейсболке на дряхлом скутере. Теперь она исчезла, а вместе с ней — повод думать и переживать об этом...

Однако воображение — штука упрямая. Особенно если ты не привык его сдерживать от «витания в облаках». Ведь куда приятней витать в них, чем просто двигаться в многочисленном транспортном потоке. Проснувшиеся жители города суетились и спешили в разные стороны, управляя сотнями автотранспортных средств.

И вот теперь одно из порождений города — развозчик пиццы, выруливая по давно знакомым улицам, мысленно все еще оставался там, на своем перекрестке.

А что, если бы он сам вышел из спортивного авто в дорогом белом костюме? И, попыхивая сигарой, подошел к девушке: «Привет! Может, прокатимся?»

Себастьян почти увидел, как широко и удивленно открылись глаза и в ответ на попытку обнять ее за талию она отвесила нахалу звонкую пощечину, а потом, цокая каблучками, гордо удалилась прочь... Все это вдруг так явно пронеслось перед его внутренним взором, что парень вслух рассмеялся из-за своих мыслей. И едва успел вовремя нажать на тормоза, чтобы не пропустить нужную улицу.

Что это с ним?

Он никогда не считал себя таким уж мечтателем, между тем сегодняшнее событие вдруг стало казаться невероятно значимым, поэтому так неожиданно вытеснило из головы привычные мысли... Себастьяну не хотелось думать о том, что он потерял ту девушку навсегда: это было слишком болезненно. Росарито — маленький городок, но не настолько, чтобы рассчитывать на возможность новой встречи. И все же парень тешил себя мечтами, отчаянно не желая выпускать из головы прекрасный образ...

***

Бо́льшая часть дня пролетела будто во сне: он то и дело возвращался в пиццерию за новыми заказами и все петлял и петлял пыльными улочками Росарито. В послеобеденное время поток заказов прекратился, и теперь молодой человек наконец имел возможность перекусить что-нибудь.

— Что это с тобой, Себастьяно? Не заболел ли? — отметил состояние парня пожилой повар Игнасио: они обедали вместе на тесной душной кухне заведения кусками слегка подгоревшей пиццы (не пропадать же добру!).

Без аппетита глотая свою порцию, Себастьян лишь равнодушно пожал плечами:

— Да нет, все нормально…

Игнасио сердито отряхнул крошки с передника и шумно вздохнул:

Все вам, молодежи, и то не так и это не эдак. А начнете делать чего, так и сил у вас — как у воробья: все какие-то чахлые. Вот во времена нашей молодости мы хоть и пахали как проклятые, но не ходили постоянно такими кислыми…

Себастьян лишь на секунду прикрыл глаза, пытаясь представить, как грузный Игнасио с его объемным пузом «пашет как проклятый». Картинка так и не появилась. Поэтому одним глотком опрокинул в себя уже остывший кофе, поблагодарил за обед, а затем быстренько выбежал из кухни — пока рассказ о бравом поколении молодого когда-то повара не затянулся на часок-другой…

Необычно начавшийся день обещал самый будничный финал, и это почему-то угнетало больше всего. Пусть бы сейчас город накрыло бурей и его транспорт просто сдувало бы с дороги или вдруг образовалась бы огромная дорожная пробка, — наверное, он обрадовался бы любому повороту событий. Но ничего не произошло. Привычные нотации хозяина пиццерии, дона Карло, пришлось выслушивать тоже почти по расписанию: после обеда, перед отправкой уже вечерних заказов. Может, именно поэтому все наставления пролетели мимо ушей развозчика, совсем не цепляя сознание…

К вечеру желающих перекусить кусочком пиццы оказалось много. Себастьяну пришлось повертеться, ведь заказы следовало доставлять еще горячими. Его встречали люди молодые и в возрасте, офисные работники и автомеханики, водители и старшеклассники. Принимали пиццу и расплачивались: с улыбкой или ворчанием, вежливо благодарили, а иногда, забрав коробку и молча сунув деньги, угрюмо хлопали дверью перед самым носом. Это было нормально: за довольно долгое время своей работы он привык ко всякому. И почти не запоминал лиц: заказчики как бы сливались в одну массу — нетерпеливую, голодную, желающую поскорее приступить к поглощению кулинарного шедевра из упаковки «Карло-пицца».

Когда Себастьян доставил последний заказ, городские улицы уже принарядились золотистым светом фонарей и редкими цветными огнями ночных заведений. На том же рабочем скутере парень отправился домой.

Легкий ветерок ерошил его волосы: поздний вечер дышал свежим океанским бризом. Улицы заполонили компании прогуливающихся, люди радовались возможности расслабиться, пропустить стаканчик-другой в ближайшем баре после жаркого дня. Парочки торопились на свидания, а запоздалые работники явно мечтали поскорее оказаться дома.

Город Росарито жил своей обособленной жизнью, далекой от быстрого ритма мегаполисов. Время здесь текло сравнительно плавно и неторопливо. И сейчас, вглядываясь в веселых молодых людей на улицах, Себастьян жалел о том, что у него самого нет друзей, с которыми можно было бы вот так запросто скоротать вечерок.

Да и дома его появления дожидались разве что дедушкины кактусы в разрисованных высоких горшках...

Нет, были, конечно, и у него друзья детства, но теперь у всех своя жизнь, далекая от места, где прошли их беззаботные годы. А обзавестись новыми приятелями Себастьяну так и не довелось...

Он свернул к дому. Узкая улочка посреди рабочего квартала вилась среди небольших одноэтажных строений, окруженных редкой, выгоревшей на солнце зеленью. Выбоины в асфальте были здесь не редкостью, поэтому приходилось ехать осторожно: ведь лишнее сотрясение для его «боевого коня» вполне могло обернуться новым визитом в мастерскую. А это автоматически равнялось еще одной длинной лекции о бережливости — в исполнении дона Карло.

Дом встретил парня настороженным безмолвием и черными окнами. Наконец-то еще один долгий день завершен, и он сможет отдохнуть в тишине…

Вздохнув, Себастьян открыл дверь.

Глава 2
Маленькая тайна

«Это не просто вода, это живая вода», — всплыл вдруг из глубин памяти голос бабушки. Вот она купает его, совсем маленького, и поливает прохладной водой из большого ковша. Взяла ли она эти слова из какого-то оберега или просто из песни — теперь он уже не помнил. Но большая бабушкина ладонь на его вихрастой макушке и ее голос — такие образы почему-то оживали в памяти почти каждый раз, когда из старого проржавевшего душа на его горячее тело начинал падать дождь прохладных капель.

«Это не просто вода, пройдет она всюду и смоет печаль-беду…»

Если бы и вправду все его печали можно было бы так легко, как в детстве, смыть водой из лейки и снять теплой заботливой ладонью!

Но вода и впрямь, наверное, обладала некой животворящей силой: выйдя из душа, он сразу же почувствовал, как усталость сменяется приятным умиротворением.

В холодильник Себастьян заглянул скорей по привычке, прекрасно понимая, что еда вряд ли возникнет там сама собой. Ничего нового в этом месте не предвиделось: разве что слой плесени на случайно несъеденной корочке сыра. Который день подряд он забывал сходить за покупками, надо будет обязательно заняться этим завтра.

А вот кувшинчик с холодным чаем каркаде оказался очень даже кстати. Наполнив объемную чашку, Себастьян отправился на открытую веранду.

Она была совсем небольшой, как и весь дом, вмещающий только две комнатки, кухоньку и ванную. Но для одного человека этого достаточно, и Себастьян пока почти не задумывался о том, хватит ли ему здесь места, когда у него появится своя семья. Если появится...

Соседи жили не в лучших условиях, и при этом многочисленными семействами. Домики стояли вплотную друг к другу, оставляя для дворов так мало места, что там могла разместиться лишь клумба с цветами — если бы кто-то захотел их поливать. Но растительность занимала только совсем пожилых женщин, они бы, конечно, ухаживали за ней.

Одна из таких бабушек — сеньора Ассусенна Бохо, соседка, живущая напротив. Когда-то стены ее домика были окрашены в ярко-оранжевый цвет, а сейчас пожилая сеньора почти перестала выходить на улицу, и сам ее домик, казалось, потускнел и сник вместе с ней.

Внучка Слай проведывала ее каждый день, никогда не задерживаясь надолго: у нее была собственная уже не маленькая семья, и она требовала куда большего внимания, чем тихая старушка. Себастьян и сам нередко приходил к бабушке Ассусенне, ведь, будучи ребенком, частенько бывал у нее в гостях. Вернее — у Слай, с которой они росли вместе.

Сейчас окно сеньоры Ассусенны слабо помигивало вечерним голубоватым светом: похоже, старушка смотрела телевизор.

Резкий крик, раздавшийся как будто совсем рядом, и последовавший за ним пронзительный детский плач прозвучали настолько неожиданно, что парень вздрогнул. Следом послышался звонкий шлепок и рев уже двух детских голосов вперемешку с сердитым женским. Звуки долетали из открытого окна соседей справа. Через минуту к ругани матери добавился еще и недовольный мужской голос. Наверное, шустрые близнецы-шестилетки снова что-то натворили. «Воспитательный процесс» теперь мог затянуться надолго...

Одним глотком допив холодный чай, Себастьян вернулся в дом и закрыл за собой двери. Не зная, чем заняться, он остановил было взгляд на стареньком телевизоре в углу, но тут же передумал включать его. Куда лучшая идея вдруг вернула парню бодрость, и он включил свет во второй комнате, служившей ему одновременно спальней и мастерской.

Не теряя времени, Себастьян сдернул простыню со спрятанного в углу мольберта, а из-под кровати выдвинул ящик с красками. Палитра, кисти... Это была его страсть, его маленькая тайна. Он провел рукой по мягкой рыжеватой щетине кисточки — дедушкиному подарку.

Решительно установив мольберт посреди комнаты, поспешил закрепить на нем небольшой холст. Купленное давно, это полотно уже несколько месяцев ожидало своего часа, но вдохновение все не приходило. Казалось, серые, безликие будни настолько накрыли его своими мутными волнами, что из их глубин невозможно было разглядеть ярких красок настоящей, истинной жизни — нечто, достойное того, чтобы найти отражение на холсте.

Стены его небольшой комнаты с обоями, потерявшими цвет от солнца и времени, украшали многочисленные картины в самых простых рамах или вообще без них. Акварельные и карандашные рисунки, изредка — маленький холстик маслом: единственная роскошь, которую мог позволить себе молодой художник, вынужденный зарабатывать на жизнь доставкой пиццы.

На большей части его картин был изображен океан: суровый и мрачный, покрытый вздымающимися грозными валами под скупым светом луны или пронзительно-голубой с оттенками зеленого, будто смеющийся в лицо ветру и, словно котенок, ласкающийся о берег...

Часто, беря карандаш или кисти, Себастьян понятия не имел, что появится под его рукой минутой позже. Потому что дальше его вело вдохновение, и нередко он мог остановиться лишь глубокой ночью — шатаясь от усталости, но с горящими от удовлетворения глазами. Этот мир художества давал ему то, чего не могли дать тоскливые будни, похожие друг на друга, словно близнецы-братья.

И неважно, насколько хороши или плохи были его картины, он воздавал должное одной из самых главных своих потребностей — жажде творчества.

На какое-то время гложущая тоска отступала, появлялись силы снова барахтаться в серых волнах бесцветных событий — до следующего раза, пока рука опять потянется к карандашу. Тогда все окружающее растворялось в дымке, будто морок, теряя краски. Но эти краски обретал настоящий мир — тот, что расцветал на скромном полотне. Его Мир...

Однако сейчас, приступая к работе, Себастьян уже точно знал, что именно будет рисовать. Образ не отпускал его весь сегодняшний день. Так почему бы не посвятить ему еще и ночь? Никогда не рисуется легче, чем в эту пору дня: прохладный воздух помогает сосредоточиться, а голоса и звуки улицы за окном постепенно стихают, превращаясь в робкую тишину. И тогда такая же тишина остается в сердце, словно после пролитых слез — чистая и глубокая.

Чтобы настроиться на нужный лад, парень включил радиоприемник и поймал любимую волну, где крутили старые и новые песни. Негромкая мелодия заполнила собой комнату, а глаза художника смотрели на белый холст — уже загрунтованный, готовый принять его замысел. Но видел он сейчас не белое полотно холста, а теплые карие глаза, в которых сам не заметишь, как утонешь...

Кончиком карандаша Себастьян коснулся зовущей белизны, вмещающей в себя весь еще не проявленный мир. И будто росток, что пробивается сквозь асфальт, к солнцу и жизни потянулся, расправляя пока только зыбкие тени, новый образ...

Глава 3
Девушка из песни

Когда утром он открыл глаза, в доме уже стояла жара, а солнечные лучи настойчиво пытались проникнуть сквозь опущенные пыльные жалюзи. Он тут же отыскал взглядом свою вчерашнюю картину. Значит, она ему не приснилась.

Сон мигом слетел с ресниц, и художник потянулся к своему творению, касаясь его рукой так осторожно, будто оно могло в любую минуту исчезнуть вместе с остатками сновидений. Его картина.

На уступе залитой солнцем скалы стояла девушка в цветастом платье, задумчиво провожая взглядом облака, пробегающие над ней. Мечтательная улыбка трогала полные губы, нежный овал лица обрамляли волнистые темно-каштановые волосы с теплым отливом. Стройная, гибкая фигура, изящные кисти рук. А карие глаза в сполохах золотистых искр смотрели в небо и казались столь же бездонными...

Да, именно такой он ее и запомнил. И теперь прекрасная незнакомка осталась рядом — хотя бы в виде образа, недостижимого идеала дерзких мечтаний.

Довольный своим творением, Себастьян долго рассматривал картину, отмечая мелкие детали. Она еще требовала доработки: фон пока имел вид легкого наброска, черно-белого пятна среди неожиданно ярких красок. Но самое главное уже прочно выписалось, проявилось, и картина, несмотря на свою незавершенность, выглядела теперь живой. Не зря он почти до самого рассвета трудился над ней как одержимый.

Однако урчание в животе возвращало к реальности, и куча будничных дел требовала внимания, ведь одним искусством сыт не будешь. Вздохнув, Себастьян заставил себя на время отложить любимое занятие. Он знал, что, взяв в руки кисть прямо сейчас, может вновь легко забыть о завтраке, обеде и ужине, вместе взятых. А потом опять и опять выслушивать от Игнасио лекции о никчемных современных молодых людях — совсем не таких, какие бывали в прежние времена...

Обнаружив, что стрелка часов уже пересекла обеденный час, парень занялся необходимыми делами. Немного привел в порядок свое жилище, постирал одежду, сходил в лавку на углу улицы за хлебом и прикупил еще разного съестного.

Наконец-то он пообедал — после благополучно проскользнувшего мимо него завтрака. Лишь потом Себастьян позволил себе снова приняться за картину — пока не погас его творческий азарт.

Он ценил такое свое состояние: ведь если чересчур «передержать» потребность выразить чувство или мысль красками, то желание писать как будто перегорает. Необходимая энергия рассеивается, словно утренний туман, а не родившиеся на холсте образы продолжают беспокоить душу еще очень долго...

Когда работа была окончена, Себастьян вышел на крыльцо, чтобы немного размять затекшую спину. Солнце снова нырнуло за самый край далеких домов. Так происходило всегда: казалось, день за любимой работой пролетал на крылатой колеснице, а за нелюбимым занятием — полз, запряженный десятком самых ленивых улиток...

Тем временем дверь в доме напротив отворилась и на улицу вышла бывшая соседка — статная загорелая темноволосая женщина лет тридцати. Несмотря на уже довольно позднее время, на ней были солнцезащитные очки с широкими стеклами.

— Привет, Слай! — радушно помахал он ей. — А я недавно слышал песню о тебе по радио! — крикнул Себастьян, припомнив, что ночью действительно звучала песня о девушке с таким именем. Слай даже не улыбнулась.

— Да, конечно... Половина этих странных песен — точно обо мне, — буркнула она неожиданно резко и зашагала мимо него, не останавливаясь.

Себастьян недоуменно глядел ей вслед. Парень совсем не обиделся, но такое поведение было несвойственно Слай. Он проследил за тем, как соседка тяжелой походкой перешла улицу, и покачал головой:

Что-то с тобой не так...

Они знали друг друга с самого детства. Девочка была старше на восемь лет, часто возилась с малышом. Подрастая, он привык видеть Слай рядом. Ее красавица-мать больше тридцати лет назад отправилась покорять Мехико... Она вернулась уже с малышкой на руках. Не оставив ей ничего, кроме романтического имени, через некоторое время непутевая мамаша исчезла снова — устраивать свою личную жизнь. И у нее вроде бы это получилось — в каком-то там городе, но для дочери места в новой жизни не нашлось. А Слай так и осталась с родителями матери, которые по мере сил занимались ее воспитанием.

Себастьян помнил свои горькие слезы, когда она выходила замуж. Тогда, будучи мальчишкой десяти лет отроду, он не сомневался, что влюблен в восемнадцатилетнюю девушку — черноглазую и цветущую...

Семейная жизнь, заботы о троих ребятишках и муже с непростым характером со временем превратили ее в нервную женщину, на лице которой лежала печать постоянной усталости. Они с Себастьяном так и остались друзьями, и нередко она забегала к нему — выпить чаю или просто посидеть на крыльце. Они говорили о разных вещах, иногда она тайком жаловалась на свою жизнь... И то, как сейчас ответила ему, наводило на мысль, что у них с Педро опять проблемы.

Ничего, я не обиделся. Подожду, когда ты придешь и сама все расскажешь, — тихо произнес он вслед уходящей Слай, поникшей от свалившихся на нее забот.

Глава 4
Теория невероятности

Ночь не принесла ничего нового. День же встретил его нагретым асфальтом городских улиц и очередными заботами.

Часы тянулись один за другим. Себастьян вновь и вновь возвращался «на базу», как между собой называли развозчики заведения пиццерию «Карло-пицца». Он получал новые адреса и коробки, которые нужно было доставить «полчаса назад», и опять ехал вперед на скрипучем мотороллере. Как обычно, мысли его носились далеко и от горячего дыхания города, и от однообразной работы, и только он сам мог бы ответить, что сейчас действительно беспокоит его.

«Наверное, так живут многие, — думал иногда Себастьян, всматриваясь в лица прохожих. — Все спешат по своим делам, большей частью которых люди занимаются лишь в силу необходимости — чтобы обеспечить себя и свою семью. По-настоящему любить свое дело, каким бы оно ни было, — это, наверное, редкость...»

Развозчик пиццы по роду своей деятельности вхож во многие места. Он встречает множество людей и невольно становится свидетелем различных жизненных сцен.

Себастьян видел, что даже большие начальники в крупных офисах часто не выглядят счастливыми. Они командовали другими, но и сами вынуждены были выполнять свои рутинные обязанности.

Пока что он не встречал поистине счастливого человека, увлеченного своей работой, дающей возможность зарабатывать на жизнь. Впрочем, и сам он не принадлежал к таковым...

Единственное, что немного скрашивало однообразные, унылые обязанности, — езда на мотороллере. Да, конечно, старенький служебный скутер не шел ни в какое сравнение с его прекрасным мотоциклом, оставшимся от отца. Но однажды он пообещал матери больше не прикасаться к нему. И до сих пор держал свое слово. А мотороллер назвать мотоциклом не смогла бы даже мама, ненавидевшая всю эту двухколесную технику, как личных врагов.

Такой легкий обман позволял Себастьяну без угрызений совести ощущать за спиной ветер и слушать шум двигателя, не вдаваясь в подробности, на чем именно передвигается он по сонному от зноя городу...

На сей раз искать нужный адрес пришлось дольше обычного. Табличка с номером почему-то отсутствовала в том месте, где ей положено было быть, а следующий дом по этой стороне улицы располагался уже за небольшим сквером. И хотя в течение полутора лет работы он изъездил свой родной город вдоль и поперек, здесь ему приходилось бывать нечасто. Да и не мудрено: по обе стороны улицы с плохим асфальтом тянулись унылые пятиэтажки, где сдавали самые дешевые квартиры и комнаты во всем Росарито.

Тут жили сплошь работяги, не имевшие средств на пристанище поприличней, и разного рода «темные лошадки», которые предпочитали затеряться на общем фоне. Ни те, ни другие не были постоянными клиентами «Карло-пицца».

Двое темнокожих парней, расположившись просто на бордюре, не без интереса поглядывали на мотороллер Себастьяна.

Сделав еще один круг почета у безымянного дома, он уже начал нервничать. Может, это и нужный ему адрес, но стоит ли оставлять здесь свой транспорт даже на несколько минут? Вряд ли дон Карло будет в восторге, если его работник вернется в пиццерию пешком...

Подтянув скутер к себе, молодой человек приблизился к двери подъезда, игнорируя любопытные взгляды. Как вдруг эта самая дверь распахнулась и...

Он застыл на месте — точно так же, как в первый раз. Но теперь поверить в то, что видел, было еще сложней: теплые ярко-карие глаза незнакомки удивленно вспыхнули светом навстречу ему. Это была та самая девушка!

«Невероятно! — успел подумать Себастьян, пока сердце билось гулко, словно колокол, а ноги сами несли его к ней. — Больше такого подарка судьбы не будет! Теперь или никогда...»

Девушка на секунду остановила на нем взгляд, кажется, в ее глазах мелькнула растерянность. Губы дрогнули в улыбке, и она уже сделала шаг в сторону, чтобы обойти неожиданную преграду. Еще несколько секунд — и немыслимый подарок судьбы будет упущен безвозвратно. Себастьян чувствовал это. Один лишь миг — и больше они никогда не встретятся...

— Здравствуйте! — выкрикнул парень уже почти вдогонку ей.

Девушка не остановилась, но в знак приветствия на ходу кивнула ему головой. А Себастьян продолжал стоять, отчаянно пытаясь придумать что-нибудь эдакое, остроумное — то, что могло послужить поводом для знакомства.

— Поздравляю вас! Вы стали участницей акции от нашей компании! Бесплатная пицца в обмен на номер телефона! — бодро затараторил парень, догоняя девушку. Жестом фокусника он извлек из заплечной сумки коробку. — «Карло-пицца»! Лучшая пицца в городе! И... Я жду номер вашего телефона!

Но едва он с галантным поклоном протянул коробку девушке, как заметил, что улыбка на красивом лице исчезла, а выражение благожелательности сменилось холодной отстраненностью.

— Спасибо. Однако, думаю, вы найдете для своей акции более благодарных клиентов. Я не люблю пиццу.

Он впервые услышал ее голос и сразу же про себя отметил, что звук его напоминает мелодию. Но сейчас в ней звучали резкие нотки.

Отвернувшись, девушка сделала несколько решительных шагов и, обойдя Себастьяна, как досадную помеху, устремилась прочь.

А он остался на месте, чувствуя себя полнейшим идиотом.

— Я тоже... — выдохнул еле слышно.

Незнакомка, вдруг остановившись, вполоборота повернулась к нему.

— Что вы сказали? — так же резко переспросила она.

— Я тоже... Не люблю пиццу... И уличных зазывал терпеть не могу... Простите меня, — поникшим голосом добавил он, уже ни на что не надеясь.

Чувство стыда захлестнуло парня. Себастьян готов был провалиться сквозь землю прямо здесь и сейчас... И, глядя на пыльные носки своих кроссовок, только через некоторое время понял, что девушка все еще не ушла.

Она стояла прямо перед ним и смотрела — теперь уже чуть насмешливо, но с интересом.

— Извините... Я просто не придумал ничего умнее, чтобы познакомиться с вами, — честно признался он, с досадой чувствуя, как нежеланный румянец заливает его щеки цветом спелого помидора.

Вот сейчас она рассмеется, презрительно сверкнет глазами и теперь уже окончательно уйдет, исчезнет, дав незадачливому кавалеру почувствовать, насколько он жалок.

— Вы так всегда знакомитесь с девушками? И что, удачно? — спросила она.

В ее голосе до сих пор слышались насмешливые нотки, но прежней холодности уже не было.

Едва почувствовав эту неуловимую перемену, Себастьян вдруг воспрянул духом, боясь поверить в невозможное.

— Нет, вы первая, — честно сказал он и растерянно улыбнулся.

Что-то странное мелькнуло в ее глазах. Ему показалось, за долю секунды она успела принять какое-то решение, однако еще сомневается в нем.

— Пожалуй, я вам поверю. Иначе ваша «Карло-пицца» уже давно бы разорилась на подобных акциях.

Незнакомка вдруг улыбнулась — совершенно искренне, и Себастьян вмиг почувствовал себя птенцом, выловленным моряками из бушующей бездны штормового океана: таким же беспомощным, жалким, неуклюжим, но... живым.

— Мне правда стыдно, — повторил он снова и развел руками, едва не уронив при этом коробку со злосчастной пиццей.

Растерянность мешала парню придумать еще хотя бы парочку умных фраз, годящихся для поддержания разговора. Девушка видела это и пришла на выручку, сменив тему:

— Вы, наверное, кого-то здесь ищете?

— Да, конечно...

Он только сейчас вспомнил о своей работе, и солнце радости, блеснувшее было на его горизонте, вновь безнадежно закатилось за тучи. Ведь теперь она любезно объяснит ему, куда нужно держать путь, и уйдет, навсегда забыв о незадачливом пищевозе...

— Мне нужен дом номер восемь по улице Каса дель Торо. Я никак не могу его найти.

— Уже нашли, это он и есть. Просто табличку с номером какие-то проказники давно свинтили, а новую повесить так никто и... — махнув рукой, она вновь улыбнулась.

Теперь они вдвоем в одночасье взглянули на подозрительную парочку юнцов на другой стороне двора — те откровенно разглядывали их, переговариваясь между собой.

— Думаю, вам не стоит оставлять здесь мотороллер без присмотра, — негромко сказала девушка. — Хотите, я присмотрю за ним, пока вы доставите заказ?

— Правда? — лицо парня просияло, но лишь на мгновенье. — Однако я... не могу принять вашу помощь: вам одной оставаться тут небезопасно.

Незнакомка опять улыбнулась, на сей раз немного грустно.

— Не думаю, что мне что-то угрожает. Я живу здесь. А местные забияки не причиняют вреда «своим».

— Тогда буду очень признателен. Я быстро! — выкрикнул Себастьян и ринулся в подъезд.

Взлетая вверх полутемной лестничной клеткой, он все еще едва верил своему счастью. Девушка сама предложила ему посторожить мотороллер! Сама! И ее слова — «я живу здесь», произнесенные чуть смущенно, добавили дополнительный глоток надежды. Себастьян боялся, что она принадлежит к богатой семье, — это могло значительно осложнить их знакомство. А тот факт, что живет в таком непопулярном районе, развеял его опасения. Если только красавица не какая-нибудь сбежавшая принцесса...

Себастьян вернулся на грешную землю: богатое воображение часто заводило его слишком далеко. Не раз он страдал от этого, сам себе обещая стать наконец-то «серьезным реалистом». Но стоило ему заметить на горизонте что-то волнующее, как воображение, сорвавшись с привязи, уносилось вскачь необъезженной лошадью...

Грузная сеньора — заказчица пиццы, похоже, целую вечность рылась в своем старом кошельке, сдвинув на нос очки, пока извлекала оттуда купюры — такие же потрепанные жизнью, как и она сама. Наконец набрала всю сумму без сдачи, еще раз придирчиво пересчитала мелочь и пересыпала ее в ладонь Себастьяна.

Спасибо-что-сделали-заказ-в-«Карло-пицца»-обращайтесь-к-нам-еще-до-свидания! — на одном дыхании скороговоркой протараторил он и, приняв деньги без счета, ринулся к выходу. Когда сверху, на восьмом этаже, послышался щелчок захлопывающейся двери, Себастьян уже был на полпути вниз.

Девушка, к превеликому его облегчению, оставалась на месте, рядом с мотороллером.

Очень вам благодарен! — запыхавшийся парень едва успел остановиться, чтобы не налететь на собственный транспорт, чем вызвал новую улыбку темноволосой красавицы. Кажется, его неловкость забавляла ее.

— Собственно, не за что, — девушка пожала плечами. — Этот конь вел себя тихо и не пытался ускакать.

Они стояли напротив, всего в нескольких шагах друг от друга, и такая умопомрачительная близость в очередной раз совершенно смутила Себастьяна. Нужно было сказать хоть что-то связное и остроумное, в конце концов, узнать ее имя... Между тем парень продолжал смотреть на нее. Все слова, похоже, разбежались напрочь, покинув его голову: так бегут крысы с корабля, готового пойти на дно...

Молчание затянулось. Не придумав ничего лучше, он просто протянул руку:

— Себастьян.

— Камилла, — девушка подала руку в ответ и слегка коснулась пальцами его ладони.

В этот миг глаза их встретились. Он с самоубийственной ясностью понял, что вот теперь «попал» уже всерьез. Или сразу — пропал... Но еще одну вещь парень почувствовал столь же четко: до сих пор он никогда не испытывал ничего похожего на эту забивающую дыхание волну, что накрыла его с головой, — от одного взгляда, от одного прикосновения, от звука ее голоса... Волну, способную вознести до невиданных ранее высот. Или поглотить, стереть из реальности, оставив лишь влажный след...

— Может, я мог бы проводить вас? — наконец решился вымолвить Себастьян, когда девушка первой отвела глаза.

— Возможно... Только разве ты... вы...

— Давай на ты? — произнесли они одновременно и так же вместе рассмеялись.

— Ты разве не на работе? — переспросила она.

— О боже! — парень хлопнул себя ладонью по лбу. Рабочее время не закончилось, и у него оставалось еще несколько заказов. — Ты права, — грустно вздохнул он. — Мне нужно доставить эти коробки.

— Я вообще-то тоже сегодня занята, — ответила Камилла и поспешно добавила: — Обещала навестить одну знакомую, она живет тут неподалеку.

Беседуя, они прошли до угла дома и так же синхронно остановились, вопросительно глядя друг на друга. Получается, едва познакомившись, как будто уже договаривались о встрече.

— Может... Встретимся завтра? Погуляем где-нибудь, — ухватился молодой человек за спасительную ниточку, что протянулась между ними.

Камилла секунду подумала.

— Почему бы и нет... Только после работы, — кивнула она.

— Тогда давай завтра вечером. Куда тебе удобно будет прийти?

Она немного смущенно пожала плечами и в этот миг показалась ему еще более милой.

— Не знаю... Я не очень часто гуляю по городу.

— На площади возле кинотеатра «Кале Падре», — неожиданно быстро сориентировался Себастьян. — К семи успеешь? Или заехать за тобой?

Он просто на глазах обретал начисто утраченную было уверенность.

Девушка отрицательно покачала головой, не глядя на него.

— Нет-нет, не стоит. Там недалеко автобусная остановка, и мне добраться будет удобно — так что к семи я вполне успею.

— Тогда увидимся, — выдохнул Себастьян.

Сейчас он яростно ненавидел свою работу, ведь она мешала парню остаться рядом с этим небесным созданием, невероятную встречу с которым подарил ему, наверное, ангел-хранитель, уставший наблюдать за его одиночеством... Но работа есть работа, даже такая унылая, как развозчик пиццы...

— До свидания, Себастьян, — Камилла протянула руку для прощального рукопожатия, и он снова поразился открытости ее жеста.

Девушка вела себя так просто и естественно, словно они были знакомы уже не один месяц и в тот миг расставались ненадолго, как старые друзья, — чтобы потом встретиться опять.

— До свидания.

Он слегка сжал ее пальцы и вновь почувствовал предательскую слабость в ногах.

Что это такое с ним творится?!

К счастью, Камилла не обратила внимания на густой румянец, снова покрывший его щеки, — такое случается с тинейджерами, однако ему уже стукнуло двадцать два. Махнув на прощанье рукой, девушка летящей походкой перешла через улицу и поспешила дальше. Себастьян смотрел ей вслед, пока точеная девичья фигурка не скрылась за мрачным серым зданием. Только тогда он очнулся, казалось, от наваждения.

Реальность обрушилась на него вместе с шумом улицы, и, придя в себя, парень с досадой стукнул кулаком по лбу:

— Какой же я кретин! Я так и не взял номер ее телефона!

Он выкрикнул это настолько громко, что одна старушка, проходя мимо, испуганно отшатнулась в сторону и прибавила шагу.

Себастьян, вздохнув, направился к своему скутеру: теперь уже действительно не оставалось ничего другого, как ехать развозить безнадежно остывшие заказы... К тому же изо всех сил надеяться, что Камилла все-таки придет завтра.

Глава 5
Пирог с мечтой

Девушка быстро шагала по улице, мечтательная улыбка все еще играла на ее губах. Только теперь, отойдя довольно далеко, Камилла позволила себе оглянуться. Конечно, странный парень уже исчез.

Все произошло так быстро: они познакомились, договорились о встрече... Она никогда еще не соглашалась на свидание после нескольких минут общения. Да и, честно говоря, самих свиданий у нее тоже было не так уж много. И вовсе не потому, что не хватало желающих...

Однако молодой человек, которого она встретила сегодня, разительно отличался от всех этих холеных мачо. Что-то в нем угадывалось такое, что заставило ее остановиться, когда он беспомощно опустил руки. Его растерянность и смущение были такими... настоящими! Как и все слова парня — пусть немного нескладные, но искренние.

Да, именно искренность, — тихо повторила Камилла эту мысль вслух. — Именно искренность — вот что отличает его от остальных...

Она свернула в выцветший от солнца двор с несколькими хилыми деревцами у дома и вошла в первый подъезд.

Поднявшись по лестнице на пятый этаж, позвонила в дверь с потрескавшейся краской. Наверное, это деревянное полотно красили столько раз, что первый цвет никто бы уже и не вспомнил.

Только через несколько минут послышались шаркающие шаги. На пороге появилась пожилая женщина с темным, немного одутловатым лицом. Даже при беглом взгляде становилось ясно, что сеньора выглядит нездоровой. Губы женщины шевельнулись в улыбке.

— Камилла, ангел мой, а я уж думала, ты не придешь сегодня...

— Ну как бы я могла забыть о вас, сеньора Мариита? Я ведь пообещала, что зайду и мы с вами приготовим великолепный ужин. Вот, я и продуктов немного с собой прихватила...

— Что бы я без тебя делала? — вздохнула Мария и тяжелыми шагами зашаркала вглубь квартиры.

Камилла пошла за ней в кухню, где оставила свой пакет с покупками. Не успела еще хозяйка крошечной квартирки поудобней устроиться на старом кухонном табурете, как девушка уже порхала рядом — в вытертом клетчатом переднике, с аккуратно убранными в узел волосами.

— Девочка, ну зачем ты снова столько всего накупила? — сеньора Мариита укоризненно покачала головой, однако на ее лице таилась благодушная улыбка, свидетельствующая о том, как приятна старушке такая забота о ней.

— В прошлый раз я обещала вам испечь пирог — и заодно докажу, что ваши уроки домоводства не прошли даром!

Камилла ловко извлекла из пакета кулечки и упаковки с мукой и фруктами. Метнулась к кухонным тумбочкам, достала скалку для теста и большую миску: видно было, что здесь она готовит не впервые.

Пока руки девушки, мелькая, словно диковинные мотыльки, месили тесто, готовили начинку для пирога, смазывали противень — старушка с любовью наблюдала за всеми ее движениями, слушая при этом рассказ о последних городских новостях.

Но и когда пирог отправился на плиту, чтобы тесто немного поднялось, Камилла не остановилась. Она тут же начала мыть посуду и убирать на маленькой кухоньке, где хватало места лишь для небольшой печки, пары подвесных тумбочек и крохотного столика с двумя табуретами, на одном из которых сидела пожилая сеньора.

— А скажи-ка мне, девочка, что такое случилось с тобой? — вдруг, близоруко прищурившись, спросила Мария.

Глаза Камиллы удивленно расширились, отчего стали еще больше. Она с недоумением пожала плечами.

— О чем вы? Со мной все хорошо!

— Ну я же и не говорю, что плохо. Наоборот — ты вся отчего-то сияешь, словно весенняя звездочка.

Щеки девушки вдруг вспыхнули румянцем, и она быстро отвернулась к кухонной раковине.

— Это все вам кажется, сеньора Мариита! Ничего такого я не замечаю...

— Зато мне, старой, все хорошо видно, — улыбнулась Мария. — Расскажи, кто он?

— О ком вы говорите? — Камилла смутилась еще сильнее.

— Ну хорошо, не хочешь — не рассказывай. Если не доверяешь...

Старушка нарочито громко вздохнула, изобразив на лице грусть. Однако в глубине запавших глаз мелькали лукавые искорки.

— Ну что вы... — девушка, кажется, чувствовала себя виноватой. — Ничего такого особенного не произошло... Просто сегодня я познакомилась с одним парнем. Его зовут Себастьян.

— И какой он?

Мария быстро забыла о надуманной обиде и с нетерпением ждала продолжения рассказа.

— Он такой... красивый. Высокий, немного смуглый, темноволосый... И такой забавный! Сперва попытался заговорить со мной развязным тоном... А потом я поняла, что он совсем не умеет знакомиться с девушками и просто повторил глупость из какого-то фильма, — улыбнулась Камилла. — После этого он попросил прощения и стал самим собой...

— И он тебе понравился?

— Да... — девушка опустила глаза, выражение ее лица стало задумчиво-мечтательным. — Мы договорились встретиться завтра после работы.

— Вот и хорошо, девочка! — поддержала ее Мария. — Давно уж надо найти надежного друга, который бы о тебе заботился и стал бы родной душой.

— Найти родную душу непросто, — вздохнула Камилла с грустью.

— Судьба такова, что посылает на долю каждого разные испытания. От нее не уйдешь! Но это же не значит, будто надо закрыться в четырех стенах, отгородив себя от жизни... Вот даже я — совсем уж старая — и то хочу услышать, что в мире делается, поговорить с живым человеком, а не смотреть лишь в эту коробку! — Сеньора Мария сердито кивнула в угол комнаты, где на ветхой тумбочке примостился телевизор. — А если бы не мои больные ноги — хотела бы я взглянуть на того, кто посмел бы удерживать меня дома!

Камилла тоже засмеялась вместе с Марией — она была наслышана о бурной молодости старушки от нее самой. Взглянув на пирог, который уже немного приподнялся на противне, девушка подхватила его, чтобы поставить в духовку.

— Не спеши, — остановила ее старшая подруга. — Я открою тебе один секрет: как сделать, чтобы это был не обычный пирог, а пирог, исполняющий желания!

Камилла посмотрела на нее с удивлением: странные слова, сказанные всерьез торжественным тоном, — все это было очень необычно.

— Меня научила такому приему моя собственная бабушка, и я пользовалась им не раз... Если чего-то очень сильно хочешь, нужно, когда готовишь тесто, сделать в нем небольшую ямку и прошептать туда желание, а потом запечатать ее. А когда пирог будет готов, съесть тот кусочек самой. Тогда твое желание сбудется: ведь оно растет вместе с тестом и обретает тело, появляясь в нашем мире уже не только в качестве мысли. Надо лишь очень сильно хотеть этого — и все обязательно сбудется, — добавила Мария, непроизвольно улыбнувшись: девушка слушала ее так внимательно, будто старшая подруга раскрывала великую тайну вселенной.

Не колеблясь ни секунды, девушка кивнула и повернулась к тесту. Слегка помяв один бок пирога, она наклонилась над ним и быстро прошептала: «Хочу любви — настоящей, искренней. И такой, чтобы до конца моих дней!» Быстро залепила край и украдкой взглянула на Марию: старушка сидела, глядя прямо перед собой. Но сейчас ее близорукие глаза, кажется, видели не убогие стены с давно выцветшими обоями, а нечто совсем иное, доступное только ей одной.

Камилла не стала прерывать разговорами воспоминания сеньоры Марииты. Возможно, это самое яркое и ценное, что осталось у одинокой женщины от ее жизни.

Девушка быстро сунула пирог в духовку и на цыпочках вышла из кухни в комнату, оставив Марию наедине с ее грезами.

Глава 6
Первое свидание

Электронные часы на небольшой площади у кинотеатра «Кале Падре» считались самыми точными в городе. Едва на циферблате мелькнули цифры — 18:01 — как Себастьян, вооруженный букетом, уже стоял на своем посту.

Конечно, он понимал: за час раньше уговоренного срока девушка вряд ли появится, тем более если она заканчивает работу в шесть. Но заставить себя оставаться дома было просто выше его сил.

Ожидание здесь оказалось уже не столь мучительным: каждая следующая минута на тусклом табло приближала его к Камилле. И все же беспокойные мысли постоянно лезли в голову, не давая Себастьяну спокойно ожидать появления девушки своей мечты: «А если не придет?.. Может, она просто посмеялась над тобой, идиотом, и согласилась на свидание, только чтобы ты отцепился от нее со своими глупыми разговорами...»

Стоит ли говорить, что эту ночь он провел почти без сна, и если бы не мольберт и спасительные краски, то вообще мог бы сойти с ума от волнения?

Себастьян в который раз винил себя, ведь не взял у девушки номер телефона, хотя и сам прекрасно понимал, что теперь уже дело не исправишь...

Нервно приглаживая волосы, он опять придирчиво осмотрел букет. Обычные розы, нежно-розовые... А вдруг это слишком примитивно? Может, современные девушки не любят роз?..

«Но сейчас поздно что-либо менять, поэтому успокойся и просто жди...»

Однако чем дольше Себастьян смотрел на букет, тем больше сомнений у него возникало. Что, если на первое свидание не следует приносить цветы? Кто бы ответил? Неплохо бы расспросить об этом Слай, которая в таких делах более сведуща. Но бывшая соседка и закадычная подруга вчера не появлялась.

Еще через десять минут ожидания розовые розы стали казаться Себастьяну совершенно нелепыми. Перейдя улицу, он вошел в маленький скверик и бросил цветы на ближайшую лавочку. Пускай. Так лучше: он выйдет к ней, спокойно улыбнется, поприветствует и возьмет под руку... И никакого букета!

В который раз нервно одернув рубашку, Себастьян опять вернулся на свой пост, поближе к автобусной остановке. Ожидая, попробовал заняться тем, что всматривался в лица случайных прохожих: а вдруг она и в самом деле придет немного пораньше?

Но уже через пять минут он стал ловить себя на том, как краем глаза нервно сторожит ту самую скамейку в скверике через дорогу — там, где оставил свой букет. Что, если его кто-то заберет? И он достанется совсем не Камилле, а какой-нибудь другой девушке... Воображение тут же нарисовало картину: они вдвоем идут в кино, навстречу им — парочка: ловкий мальчишка, подобравший букет, и его девушка — с цветами, купленными для Камиллы... И все потому, что он выбросил розы!

Не дожидаясь подобного исхода, парень снова рванул к скверику и подбежал к скамейке — несчастные цветы до сих пор были там. Он в очередной раз придирчиво оглядел букет: розы как розы, очень даже неплохие...

«Не понравится — выбросит сама», — со вздохом принял решение и опять вернулся на место, не замечая на себе любопытных взглядов отдыхающих.

Наверно, если бы от усиленного внимания кого-то предметы имели свойство нагреваться, то ни в чем не повинные электронные часы на площади давно бы уже оплыли на асфальт грудой истлевшего пластика — настолько пристально глядел на них беспокойный парень с букетом. Особенно когда безразличные цифры сменились с 19:00 на 19:05, а потом и 19:10.

Темная волна отчаянья захлестнула Себастьяна, и краски вокруг словно поблекли, как и ранний, еще солнечный вечер. Единственным пульсирующим цветным пятном остался лишь темный циферблат часов с красными цифрами. А кроме того — автобусная остановка, возле которой ленивый ветер катал взад-вперед бумажный стаканчик из-под кофе...

И когда безжалостные красные цифры показали 19:22, он вдруг услышал за спиной быстрые шаги. Резко обернувшись, едва не столкнулся с Камиллой — взволнованной и запыхавшейся.

— Здравствуй, Себастьян! Прости, пожалуйста, что опоздала: мне пришлось сначала заехать домой, а потом долго ждать автобус...

Глаза девушки были полны искреннего раскаянья, от ее взгляда краски стремительно возвращались в мир с новой силой.

Каштановый блеск волос, светлое легкое платье на изящных плечах, и сияние света, заполняющего собой всю улицу... город... мир... Он стоял и улыбался ей. Мысли вновь предательски разбежались, не оставив ни единого шанса так тщательно отрепетированному красноречию.

— Здравствуй! — только и сумел вымолвить парень.

Как-то обозначить словами свой букет было бы сейчас высшим пилотажем красноречия, на которое он оказался попросту не способен. И поэтому без слов протянул цветы Камилле.

— Какие милые! Спасибо!

Щеки девушки чуть залились румянцем, и от этого она стала еще красивее.

— Может, тебе не нравятся розы? — растерянно пожал плечами он.

— Нравятся, — поспешно заверила его Камилла. — Я вообще люблю цветы, разные.

Себастьян не знал, как продолжить разговор, поэтому девушке пришлось опять прийти ему на помощь.

— Мы еще не опаздываем на сеанс? — напомнила она.

Только теперь он понял, что даже не посмотрел расписание фильмов на сегодня, и поэтому был совершенно не в курсе, какое именно кино они сейчас идут смотреть.

— Я решил, что мы вместе выберем фильм, — на ходу сочинил парень. — А то вдруг наши вкусы не совпадут...

Он осторожно коснулся руки Камиллы. Ее маленькая ладошка доверчиво уместилась в его ладони, и Себастьян испытал настоящее блаженство...

Она не забрала свою руку из его руки — ни в тот момент, когда они торопливо шли по улице, ни позже, когда вместе ступили в прохладное помещение кинотеатра.

Поймав завистливый взгляд какого-то уже не очень молодого мужчины, парень его прекрасно понял: он сам бы тоже завидовал, если бы такое чудесное создание, как Камилла, держало за руку кого-то другого... От нее словно исходил мягкий свет — незримый, но ощутимый всеми вокруг...

Особого выбора в кинотеатре не было: прямо сейчас начинался детектив, а немного позже — комедия. На огромном постере с названием фильма-комедии полуголая девица исполняла на столе непонятный танец: наверное, это должно было выглядеть смешно. Взглянув на плакат, парень и девушка отдали предпочтение детективу — и поспешили занять свои места в полупустом зрительном зале.

Фильм не впечатлил: расследование происходило в Ирландии, в поселке возле болота — такого же унылого, как и само следствие. Немного спас ситуацию лишь актер, блестяще исполнивший главную роль следователя: высокий, эффектный мужчина лет сорока с пышными кудрями и черными усами. Он казался истым воплощением сыщика...

Выбравшись наконец из кинотеатра на уже залитую желтоватым светом фонарей вечернюю улицу, Себастьян и Камилла, смеясь, признали, что досматривали фильм с трудом: лишь для того, чтобы узнать — каким образом детектив найдет настоящего виновного...

Себастьян немного слукавил: он почти совсем не следил за сюжетом, гораздо более интересным было то, что самая прекрасная девушка на свете позволила ему по-прежнему держать ее за руку.

Не забрала она руки и сейчас, когда они уже неспешно брели через тот самый скверик, где пару часов назад томился несчастный букет... Теперь его бережно держала Камилла.

От приглашения в ресторан она вежливо отказалась, но с удовольствием поддержала идею зайти в ближайшую кафешку поесть мороженого.

Время летело словно на крыльях: они ели сладкие холодные шарики, болтали о чем-то, смеялись. В ее компании растерянность Себастьяна улетучилась сама собой, и он снова превратился в себя прежнего — веселого и легкого в общении. Он рассказывал истории, сыпал анекдотами и шутками, и ему казалось, девушке совсем не было с ним скучно — ни в кафе, ни когда они гуляли по улицам Росарито.

Вечерних прохожих становилось все меньше. Все больше вывесок погружалось в темноту, а они, не замечая пролетающих минут, по-прежнему держались за руки и продолжали идти по лабиринтам улиц и улочек, где уже давно дремала ночь.

Камилла опомнилась первой: остановившись, она взглянула на небо, начинающее блекнуть в предчувствии скорого рассвета.

— По-моему, уже поздно...

— И совсем не поздно... Наоборот: еще чуть-чуть — и станет рано, — вздохнул Себастьян: ему вовсе не хотелось покидать девушку. — Наверное, не мешало бы отдохнуть — тебе ведь завтра снова на работу.

— Для меня работа — удовольствие... — улыбнулась она. — А вот тебе действительно стоит выспаться.

— Я отвезу тебя домой, — добавил парень тоном, не терпящим возражений. — Сейчас вызову машину.

Такси пришлось немного подождать. Когда автомобиль наконец прибыл, они, не сговариваясь, устроились на заднем сиденье и всю дорогу сидели рядышком, словно не замечая просторного салона.

— Я могу не уезжать, пока ты проводишь свою девушку, — понимающе кивнул Себастьяну пожилой усатый таксист и с улыбкой подмигнул ему немного сонным глазом.

Парень почувствовал благодарность: оставаться одному ночью в опасном районе города не слишком хотелось. Тем более что с фонарями тут было туговато: лишь один желтый огонек горел на самом углу улицы, возле перекрестка, дворы же, обманчиво пустые, стояли в полной темноте. Только несколько окон тускло светилось где-то на верхних этажах.

Себастьян настоял на том, чтобы проводить Камиллу до самой двери ее квартиры — и не просто из соображений безопасности. Ему хотелось знать, где она живет. Лишь возле самой двери он отпустил ее руку.

— Спасибо за прекрасный вечер, — негромко произнес, глядя ей в глаза.

— И тебе спасибо! Давно я так не отдыхала, — призналась она.

— Хочешь, повторим? Прямо завтра, — предложил он, и угомонившееся было душевное волнение опять накрыло его с новой силой.

А вдруг она, поблагодарив его, скажет, что ей все понравилось, но лучше как-нибудь потом...

— Хорошо, — кивнула Камилла, и у молодого человека отлегло от сердца. — Давай созвонимся завтра. А сейчас — спокойной ночи!

— Спокойной ночи! — эхом промолвил парень.

Сжав теплую ладошку, он поднес ее к своим губам и коснулся нежным поцелуем.

— До завтра...

— До завтра, — прошептала Камилла, потупившись.

Но от его взгляда не мог укрыться ни легкий румянец, зардевшийся на ее щеках, ни блеск глаз, спрятанный под ресницами. Он постоял рядом еще минуту, пока она достала из сумочки ключи, отворила дверь и, улыбнувшись на прощание, скрылась за порогом в темноте. Под дверью мигнула желтая полоска света, и лишь тогда парень нехотя спустился вниз с четвертого этажа... Себастьян ушел, но Камилла застыла у порога, слушая звук его отдаляющихся шагов. Даже когда они затихли, девушка еще некоторое время продолжала стоять так, прислонившись спиной к двери.

«Господи, неужели Ты услышал мои молитвы? Неужели это действительно Твой подарок — любовь, о которой можно лишь мечтать? Любовь, о которой я так молилась... Благодарю Тебя...» — прошептала она, дрожа от переизбытка чувств. Ей казалось сейчас, что еще немного — и за спиной вздрогнут и раскроются белоснежные крылья, способные поднять ее над землей... И унести к счастью.

Вновь и вновь повторяя в молитве слова благодарности, девушка не знала, что идущий по дороге молодой человек думал о том же...

Машина по-прежнему стояла на месте, и, назвав свой адрес, Себастьян устроился рядом с водителем. Конечно, такое средство передвижения, как такси, было для него не самым привычным и не самым дешевым, но сейчас он просто не думал об этом. Пока автомобиль не свернул за угол, парень ловил глазами призрачный огонек из окна на четвертом этаже.

Все это время — весь вечер и добрая часть ночи — казалось невероятным и фантастическим, нереально прекрасным сном. И даже неторопливо шагая к своему дому, Себастьян еще чувствовал себя погруженным в него — в этот сладкий бред, что накрыл его полностью, с головой, не оставляя просвета...

— Созвонимся завтра, — повторял он, словно драгоценное заклинание, которое нельзя забыть, потому что только в нем — волшебный ключ к волшебному завтра. — Созвонимся...

И лишь поворачивая обычный ключ в замке собственной двери, вдруг встрепенулся от ужасной мысли, застонал и больно треснулся лбом о косяк двери.

— Как можно быть таким идиотом?! — выдохнул Себастьян, потирая ушибленный лоб. — Я снова не взял номер ее телефона... Как можно было забыть об этом?! Склеротик...

Тишина дома не ответила ему. Как не ответила и девушка с холста, теперь стоявшего на мольберте напротив его кровати.

Но, несмотря на досадное недовольство собственной забывчивостью, Себастьян все равно ощущал разливающуюся по жилам теплую волну. Наверное, именно так и выглядит счастье.

Глава 7
Чай втроём

Весь день Камилла чувствовала себя как-то странно: окрылённое настроение резко сменялось периодами задумчивости. Слишком стремительно росло в ее сердце новое, неизведанное ранее ощущение: совершенно чужой человек вдруг неожиданно стал частью жизни девушки. И не только жизни: он стал частью ее самой, и ей уже сложно было вообразить Себастьяна отдельно от себя.

Вспоминая их вчерашнюю встречу, девушка вновь и вновь осознавала, что улыбается — мечтательно и безотчетно. Это не укрылось от цепких глаз ее начальницы. Не дожидаясь, пока ей сделают замечание, она сосредоточилась на своих обязанностях.

День тянулся слишком долго. А вечера она ждала со смешанным чувством радости, надежды и опасения.

Себастьян обещал ей позвонить, но о том, что они так и не обменялись номерами телефонов, она вспомнила, лишь когда, стоя у двери, услышала на лестнице его отдаляющиеся шаги.

Кричать ему вслед казалось глупо... Однако сейчас конец дня неуклонно приближался, и гораздо большей глупостью представлялось то, что она не сделала этого.

Что, если она разонравилась ему в их первое свидание? И он вовсе не собирался брать ее номер, а уговор созвониться был всего лишь уловкой — чтобы уйти, не обидев...

Вернувшись домой, Камилла первым делом бросилась наводить порядок в своей крохотной квартирке: ведь теперь он знал ее адрес. И если позвонить он точно не сможет, то прийти к ней домой — единственный способ встретиться.

Уборка не заняла много времени: в комнатке, вся мебель которой вмещала шкаф, кровать, тумбочку и кресло, всегда было чисто. Как и в маленькой кухне, где она готовила себе еду. И все же Камилла смахнула несуществующую пыль и протерла листья огромной монстеры. Шикарное растение, жившее в деревянном бочонке, делило с ней комнату, что служила и гостиной, и спальней.

Больше убирать было нечего, и девушка принялась готовить рагу из овощей с кусочками куриного мяса. А вдруг придется угощать гостя?

Время летело быстро, и блюдо давно уже было приготовлено, а Себастьян так и не появлялся. Пытаясь как-то справиться с тревожными мыслями, Камилла постаралась занять себя чем-то — но сосредоточиться не вышло, и все валилось у нее из рук. Чтобы отвлечься, девушка решила просто спуститься вниз и прогуляться у дома.

На улице привычный зной уже понемногу уступал место струящейся вечерней дымке. В до сих пор жарком дыхании остывающего города запахи камней и асфальта сейчас были ощутимы намного сильнее. Из распахнутых настежь окон домов вырывались звуки включенных телевизоров и ароматы домашней еды. Детские голоса, шум музыки, иногда крики и ругань, смех собирающейся у подъездов молодежи — все это образовало особенную, живую мелодию. Вечерний квартал жил своей жизнью.

«В пустыне одиноких сердец — ни одного дождя, что смыл бы слезы... — донеслось вдруг из окошка проезжающей машины. Женский голос пел на волне радио. — В пустыне одиноких сердец моя душа заблудилась...»

Автомобиль скрылся, и слов уже было не разобрать. Камилла посмотрела ему вслед: в этих строках песни выразилось то настроение, что темной тучей сгущалось на сердце. Ни одного дождя, что смыл бы слезы...

Она грустно склонила голову, и тонкая девичья фигурка на углу улицы возле дома стала казаться еще более потерянной и одинокой. Что толку бродить, если здесь так же тоскливо, как и дома?

На площадке во дворе уже собралась молодежная компания. Три девушки в коротких юбках болтали, сидя на коленях у парней. Стоило Камилле появиться на дорожке, ведущей к дому, их болтовня затихла: они провели соперницу ревнивыми взглядами, заметив, что весь интерес кавалеров сосредоточен теперь на темноволосой красавице.

— Эй, красотка, привет! — крикнул вдруг кто-то из парней, и Камилла, вздрогнув, непроизвольно остановилась.

Она не была в этом районе «своей», хотя и прожила здесь почти четыре года.

До сих пор ничего плохого с ней не происходило — но, вероятно, именно потому, что она старалась не оставлять возможности для сомнительных приключений. Девушка всегда держалась подальше от любых компаний и выходила поздно лишь в случаях крайней необходимости.

Камилла обернулась на голос, показавшийся ей знакомым, и заставила себя приветливо улыбнуться. Один из молодых людей действительно был ее соседом снизу: девушка сразу узнала его широкие плечи и круглое лицо с щетиной на подбородке.

— Здравствуй, Мигель! — поздоровалась она в ответ.

— Присоединяйся к нам! — приветливо махнул рукой парень, но Камилла отрицательно покачала головой.

— Спасибо, у меня еще много дел, а завтра надо рано вставать на работу. А вам — хорошо отдохнуть! — крикнула она через двор и пошла дальше, физически чувствуя спиной колкие взгляды. Одна из девушек что-то негромко сказала парням — раздался дружный гогот. Камилла даже не сомневалась, что и сказанное, и смех относились именно к ней.

На глаза сами собой навернулись слезы обиды. Разве она виновата в том, что должна жить в самом бедном квартале, потому что на другое жилье просто не хватит ее заработка?

Обладая бесценным даром — своей красотой, — она легко могла бы стать любовницей какого-нибудь богатого мужчины, иметь все, что пожелает: дорогие вещи и жилье в престижном районе, — какое-то время, пока не наскучит ему. А затем сменить его на следующего...

«Нет уж, — тихонько всхлипнув, сказала себе девушка, — уж лучше так, чем красивой куклой в чужих руках...»

Вытирая слезы, Камилла поднималась по лестнице к своему жилищу. Она сама не понимала, почему сегодня смех в спину со стороны какой-то компании показался ей таким обидным. Словно долго сдерживаемая горечь разочарования, копившаяся не один год, теперь вырвалась наружу, превратившись в поток соленых капель.

И только близко подойдя к двери собственной квартиры, она увидела неподвижно сидящего возле стены человека, уткнувшегося лицом в колени. Услышав шаги, он вскочил и повернулся к ней. Его лицо оказалось неожиданно бледным, глаза горели странным сухим блеском.

— Прости... Я не взял твой номер. Скутер сегодня сломался, и я должен был ждать, пока заберу его из ремонта. Потому и не смог прийти раньше.

Заметив слезы на глазах Камиллы, Себастьян взволнованно ринулся к девушке.

— Ты... плачешь? Тебя кто-то обидел? Скажи мне! Он растерянно навис над ней, пока она вытирала лицо.

— Нет... Просто... тоскливо стало почему-то. Я решила прогуляться и...

Приблизившись к ней, парень взял ее ладони в свои. В тот момент, когда она посмотрела в его взволнованные, даже испуганные глаза, ей вдруг стало уютно и тепло, как никогда раньше. Он действительно переживал о ней. И ему, похоже, было совершенно безразлично, из какой она семьи, имеет ли деньги и где живет...

Неожиданно Себастьян, обняв девушку за плечи, осторожно, словно хрупкую драгоценность, прижал к себе. Она не оттолкнула его — наоборот, потянулась к нему доверчиво и с благодарностью. Закрыв глаза, двое застыли в робких объятьях, в которых смешались и боль, и нежность, и отчаянная жажда тепла — простого, искреннего, настоящего...

Со скрипом отворилась соседняя дверь. Молодой человек и девушка на площадке, будто опомнившись, отстранились друг от друга.

— Может, ты согласишься прогуляться со мной? — предложил Себастьян, пряча глаза. Этот спонтанный обоюдный порыв ошеломил парня, и ему нужно было время, чтобы опомниться. — Я приготовил тебе сюрприз!

— Хорошо... — пролепетала Камилла.

Кажется, она пребывала в смятении не меньше его самого.

— Тогда собирайся! Мы поедем в гости к моему другу. Только хочу предупредить заранее, что это будет не совсем обычная встреча. Этот мой друг... он особенный. Очень большой друг.

— Ты говоришь загадками... И мне уже интересно! — воскликнула она. — Большой особенный друг...

— Чтобы его увидеть, тебе придется вытерпеть несколько километров дороги, ничего не поделаешь, — развел руками Себастьян, лукаво усмехаясь. — Но зато я уверен, эта встреча тебя не разочарует.

— Тогда я готова!

Все еще загадочно улыбаясь, он взял девушку за руку, и они побежали вниз по ступенькам.

Как оказалось, парень приготовил для Камиллы не один сюрприз. Первый из них поджидал внизу. Заходя в дом, она просто не обратила на него внимания.

— Прошу! — не без гордости кивнул Себастьян в сторону стоящего возле дома большого черного мотоцикла.

Глаза девушки округлились от удивления. Что это?

— Мой железный конь! — удовлетворенно ответил парень. — Надеюсь, ты не боишься скорости?

— Наверное... Даже не знаю, — честно призналась она, с пугливым восторгом рассматривая хромированные детали мотозверя, который, казалось, всем своим видом демонстрировал мощь.

— Я думала, ты ездишь только на скутере...

На лицо Себастьяна набежала тень. Чуть замешкавшись, молодой человек решил отшутиться:

— Ну, если бы я выкладывал все свои козыри сразу, тебе было бы со мной неинтересно! Прошу на борт!

Он протянул Камилле большой черный, под стать транспорту, шлем, а сам запрыгнул на мотоцикл. Девушка послушно надела шлем и слегка опасливо взобралась на сидение за водителем.

— Держись крепче! — предупредил Себастьян. Мотоцикл ожил, задрожал, взревел — и рванул вперед.

Камилла, вцепившись пальцами в куртку Себастьяна, щурясь от ветра и восторга, наблюдала, как проносятся мимо знакомые улицы.

Зверь жаждал скорости. В тихом городе ему было тесно, не хватало воздуха — она ощущала это всем телом, когда на каждом перекрестке Себастьяну приходилось смирять его силой, сдерживать от безудержного бега.

Но стоило городским зданиям остаться за спиной, мотоцикл словно почувствовал второе дыхание: он летел вперед огненной стрелой, с легкостью неся на своей спине двух замерших людей.

Они мчались, все дальше и дальше отдаляясь от города, и яркие отблески светящихся фар ложились на дорогу перед ними, будто выстилая ее золотом.

А потом показался океан. Огромное, затянутое легкой дымкой безбрежное пространство простиралось совсем рядом с трассой — лишь дорожное ограждение и песчаный пляж разделяли их. Вверху дорога разветвлялась: влево уходила едва заметная полоса асфальта. Именно на нее, сбросив скорость, и свернул Себастьян. Проехав еще немного, они остановились в самом конце пути, что огибал громаду каменных валунов, за которой лениво плескалась вода. Маленькая бухточка, отдаленная от центральной трассы выступом каменной гряды, невидимая за ней, оказалась полностью безлюдной.

— Как здесь красиво! — воскликнула Камилла, едва освободившись от не очень удобного шлема.

За их спинами темнели изрезанные ветром камни, белый песок поблескивал под ногами в тающем свете уходящего на покой солнца, а прямо перед ними простирался океан — огромный, многоликий, непостижимый...

Сбросив обувь, парень и девушка побежали по теплому песку к воде. Волна игриво ласкалась у берега, оставляя на нем следы белой пены. Но эта ласковость была обманчивой: в ритмичном дыхании чувствовалась первозданная мощь, способная в любой момент показать свой неукротимый нрав.

— Здравствуй! — поздоровался с океаном Себастьян, ступив несколько шагов по мокрой кромке песка.

И океан словно услышал приветствие: налетевший ветер дружески взъерошил волосы парня, а новая волна тут же подпрыгнула возле берега, окатив его россыпью соленых брызг.

— Это и есть мой друг. — Себастьян повернулся к Камилле, и на лице молодого человека не было улыбки: он выглядел серьезным. — Я же говорил тебе — он очень большой. Конечно, ты сотни раз видела его и заходила в его воды. Однако... Не все знают о том, что он по-настоящему живой. Что у него есть душа и характер. А между тем он тоже умеет чувствовать! Я уверен в этом, потому что... часто приходил сюда раньше, поговорить с ним. Делился своими бедами и радостями — если таковые появлялись... И он всегда отвечал мне.

Себастьян посмотрел на свою спутницу немного смущенно.

— Ты, наверное, думаешь, что я сумасшедший...

Она подошла к нему и нежно взяла за руку.

— Не говори глупостей... Лучше познакомь со своим другом!

— Знакомься, это — Камилла. Самая замечательная девушка на свете, — тихо произнес Себастьян.

Зайдя в океан по щиколотки, они остановились у кромки воды. Молча, взявшись за руки, двое влюбленных наблюдали, как по сверкающей зелени волн расходятся красноватые полосы.

Этот след оставило Солнце — диковинная рыба, решившая нырнуть и осветить собой морское дно...

Себастьян обнял Камиллу за плечи, налетевший ветер смешал их волосы и вздыбил, подобно соленым волнам. Ничего не говоря друг другу, они наслаждались простой и одновременно величественной картиной угасания дня. Они дышали океаном, и его безбрежная сила как будто вливалась в них, наполняя звенящим ощущением вечности...

А дальше были прохладные сумерки и теплый чай из термоса, заботливо прихваченного Себастьяном для своей спутницы. На этом маленьком пикнике отдыхали трое: ведь океан тоже участвовал в их беседе, время от времени вставляя реплики шумом набегающих волн и касаясь ног влюбленных прохладной пеной...

Вечер переливался в ночь, россыпь звезд раскинулась над их головами, слепя бриллиантовым блеском.

Растворяясь во всем этом великолепии, ощущая биение сердца человека, неожиданно ставшего близким, Камилла подумала, что очутилась в какой-то чудесной сказке — настолько нереально волшебным было все происходящее...

— Мне кажется, мы попали в сказку, — эхом отозвался на ее мысли Себастьян.

— И лучше бы она никогда не кончалась... — прошептала девушка.

Он взглянул в ее глаза: в их темной глубине отражался звездный свет. Не в силах бороться с нахлынувшим наваждением, парень, осторожно потянувшись к губам Камиллы, коснулся их легким поцелуем. Она не отстранилась и не отвела взгляда. Бесконечно долгая доля секунды укутала их горячей тишиной, прежде чем девушка ответила — робко, неумело, наивно и доверчиво...

Океан словно засмущался: он неожиданно притих. А может, для влюбленных на берегу просто перестало существовать что-либо иное, кроме теплых касаний губ, нежного переплетения пальцев и неровного дыхания друг друга?

Третий скромно ждал, не мешая, пока двое очнутся от пьянящего головокружения первых поцелуев и опять обратят на него внимание, принявшись бродить по самой кромке воды, оставляя цепочки следов на прохладном влажном песке...

Рассвет раскрасил румянцем дальнюю полоску горизонта, океан же, будто проснувшись, резвился шаловливо, с грохотом разбивая пенные валы о каменистую гряду у берега. И лишь тогда парень и девушка очнулись от наваждения.

За все это время они сказали друг другу не так много слов: похоже, океан научил их общению без излишних хитросплетений звуков. По улыбке, взгляду, жесту они понимали друг друга — так, словно Себастьян был продолжением Камиллы и наоборот.

Взглянув на восходящее солнце, влюбленные обменялись немного грустными улыбками: волшебная ночь закончилась. Взявшись за руки, они направились в сторону скалы в начале пляжа — там давно скучал оставленный ими большой черный мотоцикл.

А возвращаясь в город по влажной, дремлющей в предутренних светлых сумерках дороге, Себастьян и Камилла уже не сомневались: разлучиться теперь — немыслимо...

— Я заеду за тобой завтра, — пообещал он у дверей ее дома, держа в руках теплую девичью ладошку.

— Я буду ждать, — в свою очередь пообещала Камилла. Задержав на ней взгляд, парень с трудом пересилил себя, чтобы снова не впасть в сладкое забытье, как жадная пчела, не успевшая насытиться нектаром ее губ... — Иди... Может, успеешь немного поспать. Ведь завтра... нет, уже сегодня — на работу.

— И тебе тоже. Езжай, хоть полчаса отдохнешь...

Сто раз останавливаясь и оглядываясь, они наконец расстались — чтобы, конечно же, не спать, а прокручивать в памяти, как прекрасную киноленту, восхитительно-радостные моменты прошедшего вечера... ночи...

И уже ждать следующих...

Глава 8
Новая знакомая

Если бы кому-нибудь пришло в голову назвать-таки любовь заболеванием, то оказалось бы, что с симптомами этой болезни знаком каждый. По ним несложно определить этот странный недуг и у других: бессонница, неровный сердечный ритм, забывчивость, эйфория — когда влюбленные рядом, и тяжелая депрессия — когда им приходится разлучаться...

Очень скоро все симптомы коварной болезни пришлось испытать на себе двоим — тем, кто до сих пор лишь мечтал о чем-то подобном. И, конечно же, ни за какие мыслимые и немыслимые блага они не хотели бы излечиться! Ведь что может быть прекраснее ощущения невесомости, полета в облаках, головокружительной легкости, когда хочется обнять весь мир...

Теперь вся жизнь «до Камиллы» стала казаться Себастьяну лишь предисловием, бесцветным и нудным вступлением к главе жизни настоящей, живой, изобилующей яркими ощущениями и красками. Словно и не было пустых одиноких вечеров наедине с собственными мечтами и мыслями, словно его сердце всегда стремилось быть рядом с той единственной, без которой теперь больше ничто не имело значения.

Ему тяжело давались даже несколько часов без нее — время начинало тянуться медленно, как будто издеваясь. Рядом же с любимой оно неслось с бешеной скоростью: не успеешь оглянуться, а уже рассвет занимается над головами, и нужно хоть немного заставить себя поспать, чтобы потом на работе не падать с ног от усталости.

А Камилла парила как на крыльях. Все, кто знал ее, не могли не заметить этой перемены. Слишком уж явно светились счастьем ее глаза, делая девушку еще красивее.

Не так много времени прошло с той самой первой встречи на шумном городском перекрестке, но думать о себе отдельно от Себастьяна она уже разучилась. Отныне все ночи напролет девушка проводила рядом со своим возлюбленным. На океанском берегу, на городских улицах — везде они были вместе. Даже в магазин за мелкими покупками выходили, держась за руки, и радость не переставала сиять на их лицах…

Расставаясь ранним утром, они уже ждали новой встречи. И с памятной прогулки к океану ни одного дня, проведенного врозь, у них не было.

Этот вечер не стал исключением. Едва Камилла успела переодеться и слегка привести себя в порядок, как черный бок мотоцикла сверкнул на солнце перед ее окнами.

С радостно колотящимся сердцем она вылетела прочь из квартиры навстречу любимому.

Торопливый поцелуй — и девушка, легко запрыгнув на мотоцикл позади Себастьяна, нежно обхватила его за талию. Она даже не спросила, куда они отправятся сегодня: ведь какое, в сущности, это имело значение?

Мотозверь заревел в радостном предвкушении скорости. Они помчались по улицам вечернего города, пока что не остывшего от знойного дыхания дня, догоняя свою собственную тень впереди. Светофоры как будто понимали, что никаких задержек тут быть не должно, и давали зеленую дорогу. Черный мотоцикл нес своих всадников, ловко обходя автомобили. Прохожие глазами провожали красивую пару на мощном железном звере…

В этот раз мотоцикл остановился на окраине города, на тихой улочке, где теснились друг возле друга небольшие старенькие домики. Здешние постройки напоминали о не столь далеком, но прочно обустроившемся в этой местности прошлом. Само время, наверное, замедляло тут свой бег, и даже полосатые коты передвигались по узкой пыльной улице с характерной ленцой — словно здесь никто никуда не спешил.

Камилла заинтересованно оглядывалась по сторонам — местность была для нее совсем незнакомой.

— Где мы? — спросила наконец девушка, снимая с головы шлем и спускаясь с мотоцикла.

Себастьян последовал ее примеру: кажется, и он больше никуда не спешил, подпав под общее состояние медлительного спокойствия.

— На моей улице. Сегодня мы идем в гости ко мне, — улыбнулся парень, беря Камиллу за руку.

— И который из них — твой дом?

— А ты угадай!

Девушка огляделась по сторонам, минутку подумала и решительно указала пальцем в сторону притихшего домика с низким неровным заборчиком и грустным, запыленным окном, глядевшим на дорогу:

— Этот!

— Нет, это дом моей соседки, сеньоры Ассусенны. Когда-то я дружил с ее внучкой. А мой — немного дальше, — Себастьян махнул рукой через дорогу.

Указанный им домишко не сильно отличался от предыдущего — такой же невысокий, с покатой, выгоревшей на солнце крышей. Между тем выглядел он куда более ухоженно: свежей краской лоснились простые деревянные двери, оконные рамы были выкрашены в ярко-голубой цвет, что делало весь внешний облик дома наряднее. Но самым заметным украшением были плети буйно разросшегося дикого винограда: его длинные ветви с ярко-зеленой узорчатой листвой густо оплели стену, забравшись даже на крышу; другая их часть зеленым водопадом свисала с невысокого забора, отделявшего крохотный дворик от соседского.

— Как красиво! — не удержалась от восхищенного возгласа девушка. — Кто так ухаживает за этой зеленью, что она чувствует себя здесь по-королевски?

— Если честно — никто за ней не ухаживает, — признался Себастьян. — Этот виноград растёт сам, как ему заблагорассудится. На самом деле он уже очень старый — хотя по его внешнему виду и не скажешь. Но если бы я его не обреза́л, он бы уже давно заплёл весь дом полностью, и тогда внутрь надо было бы проникать через окно.

Парень оставил мотоцикл во дворе, поднялся на скрипучее дощатое крыльцо и достал из кармана ключ.

— Прошу!

Он распахнул перед девушкой дверь. Камилла, заинтересованно оглядываясь, ступила на порог.

Но не успел Себастьян закрыть за собой дверь, как знакомый голос во дворе заставил его обернуться.

— Себастьяно, привет! Ты не очень занят?

Не спрашивая разрешения, бывшая соседка уже открывала хлипенькую калитку, а через две секунды стояла рядом с парнем, довольно улыбаясь.

— Я как раз вспоминала о тебе и решила зайти проведать, — затараторила Слай, протискиваясь мимо соседа в узенький коридорчик. — Ой, у тебя гости! Я, наверное, не вовремя...

Женщина хитро блеснула глазами, изображая раскаянье, как будто кто-то мог поверить, что она только теперь заметила Камиллу.

Однако Себастьян слишком хорошо знал свою давнюю подругу. Он лишь улыбнулся её простоватой бесцеремонности. Друзьям позволено многое...

— Проходи, Слай, ты нисколько не помешаешь. Я познакомлю тебя с Камиллой.

Между тем бойкая соседка не слишком-то дожидалась, пока её представят. Направившись к девушке, она первой протянула ей руку и звонко чмокнула в щёчку, словно знала её сто лет.

— Привет! Я — Слай, подруга этого разгильдяя... А ты, как я поняла, Камилла?

— Да. Очень приятно, — Камилла улыбнулась новой знакомой, которая сразу же окинула её внимательным оценивающим взглядом и, кажется, осталась довольна.

— А ты красотка! — выпалила Слай, нисколько не смущаясь. — Молодец, что отхватил себе такую красавицу! — обернулась она уже к Себастьяну.

— Девочки — на кухню! Сейчас я приготовлю нам холодный чай, — засмеялся парень, подхватывая обеих под руки.

Усевшись на кухне за опрятным маленьким столом, Камилла наконец смогла как следует рассмотреть Слай. Та была крупной женщиной лет тридцати, хорошо сложенной, несмотря на пышные формы. Ее красивые черные волосы, собранные на затылке в большую буклю, оттеняли цвет лица, делая его еще более смуглым. Такие же черные глаза на живом, подвижном лице завершали образ. И хотя красавицей Слай она бы не назвала, все же привлекательности той было не занимать. Не портило впечатления ни ее простое, уже немного заношенное платье, ни тонкая полоска возле правого глаза, до сих пор отливавшая фиолетовым.

Эта полоска не укрылась и от внимания Себастьяна. Перехватив его взгляд, Слай качнула головой и указала пальцем на свой глаз.

— Понял теперь, почему я в очках ходила? И ты... это... не сердись, что я на тебя тогда нарычала, ну, при последней встрече. Ты что-то говорил... но я была совсем не в настроении, чтобы слушать тебя.

— Да какие обиды, Слай! — отмахнулся Себастьян. — Мы же никогда всерьез не ссоримся. Только эти твои... — он прервал свою речь, стараясь подобрать более деликатные слова.

Между тем Слай не особенно нуждалась в деликатности.

— Мой муженек снова стал распускать руки! Может, мне следовало бы смолчать. Но как молчать, если он опять явился домой, шатаясь, без единого песо в кармане — все просадил со своими дружками! Я ему: «Ты о детях подумал? Что они завтра есть будут?» А он... Эх, — Слай лишь обреченно махнула рукой, отворачиваясь. — Тут и говорить не о чем. Все они, мужики эти... Но Себастьян не такой! — вдруг обернулась женщина к Камилле, которая на время просто лишилась дара речи от бесхитростных и горестных откровений соседки возлюбленного. — Он женщину обижать не станет! Он даже, знаешь, — она вдруг захихикала, словно за секунду успела забыть о своих горьких рассуждениях, — даже пауков не убивает! Я захожу как-то, а Себастьян с тряпкой на крыльцо вышел, и там эту тряпку трясет! Я ему: «Что ты делаешь?» А он мне: «Да вот, паутину снял в углу, а теперь паучка вытряхиваю…»

Но Камилла не могла, как Слай, так быстро менять свое настроение и ход мыслей.

— Извините… — тихо произнесла девушка. — Вероятно, это не мое дело… Но почему вы… не уйдете от него?

Сидящая напротив женщина тягостно вздохнула.

— А карапузов мне моих куда девать? Разве я вытяну их на одной своей шее? А Педро… Он — паразит, конечно, и подраться может… И все же, когда не пьет, заработанное домой приносит, как-никак легче вдвоем… Вот и бабуля слегла, мне к ней часто наведываться надо, и приготовить, и купить там чего… Так мне хоть детей есть на кого оставить. Ну и вообще… не все так плохо: я ведь и сдачи дать могу!

Слай воинственно потрясла в воздухе кулаком, чем вызвала у Камиллы улыбку. Несмотря на серьезные проблемы, эта женщина умудрялась оставаться настоящим образцом жизнелюбия и оптимизма.

— Ой, что ж это я!.. Я ведь с собой печенье принесла — как будто знала, что к тебе зайду, Себастьян, — подхватилась Слай и, покопавшись в своей необъятной сумке, достала оттуда пакет с печеньем. — У бабушки все равно зубов на него нет, — добавила она, вручая пакет Себастьяну.

Парень уже успел разлить напиток в разрисованные глиняные кружки и поставить перед девушками тарелочку с пирожными — видимо, припасенными заранее.

— Ой, мои любимые «солнышки»! — всплеснула руками Слай.

Она тут же подхватила с тарелочки одно маленькое круглое пирожное, покрытое золотистой крошкой, и с видимым удовольствием бросила себе в рот.

Добавив к угощениям печенье Слай, Себастьян на минуту отлучился — надо было принести еще один табурет. Вернувшись, застал Камиллу от души смеющейся над какой-то шуткой Слай.

Они больше не касались грустных тем, наоборот, рассказывали по очереди веселые истории, приключившиеся с ними или с кем-то из знакомых.

Себастьян с удовольствием отметил, что Камилла, ко всему прочему, оказалась прекрасной рассказчицей. Она так изящно вела нить своего повествования, что не заслушаться было просто невозможно. В отличие от грубоватых шуток Слай, ее истории выглядели куда изысканней, часто завершаясь неожиданным финалом.

Слай иногда исподтишка хитро поглядывала на своего друга. От ее опытного взора, конечно же, не укрылось, с каким восхищением тот смотрит на свою девушку.

За общением и весельем время пролетело незаметно. Первой опомнилась Слай, когда коротенькая толстая стрелка часов прочно обосновалась на отметке 11, а худая и тонкая почти вплотную подкралась к ней.

— Ой, сколько это уже времени? Это ж надо — так засидеться! — подхватилась женщина и тут же торопливо вскочила с табуретки. — А я еще и мобильный забыть умудрилась! Педро там уже, наверное, злой, как лев, бегает!

— Постой, Слай, давай я тебя провезу! — предложил Себастьян, тоже поднимаясь из-за стола. — Так будет надежнее.

— А может, еще и подбросишь? Чтобы Педро уже наверняка гонялся за мной и тобой, — насмешливо приподняла бровь Слай. — Да и скутер твой несчастный в пыль развалится, если я на него запрыгну!

— Вообще-то могу и на мотоцикле, — поправил ее Себастьян, отчего Слай изумленно открыла рот.

— На мотоцикле? Ты снова ездишь на нем?

Парень не ответил, бросил быстрый взгляд на Камиллу, взял Слай под локоть и потащил ее к выходу.

— Пока ты вот так рассуждаешь, время проходит! Мы могли уже быть на полпути к твоему ревнивому муженьку... Кстати, ко мне он тебя не ревнует.

— Наверное, к тебе единственному, — пробормотала Слай себе под нос и шумно вздохнула.

— Камилла, я быстро провожу Слай. Она тут недалеко живет.

Он с беспокойством взглянул на девушку, боясь, что та обидится, но Камилла только махнула рукой.

— Конечно, идите! Я тебя подожду здесь...

— Вот уж недотепа, не дал нам с Камиллой даже попрощаться! — вдруг заявила Слай, резко развернулась и ринулась к девушке. Она еще раз звучно чмокнула ее в щеку — совсем уже по-свойски. — Приятно было познакомиться, Камилла. Я рада... за вас двоих.

— Я тоже рада, Слай. Думаю, еще увидимся!

— Обязательно! — голос Слай доносился теперь со двора, где ее ждал Себастьян. — Пока!

Но вдруг все утихло, и неожиданно нахлынувшая тишина показалась девушке некомфортной — особенно после шумной компании бывшей соседки Себастьяна.

Закрыв входную дверь, Камилла прошла на кухню, убрала посуду и вытерла стол.

Глядя на россыпь голубоватых и желтых огоньков, выплескивающихся на улицу из окон соседских домов, она вдруг задумалась: а каково было бы жить в этом маленьком домике вместе с Себастьяном?

Послушное воображение живо нарисовало ей мирную картину: вот они вместе ужинают, а затем пьют чай на крыльце, до половины скрытом ветвями дикого винограда. Уходят вдвоем на работу, а вечером снова спешат вернуться сюда... Все это казалось таким простым, таким естественным, словно и не могло быть никак иначе...

Она оставила кухню и перешла в маленькую прихожую, вся обстановка которой состояла из нескольких кресел, небольшого диванчика и полок, уставленных книгами и безделушками.

Единственная дверь, ведущая в другую комнату, оставалась закрытой. Камилла нерешительно постояла у нее, но любопытство взяло верх: осторожно потянув за ручку, девушка приоткрыла дверь и заглянула внутрь.

Она готова была увидеть холостяцкий беспорядок, однако приятно удивилась, обнаружив, что таинственная комната — чистая спальня с аккуратно убранной постелью.

Бегло осмотрев помещение, Камилла уже хотела закрыть дверь, когда взгляд ее привлек неожиданный предмет — высокий мольберт со стоящим на нем полотном. Не удержавшись, она подошла ближе. Скупого света, льющегося из прихожей, было достаточно, чтобы разглядеть полотно — законченную картину. Стоящая в центре девушка в цветастом платье казалась странно знакомой... От неожиданности и восхищения Камилла замерла перед картиной: это была она сама — только, возможно, еще красивее!

Одухотворенное лицо, чувственный изгиб губ, полуприкрытые черными ресницами глаза и таинственная улыбка...

— Это я? Но... как? Неужели ты еще и художник, Себастьян? — прошептала она, обращаясь к невидимому собеседнику. — И даже не просто художник...

Скрип калитки по ту сторону окна прервал ее размышления. Чтобы не быть уличенной в подглядывании, Камилла тут же выскочила из спальни и прикрыла за собой дверь. Если художник захочет, он сам покажет ей свое творение...

Но у Себастьяна были другие планы.

— Едем кататься? Наконец-то на улицах прохладно и меньше машин. Самое время! — выпалил он, едва переступив порог.

Камилла, согласно кивнув, вышла ему навстречу.

— Ну и как тебе Слай? Она, конечно, своеобразная...

— Зато прямая и открытая, — улыбнулась девушка, вспомнив новую знакомую. — По-моему, она замечательная. И такая непосредственная...

— Да уж, с ней не соскучишься, — согласился Себастьян. — Она сродни явлению природы: Слай можно любить или нет, но повлиять на нее так же нереально, как на дождь или ветер.

Между тем хваленой непосредственности Слай явно не хватало Камилле: бросив короткий взгляд на закрытую дверь комнаты, она так и не призналась Себастьяну, что видела его картину.

— Ты ей тоже очень понравилась, — продолжал рассказывать он, уже направляясь к железному другу, ожидающему наездников. — «Смотри, не проморгай такую девушку!» — вот что она мне сказала на прощанье. Да, и еще одно — Слай спросила меня, где ты работаешь, и, к своему стыду, я не знал, что ответить.

Камилла уже собиралась надеть шлем, но на секунду повременила с этим:

— В одном салоне, я — визажист. Я люблю свою работу... Если захочешь — как-нибудь расскажу тебе. Только потом.

— Ладно, — легко согласился Себастьян, устраиваясь за рулем.

— Подожди, я тоже хотела спросить, — остановила его Камилла. — Почему так удивилась Слай, узнав, что ты ездишь на мотоцикле? Ты попадал в аварию?

— Нет, — Себастьян решительно покачал головой. — Ничего такого со мной не было... — Он умолк на время, размышляя, стоит ли продолжать эту не самую приятную для него тему, но потом нашелся с ответом: — Когда-нибудь я тоже тебе расскажу. Это произошло давно, и я даже почти забыл обо всем...

Его последние слова не были правдой, но расскажи он все прямо сейчас, начать волноваться могла бы уже она, а ему так этого не хотелось! Особенно после того, как удалось совместить воедино две своих любви: лететь, рассекая воздух, чувствуя под собой радостную силу мотозверя, и в то же время ощущать спиной тепло любимой девушки. Что может быть прекраснее? И стоит ли отказываться от этого? Камилла, кивнув в ответ на его обещание открыть ей как-нибудь свою тайну, приняла предложение совершить очередную ночную прогулку. Скрыв вздох облегчения, Себастьян повернул ключ в замке зажигания, и верный «конь», мигом проснувшись, задрожал в предчувствии дороги.

Они спустились вниз по улице, набирая скорость. Девушка едва успела проводить взглядом опустевший домик, украшенный побегами дикого винограда.

Глава 9
Затмение

Тот выходной они решили провести за городом. Только вдвоем — больше никто в целом мире не был им нужен. Ведь что может быть лучше уединенного пикника на берегу океана?

С самого утра молодая пара отправилась на уже полюбившийся им отдаленный пляж, надежно скрытый от любопытных глаз каменистой грядой. Рассмотреть с дороги это красивое место было невозможно, со стороны океана его могли увидеть разве что случайно заплывшие сюда серферы — любители крутых волн.

Поэтому никто не мешал Себастьяну и Камилле провести почти целый день вместе, вдали от надоевшей городской суеты. Дав себе волю, они, словно дети, носились по берегу, брызгались и дурачились. И, конечно же, ныряли и качались на игривых волнах дружелюбной стихии.

Вволю накупавшись, устроились отдыхать на покрывале, заботливо припасенном Себастьяном. От жаркого солнца их защищал нависающий утес — его морщинистая каменная кожа поблескивала крупинками соли.

Любуясь игрой солнечных бликов на зеленой воде, они лениво наблюдали за далекими фигурками четырех серфингистов, пытавшихся оседлать могучие валы. Некоторым это удавалось, и счастливчики неслись по гребню волны, как по снежной горе.

Другие, менее умелые, чаще падали, чем достигали успеха, но вновь и вновь возвращались к своей охоте за бурунами.

— Возможно, эти люди приехали издалека за нашими волнами, — задумчиво произнесла Камилла. — Я читала об одной девушке, которая жила в стране, где было много снега. И мечтала прокатиться на гребне волны в теплом океане. Она грезила Мексикой... И осталась здесь. А вот мы живем в этой мечте почти всю жизнь — рядом с океаном, и относимся к нему, как к чему-то привычному и будничному. Тому, что никуда от нас не денется.

— Ну, та девушка, наверное, тоже не думала о снеге на своей родине, как о чем-то чудесном, — пожал плечами Себастьян.

— А мне бы хотелось увидеть снег, — мечтательно протянула Камилла. — Такой белый, пушистый, мягкий...

— Снег — это просто замерзшая вода!

— Но насколько было бы чудесно прикоснуться к такой замерзшей белоснежной воде! И бросаться ею друг в друга, как в фильмах о северных странах.

— Вероятно, мы тоже когда-нибудь сможем отправиться путешествовать в такую страну, — осторожно произнес парень. — Ведь мечты могут осуществиться, если желать чего-то очень сильно...

— Да, ты прав. Если очень-очень мечтаешь о чем-то, это обязательно сбывается, — тихо сказала девушка, нежно глядя на Себастьяна. — Но еще важнее — ценить и быть благодарным за все то прекрасное, что у тебя есть.

— И за тех, кто стал для нас чудом... — прошептал Себастьян.

Их губы встретились, остальные же чудеса мира на время померкли...

Уставшие, но довольные, влюбленные решили вернуться домой еще засветло, чтобы провести остаток дня в кинотеатре или просто гуляя по городу. Впрочем, как для него, так и для нее уже не имело значения, где именно они будут находиться и чем заниматься, — лишь бы подольше оставаться вместе.

Блестящей черной лентой ложилась под колеса дорога, а солнечный день переливался всеми красками: голубизной дрожало марево прогретого воздуха, яркими пятнами проносились мимо машины, и чистым золотом сиял высоко вверху желто-оранжевый диск неизменного светила. Запах теплого асфальта неожиданно сменялся свежим соленым бризом, когда ветер налетал со стороны все еще близкого океана...

Склонив голову на плечо Себастьяну, Камилла рассматривала плывущие впереди облака, они напоминали ей неповоротливых, ленивых рыб. Повинуясь неожиданному порыву, девушка вдруг быстро стянула с головы шлем и подставила улыбающееся лицо струям теплого воздуха. Какое же это все-таки блаженство — ощутить себя почти что птицей, летящей через зыбкое марево!

Резкий свист тормозов идущего впереди грузовика прозвучал настолько внезапно, словно был вообще не из этой красочной и доброй реальности. Он казался вскриком, долетевшим из другого, тревожного и чужого мира... Неведомая сила вдруг круто развернула грузовик поперек дороги и бросила его в сторону мчащегося по крайней левой полосе мотоцикла. Пытаясь уйти от столкновения, Себастьян затормозил так же резко — и, отчаянно вильнув на дороге, их мотоцикл вылетел на обочину...

Мир вокруг перевернулся, а земля оглушила ударом по лицу. Обжигающая резкая боль полоснула по ребрам раскаленным лезвием. Превозмогая ее, Себастьян извернулся угрем, отчаянно пытаясь отыскать девушку. И увидел ее — совсем рядом. Камилла лежала на спине, беспомощно раскинув руки, будто сломанные крылья. Волосы каштановой волной закрывали лицо.

Он сделал попытку окликнуть ее, но, оглушенный ударом, не услышал собственного голоса. Возможно, его услышала Камилла: девушка вдруг повернула к нему голову, прядь волос, закрывавшая лицо, скользнула в сторону. На миг их взгляды встретились. Блики света в ее глазах разбивались и разлетались на искры, словно кометы в пустом пространстве ледяного космоса. Страшная догадка, зародившаяся в глубине сердца, сковала Себастьяна ледяным ужасом. Ярко-алая капелька крови скатилась с уголка чуть приоткрытого рта, оставляя за собой влажный след...

А потом свет померк...

***

Когда Себастьян снова открыл глаза, первое, что он увидел, было ясное высокое небо — без единого облака на всей его гладкой перламутрово-голубой шкуре. А второе — лицо Камиллы, склонившееся над ним. Его голова лежала у девушки на коленях, и легкие касания тонких девичьих пальцев он ощущал на своих волосах.

— Наконец-то ты очнулся! — воскликнула она, и словно тяжеленая гора упала с его плеч, рассыпавшись на тысячи песчинок.

Она жива! Жива! Жива! Жива!

— Слава Богу! — вырвавшийся из груди парня хриплый вздох облегчения скорее напоминал всхлип. — Камилла, любимая, с тобой все в порядке?!

— Со мной все хорошо, — улыбнулась девушка. Она и вправду выглядела неплохо, разве что лицо казалось немного бледным и волосы рассыпались по плечам спутанными прядями. — А ты? Я уже испугалась, что ты так и не очнешься...

Себастьян попытался осторожно привстать — это получилось не сразу. Руки-ноги тоже, кажется, были целы, лишь в голове поселилась тупая ноющая боль да сильно саднило лицо.

Он осторожно ощупал скулу: так и есть, кожа ободрана... Но это все пустяки в сравнении с тем, что могло бы случиться с ними на дороге!

Вспомнив пережитый им до того, как он лишился чувств, страх потерять Камиллу, Себастьян, нечаянно содрогнувшись, поймал ладонь девушки и прижался к ней лицом.

— Хвала Богу... — прошептал парень. — Я увидел, как ты лежишь... в пыли... кровь... я уже думал...

Он не сумел сдержать неожиданно нахлынувшие рыдания и заплакал, будто маленький ребенок. Рваная щека тут же отозвалась жгучей болью на покатившиеся соленые капли, однако теперь боль показалась ему даже приятной — ведь это были слезы облегчения.

— Ну что ты, успокойся...

Камилла обняла его, утешая, ее глаза тоже стали влажными от слез.

— Все хорошо... Главное, все обошлось...

Несвязное лепетание девушки казалось ему самой приятной музыкой — слушать бы и слушать голос любимой. И каждый вымолвленный ею звук, словно сладкое заклинание, вновь возвращал его к жизни.

— Тебе надо в больницу... Ты сильно ушибся...

Молодой человек лишь покачал головой и обнял Камиллу с такой силой, будто не желал отпускать никогда.

— Нет, не надо никакой больницы... Это просто пара царапин...

Он неотрывно глядел на нее, желая убедиться, что все обошлось и самое ужасное теперь позади, однако ледяные осколки страха до сих пор оставались в его сердце.

Себастьян осторожно вытер слезы тыльной стороной ладони.

— Все будет хорошо... Ты только не покидай меня, слышишь? Никогда не покидай... Я не смогу без тебя жить, — тихо добавил он, не выпуская ее теплую ладонь и глядя девушке прямо в глаза. — Я люблю тебя, Камилла. Кажется, я тебе еще не говорил об этом...

— Я тоже люблю тебя...

Ее горячий шепот коснулся его щеки — и разбитые, потрескавшиеся губы уже тянулись к ее губам. Поцелуй был соленым от слез...

Себастьян не чувствовал по отношению к водителю грузовика — виновнику происшествия — ни злости, ни раздражения. Ведь рядом с ним было его сокровище — Камилла. Что еще могло иметь значение?

Он стиснул ладошку девушки в своей руке.

— Ну что, я попытаюсь завести его? — Себастьян нерешительно кивнул в сторону мотоцикла, ожидая протеста.

Но Камилла просто кивнула. Похоже, авария напугала парня куда больше, чем его спутницу.

Мотоцикл, как и они сами, серьезно не пострадал. Он завелся сразу же, и девушка, недолго думая, опять заняла место за спиной Себастьяна.

«Теперь я буду сама осторожность», — пообещал себе он, хотя вслух ничего не сказал.

И действительно, сейчас парень ехал намного медленнее — желания лететь наперегонки с ветром, как обычно, поубавилось. Больше никаких неприятностей на дороге их не поджидало.

— Себастьян, сверни на бульвар Бенито Хуареса! — вдруг крикнула ему девушка, когда они уже въехали в город.

— Зачем? — не понял он.

— Ты же хотел узнать, где я работаю, — вот и увидишь! И там у нас точно есть аптечка.

Парень послушно свернул на указанную улицу. Некоторое время они ехали вдоль бульвара, пока девушка не махнула рукой в сторону, показывая, где сворачивать. Дальше их ждал еще один поворот. Когда мотоцикл миновал его, Камилла подала знак остановиться.

Себастьян заглушил мотор, и только теперь, сняв шлем, с недоумением уставился на табличку рядом со скромной черной дверью.

Вывеска гласила: «Салон „Санта Муэрте". Ритуальные услуги».

Глава 10
Салон «Санта Муэрте»

Не дав потрясенному Себастьяну опомниться, Камилла схватила его за рукав и решительно повела к двери под элегантной вывеской.

Переступив порог, они оказались в прохладном полутемном коридоре. Плотные жалюзи на двух небольших окнах пропускали ровно столько света, чтобы приятный полумрак не превратился в гнетущую темноту. Хриплый голосок медного колокольчика над дверью оповестил тех, кто был внутри, о приходе посетителей. Тут же им навстречу вышел высокий статный мексиканец лет сорока.

— Чем могу быть полезен? — любезно осведомился он, направляясь к своим гостям, но, увидев девушку, тут же широко улыбнулся. — Камилла, птичка моя, что ты тут делаешь? У тебя же выходной сегодня! Или Регина тебя вызвала? — удивился он. Себастьяну такое приветствие в адрес его девушки показалось слишком не приличным. Что это еще за «птичка»?

— Привет, Матео. Нет, меня никто не вызывал, просто нам нужна помощь. У нас здесь, кажется, должны быть лекарства…

— Конечно же, птичка моя! А что произошло? Ты заболела?

На широком смуглом лице мужчины отразилось неподдельное беспокойство.

— Нет, со мной все в порядке. Помощь нужна не мне, а… моему парню, — добавила она чуть смущенно.

Матео только теперь взглянул на Себастьяна, которого до этого словно и не замечал вовсе.

— Здравствуйте, — сдержанно поздоровался парень. — Мне кажется, Камилла преувеличивает — это всего лишь пара царапин…

— Мы попали в аварию, — объяснила девушка. — Слава Богу, все обошлось. Но Себастьян...

— Сейчас я принесу аптечку, — закивал работник салона и проворно юркнул вглубь помещения.

Себастьян осмотрелся. Сквозь открытую дверь он увидел стоящий возле окна стол с современным компьютером и стеллаж, уставленный аккуратными папками. Что располагалось дальше, отсюда рассмотреть было невозможно. Глубже по коридору виднелось несколько одинаковых закрытых дверей. На первый взгляд, салон выглядел вполне респектабельно.

Обернувшись, Себастьян увидел над входной дверью небольшую гравюру: на черном фоне серебристыми линиями прорисовывался силуэт женщины в длинной одежде, напоминающей монашеское одеяние. Вместо лица был голый череп с пустыми глазницами, в руке она крепко зажала косу с выгнутым длинным лезвием. Гравюра, без сомнений, изображала Смерть.

Ничего необычного в этом не было, учитывая характер самого заведения. Неординарным гравюру делал светящийся нимб над головой Смерти.

«Санта Муэрте, Святая Смерть — это она и есть», — подумал Себастьян, всматриваясь в жутковатое, но по-своему красивое изображение. Ему доводилось слышать о почитателях необычной святой. Размышления парня прервал появившийся Матео, он нес в руках увесистый сундучок.

— А ну-ка, подойди к окну, — скомандовал мужчина. Себастьян неохотно повиновался.

— Да, тут и правда лишь царапины, — с неспешностью доктора вынес вердикт работник салона. — Ты головой случайно не стукнулся? Ничего не болит?

Себастьян отрицательно махнул рукой.

Камилла, все это время стоявшая рядом, бросилась к аптечке, извлекла из нее пузатую бутылочку, ловко открутила крышку и обмакнула в жидкость клочок ваты. Неприятный специфический запах тут же наполнил помещение. Очень осторожно, боясь причинить боль, она промокнула ссадину на щеке Себастьяна.

— Вот так... Теперь все отлично, — заверила его, закончив процедуру.

— Так вы, ребята, говорите, легко отделались? — крякнул Матео, уже с интересом разглядывая Себастьяна. — А как же вас угораздило попасть под машину?

— Мы ехали на мотоцикле, когда перед нами вдруг резко затормозил большой грузовик. Его развернуло, и, чтобы не столкнуться, нам пришлось вылететь на обочину, — рассказал Себастьян.

После проявленного участия со стороны знакомого Камиллы было бы невежливо не ответить на его вопрос.

— Я сначала очень испугалась, — откровенно сказала девушка. — Себастьян так долго был без сознания! А теперь отказывается ехать в больницу.

— Правильно, нечего там делать, — неожиданно поддержал парня Матео. — Только слабаки чуть что — бегут к докторам. Руки-ноги целы, голова на месте, значит — живи и радуйся. Повезло тебе, считай...

Мужчина одобрительно улыбнулся Себастьяну. Этой открытой улыбкой и своими словами он неожиданно поднял собственный рейтинг в глазах молодого человека. С прежней неприязнью ушло и чувство ревности. Кажется, этот добряк с круглым животиком, большими крепкими ладонями и черными пушистыми усами в самом деле просто знакомый Камиллы. Или... коллега?

Себастьян все никак не мог вполне принять мысль, что его девушка работает именно здесь. Почему она раньше не говорила об этом?

— Благодарим, Матео! А теперь нам пора... Увидимся завтра, — приветливо махнула рукой Камилла и снова первой поспешила к выходу.

Себастьян, молча кивнув мужчине, последовал за ней. Возвратившись к мотоциклу, они некоторое время не говорили друг другу ни слова.

— Слушай, а этот Матео... Он кто?

— Он работает у нас продавцом.

— А... мне почудился запах... Может, радушный продавец недавно поднимал себе настроение текилой? — как бы невзначай осведомился Себастьян.

В сущности, никакого дела до любителя текилы ему не было, однако заговорить о том, что его действительно интересовало, парень пока не решался.

— Да, водится за ним такое, — почти весело кивнула Камилла. — Уж сеньора Регина столько с ним воюет... И все бесполезно. Она даже штрафовала его, но и это не очень-то помогает. Сегодня у всех выходной, а у Матео выпала очередь дежурить. Вот он и рад стараться, пока никто не видит...

Она, вдруг прервав свой рассказ, заглянула в глаза Себастьяну.

— Но ты же не о нем хотел спросить, правда? — теперь ее негромкие слова звучали серьезно. — Тебе интересно, действительно ли я работаю здесь или только разыгрываю тебя, да?

Не найдя что возразить, парень просто кивнул.

— Себастьян, я не обманывала тебя: я и вправду работаю визажистом. Но только я... особенный визажист. Я делаю мертвых людей красивыми. Знаешь, — продолжала она, поскольку Себастьян по-прежнему молчал, — это целое искусство. Тут совсем другой подход, иные приемы и материалы... Но... я твердо убеждена в том, что, отправляясь в загробный мир, люди должны хорошо выглядеть! Ведь это последний раз, когда внешность еще имеет какое-то значение — пусть не для них самих, однако для их родственников... Они должны запомнить своих близких красивыми... А я верю, что душа остается жить и после смерти. — Она помолчала немного. — Наверное, тебе странно слышать все это. Но такая уж у меня работа.

Себастьян по-прежнему хранил молчание: новость о том, кем работает Камилла, озадачила его.

— Возможно, теперь ты меня разлюбишь, — добавила девушка едва слышно.

Молодой человек опомнился и одним движением привлек ее к себе, обняв.

— Что за ерунда, Камилла! Конечно нет… Это никак не повлияет на мое отношение к тебе. Но то, что ты говоришь, действительно необычно, поэтому я и заслушался… Извини, если дал тебе повод подумать иначе.

— Ты… Тебя правда не смущает то, что я визажист в салоне ритуальных услуг? — с надеждой прошептала Камилла, глядя прямо в глаза парню.

Он ответил ей честным взглядом.

— Нисколько. Наоборот, это даже, наверное, интересно. Во всяком случае — куда интереснее, чем пудрить носики живым, — попробовал пошутить он.

— Да, это действительно интересно, — с охотой поддержала его мысль Камилла. — А хочешь… Хочешь, я покажу тебе, в чем состоит моя работа? Ну, как я это делаю?

— Конечно хочу! — быстро ответил Себастьян, чтобы не обидеть любимую, но вопрос немного покоробил его.

В душе парня нарастал дискомфорт, хотя он пытался уверить себя в том, что ничего необычного в их разговоре нет.

— Отлично! — обрадовалась Камилла. — Тогда приходи ко мне завтра прямо на работу, и я все тебе покажу.

— Завтра у меня не получится: моя смена — нужно развозить эту дурацкую пиццу… Но послезавтра я смог бы к тебе заглянуть. Вот только что скажет твой начальник?

— Начальница. Ее зовут сеньора Регина — она владелица этого салона. Думаю, она ничего не скажет, если ты лишний раз не будешь мелькать у нее перед глазами… Матео ты уже знаешь, а с остальными я тебя познакомлю.

— Остальными? А сколько же вас здесь работает?

Камилла лишь хмыкнула, словно эта мысль никогда раньше не приходила ей в голову, и начала считать вслух.

— Сеньора Регина — она директор и всем тут управляет. Еще есть ее сын, Алехандро, — он ничего не делает, хотя она и пытается его хоть чему-нибудь научить. К счастью, он редко приезжает, так что, наверное, считать его не будем. Потом есть еще один Алехандро — он художник, делает памятники: это двое. Матео, которого ты видел, — три, и Матео Лопес — администратор, четыре. Потом, Доротея — она флорист, пять. Еще Пилар — дизайнер, и Освальдо — на нем вся организация похорон, это уже семь. Еще есть Диего, водитель катафалка, правда, он здесь находится не постоянно, а только когда вызовут, — это восемь. Ну и я, конечно, — девять… Всего девять работников!

— У вас большой салон. А давно ты здесь работаешь?

— Три года. А салон наш — лучший в городе! — не без гордости заявила Камилла. — Ни один в Росарито не может предложить столько услуг и сопутствующих товаров, как «Санта Муэрте».

— А… эта ваша Регина — она из почитателей Святой Смерти? — уже спокойно дал волю любопытству Себастьян.

Камилла на миг задумалась.

— Вообще-то, мне кажется, сеньора Регина превыше всего почитает деньги, — честно ответила девушка. — Почитателем Святой Смерти был ее отец — раньше салон принадлежал ему. А после его кончины он достался ей.

— Понятно…

Себастьян наконец выпустил девушку из своих объятий — случайные прохожие уже несколько раз обратили на них внимание.

— Ну что ж… У нас впереди — почти целый вечер, — сменил тему парень. — Поэтому жду предложений…

Приняв решение, куда отправиться теперь, они вернулись к своему мотоциклу и продолжили путь — на сей раз осторожно и осмотрительно. Отъезжая, краем глаза Себастьян успел уловить едва заметное движение в окне салона. Он не сомневался, что продавец Матео исподтишка наблюдает за ними. И это было понятно: нельзя оставаться равнодушным к такой девушке, как Камилла, даже если ты просто ее коллега…

Статный мексиканец действительно смотрел им вслед из-за плотной шторы салона. На его лице отразилась задумчивость, но о чем были эти мысли — не мог знать никто…

Глава 11
Сложное решение

Весь остаток дня Себастьян провел словно в тумане: наверное, все же он заработал легкое сотрясение. А едва закрыв глаза, неожиданно провалился в состояние, подобное сну...

...Они снова были на каменистой обочине дороги. Солнце настойчиво пробивалось светом под веки, и тяжелые капли пота скатывались по счесанному лицу. С трудом разлепив глаза, парень увидел перед собой лишь прозрачную синеву неба. Не вполне сознавая, где он и что случилось, Себастьян попытался приподняться — это удалось ему лишь с третьей попытки.

Тогда он и увидел Камиллу — она лежала неподвижно, раскинув руки, — в той же позе, что осталась в его памяти до того, как он лишился чувств. Лицо девушки закрывали волосы. Вскрикнув словно раненый зверь, Себастьян двинулся к ней — ползком, потому что встать не мог.

— Камилла!

Она не ответила. Ветер играл непослушной прядью каштановых волос и вдруг отбросил ее со лба. Только теперь молодой человек заметил, что с одной стороны густые волосы девушки стали липкими от крови. Он тяжело оперся рукой о землю рядом с ее лицом и ощутил под пальцами красную лужицу.

— Любимая, очнись!

Себастьян отбросил волосы с ее лица и отшатнулся: оно оставалось безмятежным и все таким же красивым. Прекрасные карие глаза смотрели вверх, не мигая. В них не было больше жизни.

— Нет!!! Камилла!

То ли крик, то ли волчий вой полоснул вдруг вены запавшей тишины и разорвал в клочья остатки застывшего дня. Себастьян подхватил ее на руки, изо всех сил прижимая к себе — до судороги в скрюченных пальцах. Но тело любимой оставалось неподвижным и безвольным, будто у сломанной куклы.

— Камилла!!!

Казалось, от этого крика содрогнулись стены небольшого дома, и парень подхватился на своей постели. Его тело била крупная дрожь, а по спине скатывались холодные ручейки пота.

— Господи... Это только сон...

Обессилев после ужасного кошмара, он некоторое время пытался успокоиться, но бешено колотящееся сердце заглушало все остальные звуки. Ничего страшнее этого сна ему еще не доводилось испытать. Между тем, едва он прикрыл веки, как липкие щупальца бреда снова потянулись из темноты, опутывая его сознание...

...Он бежал по какому-то лабиринту, и мама смотрела ему в глаза, пытаясь что-то сказать, но он не слышал слов... Какие-то люди хватали его за руки, и резкий свет откуда-то сверху заставлял его отворачиваться. Люди в форме, люди в белых халатах, голоса людей, невидимых в пронзительном белом свете ламп... Парень пытался вырваться из их рук, но они держали его. Они не пускали его, не пускали к ней...

Закричав, Себастьян снова очнулся и едва не упал с постели. Наваждение сна еще не прошло: ему продолжало казаться, будто он до сих пор там, на каменистой полосе обочины, и боль в его голове пульсирует горящей красной точкой...

Наконец он смог отделить события сна от реальности.

— Ну их, такие сны, — простонал парень и встал с кровати. Голова действительно болела.

Осторожно, чуть пошатываясь, не включая свет, он отправился на кухню. Долго рылся в кухонном ящике в поисках таблетки, пока нашел. Проглотив пилюлю, запил ее водой из-под крана.

Вокруг еще царила ночь. Постояв немного у окна, Себастьян вернулся в свою спальню и уставил в потолок невидящий взгляд. Вряд ли у него уже получится уснуть — но это и к лучшему.

Сейчас остро, как никогда, он чувствовал разлуку со своей девушкой. И хотя прекрасно осознавал, что эта разлука кратковременна — ведь вечером они снова увидятся, — тоска и ноющая боль где-то глубоко, в самом сердце, не давали покоя.

Обняв подушку, он представлял рядом любимую: улыбку Камиллы, ее трогательные плечи, тонкие пальчики и теплую кожу, пахнущую почему-то миндалем... Как ему хотелось, чтобы прямо сейчас, в эту минуту, она была рядом, разделила бы с ним его жизнь, его дом и его постель...

От этих мыслей тоска становилась все острее — настолько, что он готов был сорваться и лететь к Камилле, сжать ее в объятиях и никогда больше не отпускать. Он даже подхватился с постели и вновь прошел в кухню. Бесстрастные часы на стене показывали без двадцати пять.

Себастьян заставил себя успокоиться и подумать обо всем рассудительно. Конечно, и речи быть не могло, чтобы вот так, среди ночи, ехать к девушке — это лишь напугало бы ее. К тому же он не хотел торопить события: те чуткие, доверительные отношения, сложившиеся между ними, были слишком дороги ему, чтобы рискнуть разрушить их импульсивным поступком.

Он жаждал любимую больше всего на свете. Возвращаясь поздно ночью, а то и под утро с очередного свидания с ней, еще долго не мог унять беспокойные воспоминания и фантазии... Но настоящей телесной близости между ними пока не было, и Себастьян не хотел подталкивать девушку к такому решению. Наверное, ее чувства должны созреть — тогда плоды их будут сладкими. Пусть она сама придет к этому, а он станет терпеливо ждать, ведь в главном уверен — любит она именно его. А все остальное не так уж важно...

Себастьян вертелся змеей на смятой постели. Он не мог не думать о Камилле, и все же эти мысли не были радостными. Стоит взглянуть правде в глаза: да, им просто сказочно повезло! Они спаслись только чудом. Но если бы... этого чуда не произошло? И тот грузовик оказался бы точкой в повести его жизни? Или, что во сто крат хуже, — если бы он потерял Камиллу? Либо она осталась калекой... Смог бы он простить себе такое? Вряд ли.

— А ведь она могла погибнуть из-за меня, — сказал он вслух, и от этих слов мурашки побежали по его коже.

И только час спустя он наконец-то смог уснуть — на этот раз без сновидений.

Едва проснувшись, Себастьян тут же вскочил с постели — ему показалось, на улице уже давно за полдень. Но вокруг было все еще тихо, лишь в нескольких окнах светились огоньки: кто-то уже собирался на работу.

Он в очередной раз посмотрел на часы — полшестого. Со сном в эту ночь явно не заладилось... Спать больше не хотелось, и, чтобы чем-то себя занять следующие полчаса, Себастьян достал ведро с щеткой, решив заняться уборкой. Он не только вымыл полы во всех комнатах и на кухне, но даже зачем-то спустился в подвал, вход в который был спрятан в полу веранды.

Дощатые двери открывали доступ к узкой лестнице, спускавшейся под пол, довольно глубоко под землю. Когда-то подвал заменял бабушке с дедушкой холодильник: такую технику в те времена простые люди еще не имели. Сейчас же там хранились малоиспользуемые вещи, другими словами — разный хлам, который не доводилось использовать, но жалко было выбросить.

Оглядев подвал и честно решив, что убирать еще и здесь — это уж слишком (может, когда-нибудь руки и дойдут, но...), Себастьян выбрался наружу и переоделся в свою обычную одежду для работы — джинсы и светлую тенниску.

Закрыв дверь, он вывел из гаража своего мотозверя и долго смотрел на него. Осторожно провел ладонью по хромированной поверхности, погладил ручку руля, седло. Словно хотел навсегда запомнить его — на вид, на ощупь, перед долгой... очень долгой разлукой.

— Прости, — прошептал он мотоциклу слезно. Но вслед за этим решительно вскочил в седло и завел мотор.

Через десять минут он стоял возле дома Айвена — своего знакомого. Тот, сонный, недоуменно таращился на Себастьяна и усиленно скреб рукой макушку коротко стриженой головы, будто хотел вычесать оттуда умную мысль.

— Так что, по рукам или мне поискать другого покупателя? — спросил Себастьян.

— Ты чего, амиго! Не надо никого искать. Просто это... Ну, я уговаривал тебя сколько — продай, сто́ит ведь хламом такой аппарат... А ты меня куда посылал? А теперь вот так вот с утра припер и сам предлагаешь...

— Как тебе объяснить... — Себастьян вздохнул. — Я и сам не думал от него избавляться. Это память... Ну, ладно. Не в том дело. Но вчера мы с моей подругой... — он опять вздохнул, так и не договорив. — Это, наверно, тоже неважно. Просто я очень боюсь потерять ее, понимаешь?

Айвен неопределенно хмыкнул и снова поскреб макушку длинными пальцами. Высокий и долговязый, во всей своей обычной рэперской одежде он выглядел довольно стильно. Но в тот момент, стоя перед Себастьяном в одних домашних шортах, еще не совсем проснувшийся, напоминал аиста на длинных тонких ногах.

— Все равно... не вникаю... — пробормотал он себе под нос.

— Ладно, если тебе надо еще подумать — думай, перезвонишь, — хмуро буркнул Себастьян и направился к стоящему в нескольких шагах мотоциклу.

— Стой, говорю же тебе! Есть вариант и довольно неплохой. Не твой крутой мотык, конечно, но...

— «Но» — это что?

— Это «жук». И за ним еще нужно смотаться в Тихуану.

— Не угнанный?

— Да ты о чем? — замахал руками Айвен, словно отгоняя от себя назойливых мух. — Чтоб я амигосу ерунду подогнал? Обижаешь! О Санта Мария, порка Мадонна. Она, конечно, не новье, но бегает не хуже твоего мотыка, не сомневайся!

— Хорошо, — выдохнул Себастьян. — Пригонишь мне ее вечером к пиццерии. Знаешь куда?

— Карло-шмарло-пицца, нельзя не подавиться? — опять гоготнул Айвен. — Знаю, конечно. Пригоню, все будет на высшем уровне, — он протянул руку Себастьяну. — Лады?

— Лады, — через силу улыбнулся тот. — И... знаешь, я отдаю его тебе потому, что ты точно будешь за ним ухаживать, как полагается. И оценишь его по достоинству, — выдохнул Себастьян, вытаскивая из кармана джинсов ключ с блестящим брелоком. — Держи, — он опустил ключ в ладонь Айвена.

— Вот так и отдашь — прямо сейчас, да?! — воскликнул парень.

Сон мигом слетел, и глаза засверкали, когда он окинул взглядом стоящее возле его дома моточудо.

— Сейчас. Пока я не передумал. И не провожай меня! Жду вечером, — Себастьян махнул рукой, ставя точку в таком болезненном для него разговоре.

Уходя прочь, он не смотрел на оставленного железного друга — потому что чувствовал себя предателем.

— Айвен, конечно, — придурок, но тебе у него будет хорошо... Никто так, как он, не любит мотоциклы, — прошептал парень в пустоту, по-прежнему не оборачиваясь.

Ему еще нужно было успеть на работу.

Глава 12
Голубая мечта

Встретившись этим вечером, Камилла и Себастьян общались как ни в чем не бывало, стараясь не затрагивать тему недавней аварии. Правда, сегодня ее любимый не приехал на своем обожаемом мотоцикле, но девушка не стала его расспрашивать. Взявшись за руки, они решили просто прогуляться по городу.

Себастьян казался немного грустным. Камилла старалась поднять ему настроение, что у нее почти получилось, пока не зазвонил телефон. На удивление, в этот раз Себастьян не проигнорировал звонок, как обычно во время свиданий с любимой девушкой, и даже назвал звонившему их точное место прогулки. Видно было, что парень немного нервничает, но Камилла тактично не стала выведывать причину его переживаний. Все прояснилось через несколько минут, когда у обочины, прямо перед ними остановился... аккуратненький «жук» небесно-голубого цвета.

Из-за руля не без труда (кабина оказалась для него маловата) выбрался бритоголовый верзила почти двухметрового роста в огромных кроссовках, широких штанах цвета хаки и белоснежной майке.

— Хэллоу! — махнул рукой парень, не без интереса разглядывая Камиллу. — Йоу! Эта цыпочка — с тобой?

Себастьян подал ему руку для приветствия.

— Познакомься, это Камилла, моя девушка. А это...

— Айвен! — верзила сам подошел к Камилле и, насколько мог галантно, чмокнул ей руку. — Ох, если бы ты не была девушкой Себа, поверь...

— Охотно верю, — ответил за Камиллу Себастьян.

Подхватив приятеля под локоть, он без церемоний оттащил его в сторону.

— Давай-ка лучше к делу.

— А, дело... Ну да.

С этими словами долговязый Айвен извлек из кармана два ключа на цепочке и протянул их Себастьяну.

— Документы в бардачке, — небрежно кивнул он в сторону автомобиля. — Все фактурно, без проблем — как и договаривались. Теперь он твой. Ну... Всего, — кивнул Айвен и, засунув руки в карманы, поспешил перебежать через дорогу — прямо перед носом проезжающего автомобиля.

Себастьян без особого энтузиазма посмотрел на «жука» и вздохнул.

— Ты... купил машину? — не выдержала Камилла.

— Скорее — обменял, — ответил парень, направляясь к своему новому приобретению. — Во всяком случае теперь она — наша. Садись!

Девушка была слишком изумлена, чтобы ответить что-то. Широко открыв глаза, она смотрела на скромненькое «чудо техники», которое самому Себастьяну особого восторга не внушало.

— Тебе... совсем не нравится? — переспросил он тихо, готовый окончательно огорчиться.

Но возлюбленная вдруг вместо слов подбежала к парню и обняла его за шею, сияя радостной улыбкой.

— Очень, очень нравится! Ты не поверишь! Я именно такую машину всегда и хотела. Именно такого цвета — голубого, как небо! — восторженно воскликнула она, и у него сразу же отлегло от сердца.

— Видишь, мечты сбываются. Теперь она — твоя, — вдруг озвучил он только что принятое решение.

— Как это — моя?

От изумления карие глаза Камиллы сделались большими словно блюдца, и Себастьян окончательно убедился в правильности своего решения.

— Очень просто. Я дарю ее тебе, — он взял ладошку девушки, повернул кверху и опустил в нее ключи.

— Но... Я не могу принять такой подарок, — прошептала Камилла, находясь под впечатлением от поступка парня.

— Почему?

— Ну... Хотя бы потому, что не умею водить.

— Но это легко исправить! В городе есть хорошие курсы вождения — давай на выходных съездим туда и запишешься. И я могу подучить тебя немного.

— А как же ты сам?

— Для работы мне нужен лишь скутер, — пожал плечами он.

Камилла на минуту задумалась, мило подперев щеку рукой, и приняла решение:

— Тогда давай сделаем по-другому. Если ты и вправду хочешь мне ее подарить... то сделаешь это после того, как я хорошо освою вождение — ведь до этого я все равно не смогу воспользоваться подарком. Да и мой квартал не лучшее место, чтобы оставлять машину на ночь, — резонно заметила она. — И сам будешь подвозить меня, ладно?

— Какая же ты умница! — улыбнулся Себастьян, обнимая девушку. — Ты, как всегда, права. Тогда пусть она до поры постоит на моей территории — но лишь пока ты не научишься водить! А на курсы поедем завтра же.

— Хорошо, — Камилла снова вернула ему ключи. — Давай теперь покатаемся на нашей машинке, да?

Слово «нашей» из уст девушки прозвучало так просто и так по-семейному, что у бедного парня дрогнуло сердце.

«Я порой завидую сам себе», — подумал Себастьян, наблюдая, как счастливая Камилла, подбежав к авто, рассматривает его со всех сторон с нескрываемым восхищением. И голубенький «жук», до сих пор казавшийся ему таким непрезентабельным, вдруг стал привлекательным. Если он так нравится Камилле, то и ему тоже по душе...

Теперь с отличным настроением и не без гордости он распахнул дверцу перед любимой.

— Прошу, сеньорита! Ваша карета подана!

Сам же, плюхнувшись на водительское сиденье, для начала оглянулся, привыкая к обстановке. За рулем автомобиля он сидел не так уж часто, хотя в свое время научился водить и получил права. Но отныне, похоже, придется осваивать это.

Вздохнув, парень повернул ключ в замке зажигания — и негромкое урчание двигателя прозвучало веселой песенкой.

«Все-таки жизнь — интересная штука! — думал он, осторожно выезжая на проезжую часть. — И порой спонтанные поступки приводят к самым приятным последствиям...»

Себастьян украдкой поглядывал на сидящую рядом Камиллу — с ее лица не сходила счастливая улыбка, и он еще раз убедился, что сделал правильный выбор.

Впереди их ожидал радостный вечер...

Глава 13

Полуночные бодрствования

— Эй ты! Что ты здесь делаешь?

Хриплый мужской голос вывел его из забытья, а луч фонарика больно резанул по глазам. Себастьян, подхватившись, сначала не понял, где находится и чего хочет от него этот мужчина, невидимый за ярким светом.

Он приподнялся, ощутив под пальцами сухую землю. Луч выхватил из темноты небольшой холм глинистой почвы. Сверху россыпью лежали подвявшие цветы. Черные ленты на траурных венках. Могила.

Растерянно оглянувшись по сторонам, он понял, что оказался на кладбище. И здесь, прямо на этой могиле, он спал — или лежал без чувств. А стоящий над ним мужчина — скорее всего, кладбищенский смотритель.

— Я... не знаю, — честно признался Себастьян, поднимаясь.

В голове царила полная неразбериха — все это выглядело слишком странно.

— Иди домой, — грубо приказал смотритель. — Завтра придешь, днем.

Все еще ничего не понимая, парень оторопело продолжал глядеть на могилу — судя по всему, еще свежую — и на простирающийся дальше ряд других захоронений, таких же недавних.

— Она... Кем-то была для тебя? — неожиданно поинтересовался сторож, и Себастьяна вдруг передернуло, словно невидимая рука наотмашь отвесила ему оплеуху, а потом изо всех сил сжала задрожавшее сердце.

Она? Была...

Страшная догадка заставила его задрожать сильнее, ноги вдруг подкосились, и Себастьян рухнул на пахнущий пустотой холмик могилы.

— Нет... Нет!

Он принялся бить по земле руками и в порыве жажды разрушения ударил себя по лицу...

Резко открыв глаза, Себастьян ухватился за ушибленный лоб — падая с кровати, он действительно стукнулся им о пол... Но сейчас, тяжело дыша, был благодарен этой боли, вырвавшей его из душного лабиринта кошмара.

Как и в прошлую ночь, он не сразу сориентировался, что находится в своей комнате, на полу. Сердце все еще выскакивало из груди — казалось, его удары отдают гулом в царившей вокруг тишине.

— Снова кошмар... Когда же это закончится? — простонал парень, поднимаясь.

Опять кухня, и вновь таблетка. Себастьян совсем не удивился, увидев на циферблате часов, что едва отсвечивал в мутных отблесках далекого фонаря, цифру «4». На ней замерла маленькая стрелка, а большая лениво подползала к двенадцати.

Снова. Кажется, он уже начинает привыкать к страшным снам и приходящей за ними бессоннице. Раньше всегда засыпал мгновенно и спал как убитый. Если на следующий день была не его смена, мог проспать до самого обеда. Однако с появлением Камиллы изменилось многое... И коль за радость встречи с любимой нужно платить, то он готов пожертвовать всем...

Налив себе чашку холодного чая каркаде, Себастьян отправился на крыльцо. Под завесой из ветвей дикого винограда было спокойно и уютно. Ночь почти прошла, а утро еще не наступило — эта пора полна особого очарования даже здесь, в городе. Но поистине волшебно сейчас у океана, особенно если бы рядом находилась Камилла. Он не мог не думать о ней каждую минуту, то мечтая, то беспокоясь, то робко выстраивая облачные замки, когда, возможно...

Но то, что волновало его теперь, было очень даже реально. Он пытался представить себе, как ее нежные руки, прикосновения которых боготворил, так же легко и аккуратно касаются… холодной кожи лежащего на столе трупа!

Труп этот, бывший некогда мужчиной или женщиной, и есть тот самый клиент, а она должна сделать его красивым. Себастьян с трудом осознавал, что Камилла — его нежная Камилла! — способна выдерживать подобное. И пусть она говорит, будто ей это даже по душе, но… Как может нравиться такое? Вот почему она не спешила рассказывать ему о своем занятии, похоже, ей неловко было говорить об этом. И хотя такая работа не казалась ему страшной или недостойной, однако и особого восторга тоже не вызывала. Мертвые не были тем, о чем хотелось думать или говорить.

Конечно же, он, как и все другие жители городка, на День Мертвых участвовал в церемониях. По традиции, Себастьян делился угощениями с бедными, раздавал сладости детям. Вместе с другими поминал родных и близких, а кроме того, приносил на их могилы цветы.

И все же иногда одна назойливая мысль не давала ему покоя: а так ли нужны усопшим все эти угощения и ритуалы? Хотя вслух высказывать подобное он, конечно, не решался: культ смерти всегда почитали особо. Как бы ни был беден кто-либо, но оставить в праздник своих мертвых без подарков — это было уже самым дном, до которого способен опуститься человек…

Между тем традиция — традицией, а всякая попытка представить его нежную Камиллу наводящей красоту мертвецам вызывала у Себастьяна легкую дурноту.

Бедная девочка! Как, наверное, тяжело ей каждый день преодолевать то самое отторжение смерти, присущее любому живому существу. Как непросто вновь и вновь прикасаться к холодной коже.

Себастьян в очередной раз вздрогнул, и добрая половина чашки чая выплеснулась ему на колени. Вздохнув, парень смахнул рукой пролитую жидкость.

Что он мог сказать ей вчера по поводу ее приглашения прийти сегодня в салон? Конечно же, он согласился. Разве можно было ответить иначе? Он придет и попытается сделать вид, будто все нормально и его нисколько не смущает то, чем ей приходится заниматься...

— Может, поговорить с доном Карло? — спросил он вслух сам себя, как часто делал, когда мысли просто не умещались в голове, а доверить их было некому. — Кажется, он когда-то собирался добавить столиков в свою пиццерию и взять еще одну официантку. А что? Камилла отлично бы справлялась с такой работой! Может, «Карло-пицца» и не самое хорошее место для девушки, но уж куда лучше салона ритуальных услуг... Да я прямо послезавтра поговорю с доном Карло! И когда он увидит Камиллу, то, конечно, уже не сможет отказать ей. А если и нет, я помогу ей найти другую работу — может, даже недалеко от моей пиццерии. Тогда мы смогли бы видеться и в обеденный перерыв, не дожидаясь вечера...

Успокоив себя такими мыслями, Себастьян допил свой чай и посмотрел на светлеющее небо. Из черного оно превратилось в серо-синее, с оттенками фиолетового. Уличные фонари погасли, будто предчувствуя близкий рассвет.

Парень расслабленно зевнул и вернулся к своей постели — у него еще было время если не поспать, то хотя бы немного поваляться в кровати. Как только он нашел решение вопроса, не дававшего ему покоя, дремота не замедлила подкрасться ближе.

И, решив во что бы то ни стало найти Камилле достойную работу, Себастьян заснул так же быстро и крепко, как раньше.

Глава 14
Птица в полете

Припарковав голубого «жука» недалеко от салона, Себастьян направился к аккуратной черной двери под скромной вывеской, однако неожиданно остановился на полдороге.

Неплохо было бы прихватить для Камиллы чего-нибудь вкусненького, чтобы поднять ей настроение, — пробормотал он и свернул к магазинчику.

Купив пакетик зефирного печенья, отправился на поиски освежающего напитка и прошел почти два квартала, пока наконец обнаружил подходящий. А потом… Потом парень вдруг понял, что непроизвольно тянет время перед тем, как переступить порог того заведения. Это почему-то рассердило его, и решительным шагом Себастьян вернулся обратно.

Набрав в легкие воздуха, как перед прыжком в воду, молодой человек распахнул черную дверь. Он шел к Камилле — остальное было неважно.

Сухо звякнул колокольчик. Из коридорного полумрака к Себастьяну вышел высокий парень — абсолютный антипод уже знакомого продавца Матео.

Он был худым, если не сказать — тощим, с надменным выражением лица и темными волосами, щедро политыми гелем. Стоячий воротничок до хруста накрахмаленной рубашки ослеплял своей белизной, строгие черные брюки и черный жилет — весьма подходящий дресс-код для такого места.

— Здравствуйте, — заговорил первым, приблизившись к неожиданно растерявшемуся Себастьяну. — Чем могу быть полезен?

Правда, несмотря на сказанное, ни его голос, ни все то же отстраненно-надменное выражение лица никак не подтверждали готовность действительно быть полезным потенциальному клиенту.

— Здравствуйте, — отозвался Себастьян, стараясь не выказывать своего волнения. — Могу ли я видеть Камиллу?

— Камиллу?

Брови парня чуть приподнялись, изображая крайнее удивление, словно Себастьян спросил о чем-то запредельно странном. Пожалуй, если бы посетитель искал в салоне ритуальных услуг бар с бесплатной выпивкой, это произвело бы на него гораздо меньшее впечатление.

— Камиллу Алонсо, — уточнил Себастьян, будто тут могло быть несколько девушек с таким именем. — Она же здесь работает?

— Да, она работает здесь, — чинно ответил парень, сложив перед собой длинные худые пальцы в замок. — А по какому вы вопросу?

— По личному, — Себастьян уже начал терять терпение. — Вы могли бы ее позвать?

— Дело в том, что...

— Добрый день, — послышался еще один голос, и к ним вышла женщина лет пятидесяти в скромном черном платье, с толстой косой темных волос, аккуратно уложенной вокруг головы. — Простите, кажется, вы искали Камиллу? Я могла бы ее позвать.

Спокойный голос, ловко вклинившийся в их разговор, тут же разрядил обстановку.

— Благодарю вас, — с облегчением ответил Себастьян, и женщина мгновенно скрылась.

Было бы неплохо, если бы ее примеру последовал и этот неприятный тип с мрачным лицом, но он продолжал все так же стоять в нескольких шагах от Себастьяна, держа перед собой скрещенные руки.

Не прошло и минуты, как в глубине коридора послышались быстрые шаги и к нему навстречу выпорхнула сияющая Камилла. Она уже направилась прямо к Себастьяну, чтобы, как всегда, встретить его поцелуем, но, увидев стоящего рядом работника салона, остановилась.

— Привет, Камилла!

— Привет! — ответила она, подходя ближе. — Пилар сказала, ты здесь. А я начала сомневаться, придешь ли вообще...

Ее лицо озарила улыбка, и Себастьян почувствовал, как полегчало у него на душе. Рядом была его девушка, поэтому неважно, в каком месте они находятся.

— Ну что, идем со мной? Увидишь, где я работаю, — она взяла Себастьяна за руку и потянула было за собой, однако голос все еще застывшего истуканом типа в черном остановил их.

— Камилла, что это за увеселительные экскурсии на рабочем месте? — проскрежетал он, повернувшись к девушке. — Если этот человек не клиент, ему нечего делать в салоне.

— Я очень даже клиент! — вдруг не выдержал Себастьян: напыщенные манеры длинного вывели его из себя. — Я тут собираюсь умереть на днях, так мне надо удостовериться, как работает сеньорита Камилла. Если она плохо наносит макияж покойникам, я ни за что не обращусь в ваш салон! — ответил он, остановившись и делая несколько шагов навстречу наглому молодчику, словно готовясь к драке.

За их спинами послышался приглушенный смех. Себастьян лишь успел заметить мелькнувшую тень, которая тут же исчезла в глубине коридора.

— Успокойся, Матео! Я не совершаю ничего недопустимого, — попыталась вступиться за своего парня Камилла, но неприятный работник будто и не слышал девушку — его глаза, злобно поблескивая, по-прежнему были прикованы к Себастьяну.

— Мне ничего не остается, как сообщить об этом нарушении сеньоре Регине! — с плохо скрываемым злорадством прошипел он.

— Сеньора Регина в курсе, я сама у нее попросила разрешения, — вдруг спокойно произнесла девушка и снова взяла Себастьяна за руку, давая понять, что конфликт исчерпан. С торжествующим видом парень пошел вслед за девушкой, удовлетворенно заметив, что худое лицо противника вытянулось от разочарования.

— Дай угадаю: добряк Матео, когда трезвый, превращается в злобного худого монстра, который кидается на людей, забредших в салон, в надежде разорвать их на куски! И лишь при помощи порции хорошей текилы несчастный вновь обретает истинный облик усатого толстяка... — тихо прошептал Себастьян ей на ухо, уже спускаясь по крутым ступенькам в какой-то подвал.

Камилла рассмеялась и ответила так же негромко:

— Нет, это совсем другой Матео... Это наш администратор, он по выходным не работает. Думает, что самый умный, кроме того, считает своим долгом следить за порядком.

— И доносить директрисе, — добавил Себастьян. Неприятное впечатление от этого типа усугубилось. — К тому же, по-моему, этот Матео не просто так защищал тебя от меня всей своей тощей грудью, — пробормотал он. — Может, он просто ревнует?

Глаза Камиллы от удивления расширились: видимо, подобное никогда не приходило ей в голову, но через миг девушка равнодушно пожала плечами.

Она открыла тяжелую дверь подвала, и Себастьян очутился в небольшом, ярко освещенном помещении без окон. В центре комнаты стоял широкий стол. Взглянув на него, парень остолбенел, и мысли о неприятном Матео моментально выветрились из его головы: на столе, в свете двух ламп, лежал мертвец. Седовласый старик с восковой кожей был до плеч прикрыт белой простыней.

Конечно же, Себастьян настраивал себя на то, что может увидеть нечто подобное, и все-таки оказался не готов к этому. Парень молча сглотнул. На минуту почувствовал, что здесь слишком мало воздуха и весь он пропитан этим едва уловимым, но все же явственным запахом смерти...

Чтобы не выдать своей слабости, Себастьян медленно опустился на табурет, стоящий возле стены. Пакет с печеньем и лаймовым напитком он продолжал держать в руке — предложить их Камилле здесь, в этой комнате, казалось уже кощунством. Только теперь парень заметил маленький столик на колесиках, заставленный многочисленными баночками, коробочками и тюбиками. Из всего этого изобилия мирно выглядывало несколько пушистых кисточек.

— Ты не очень спешишь? — спросила девушка так просто и буднично, словно рядом с ними и не было этого третьего... Лежащего на столе... Мертвого человека...

— Нет, не спешу, — как можно спокойнее ответил Себастьян.

Но его взгляд будто магнитом вновь и вновь притягивался к каталке с мертвецом, хотя он и пытался рассмотреть еще один стол в углу, так же уставленный разными художественными приспособлениями.

Возле стола стояло кресло. Во втором углу размещался узкий белый стеллаж с аккуратно сложенными простынями и полотенцами. В стене напротив находилась еще одна дверь. Куда она могла здесь вести, он пока знать не хотел.

— Хорошо, тогда я, пожалуй, закончу свою работу, — голос Камиллы вывел его из легкого оцепенения. — За ним скоро должны приехать родственники, похороны назначены на два часа.

Отвернувшись от Себастьяна, девушка вновь приступила к своему занятию, от которого, вероятно, и оторвал ее приход возлюбленного.

И вдруг Себастьян заметил, как неуловимо изменилось лицо Камиллы: оно стало сосредоточенным и одухотворенным. Девушка не видела вокруг больше ничего: теперь она полностью растворилась в своем особом мире — творчества и вдохновения.

Происходящее было настолько поразительно, что все мысли из головы Себастьяна разлетелись прочь испуганными птицами. Сейчас он просто наблюдал, завороженный движениями Камиллы. Вот она взяла в руки небольшую баночку и широкой кисточкой стала наносить грим на застывшее стариковское лицо. Затем аккуратно добавила светлого тона, выравнивая тени под глазами.

Пушистая кисточка бабочкой затрепетала над скулами старика, и вот уже некое подобие легкого смуглого румянца оживило восковое лицо. Кустистые седые брови под взмахами карандаша и щеточки приняли неожиданно четкую форму, добавляя ему общей выразительности. Следующими под волшебные руки Камиллы попали усы: ножницы — карандаш — щеточка — снова ножницы: и они приобрели аккуратную форму.

Пораженный, просто шокированный увиденным, Себастьян время от времени отрывался от завораживающего зрелища порхания девичьих рук и вглядывался в ее лицо. Девушка работала увлеченно, позабыв, казалось, обо всем на свете. На него она взглянула лишь раз, и то мельком, одарив рассеянной улыбкой, — и опять занялась мертвым стариком. Именно он был сейчас центром ее внимания, и Камилла явно получала удовольствие от своего занятия.

Себастьян, пытаясь понять, более того — как-то принять наблюдаемую им картину, отчаянно искал объяснение тому, что видел. Он обязательно должен был его найти, сделать для себя возможным или просто встать, выйти и никогда больше не возвращаться. Он искал ответ... И, кажется, нашел его.

То выражение, с которым Камилла работала... Наверное, таким же становилось и его собственное лицо, когда он целиком погружался в создание очередной картины.

Ее работа визажиста являлась тем же творчеством художника. Только вместо холста перед ней был мертвый лик. И он требовал особого подхода: обычных пудр-теней-помад здесь недостаточно. Грим для покойника больше напоминал театральный: сначала надо было «нарисовать» само лицо, а потом придать ему, насколько это возможно, сходство с мирно спящим человеком.

И она работала так увлеченно, что... Да, он не ошибся: столь одухотворенно-возвышенное выражение глаз Камиллы нельзя истолковать иначе — это радость творчества. И девушка была настоящим художником, работающим в такой необычной манере. Она создавала шедевры на лицах покойников.

Именно эта работа являлась призванием Камиллы, делала ее счастливой. Он понял все, глядя, с какой любовью она наносит завершающие штрихи. Вот еще один взмах кисточки, и... Чудо!

Себастьян даже привстал, чтобы получше разглядеть волшебное превращение: вместо желтой восковой куклы со слепленными веками и блеклой полоской посиневших губ перед ним не просто лежал — покоился! — умудренный жизнью сеньор. Его смерть не была будничной — он с достоинством отошел за черту, оставив своим потомкам все нажитое и добрую память о себе. Теперь он спал, на лице его читались умиротворение, гордость за свои дела и потомков — детей и внуков.

Девушка, наконец оставив свое занятие, подняла сияющий взгляд на Себастьяна: она явно гордилась проделанной работой и ожидала от него похвалы.

— Как птица в полете... — только и смог вымолвить парень, все еще пребывая под впечатлением от увиденного.

— Что? — не поняла Камилла.

— Как птица в полете, — повторил он. — Так говорят о людях, занимающихся любимым делом и живущих в нем, словно птица в небе...

Он с восхищением смотрел на девушку, от которой не ожидал подобных талантов — особенно в таком месте.

Их разговор прервало появление еще одного работника салона: в распахнувшуюся дверь вошел молодой мужчина. Чуть удивленно взглянув на Себастьяна, он кивком поздоровался с ним и обратился к Камилле:

— Ну что, наш сеньор готов встретиться с родными? Катафалк на месте.

— Да, Освальдо, я уже закончила.

Себастьян ревнивым взглядом искоса наблюдал за Освальдо: лет тридцати пяти, высокий и статный, с выразительными черными глазами — он вполне мог бы оказаться достойным соперником в борьбе за сердце Камиллы. Парень отметил, как ловко тот переместил покойника со стола на передвижную кушетку.

Тут же Себастьян понял, для чего нужна другая дверь: за ней была узкая клеть лифта, в которую вмещалась кушетка. Освальдо закрыл дверь и нажал кнопку. Лифт увез «клиента» Камиллы наверх, наконец оставив их наедине.

Девушка тем временем принялась наводить порядок в своей мастерской — баночки и тюбики быстро возвращались на свои места на полках.

— И много здесь у вас таких... молодых и красивых? — осторожно задал он мучивший его вопрос.

— Ты об Освальдо? — отозвалась Камилла. — Да, он неплохой человек, но я бы не сказала, что он красивый... — Девушка пожала плечами. — Хотя Доротея так не думает... Жаль только, что сам он этого не замечает.

— А Доротея...

— Она выбирает цветы, делает венки и букеты. И украшает церемонию. Освальдо — наш менеджер, он организовывает похороны.

— Давай выйдем куда-нибудь пообедать, — предложил Себастьян, вдруг вспомнив о припасенных вкусностях. И втайне испугался, что она захочет перекусить здесь: пожалуй, это было бы уже слишком.

Но Камилле, к большому облегчению молодого человека, подобное в голову не пришло.

— Конечно! — легко согласилась она. — У меня заслуженный обед, так что мы можем выйти куда-нибудь. Тем более остальные пока заняты. Здесь неподалеку есть место, где варят вкусный кофе.

Покидая вслед за Камиллой небольшой подвал, Себастьян думал о том, что предлагать помощь в поиске другого места службы для девушки было бы глупо: скорее уж ему самому можно было бы подумать о смене работы. Ведь она, а не он, занималась любимым делом — и это многого стоит.

Глава 15
Неожиданное предложение

Попивая ароматный кофе в уютном маленьком кафе на бульваре Бенито Хуареса, Себастьян с трудом верил, что еще двадцать минут назад наблюдал за необычным действом в подвале: Камилла, подобно волшебнице, превратила застывшую мертвую маску в благородное лицо...

— О чем ты думаешь? — вдруг подстерегла его мысли девушка.

— О том, что тот старик и при жизни, наверное, не выглядел так хорошо, как после встречи с твоими чудесными кисточками, — честно признался он.

— Значит, тебе и вправду понравилась моя работа? — Камилла выглядела польщенной.

— То, с каким мастерством ты занимаешься своим делом? Конечно! Это настоящее искусство. И я высказываю мнение не просто постороннего наблюдателя, а человека, который рисует. Ты трудилась вдохновенно.

— А ты сам не хотел бы заниматься живописью профессионально? Может, смог бы стать успешным художником.

— Я пробовал... — вздохнул парень. — Но понимаешь... Наверное, не так уж хорошо я это делаю. Мне удалось продать лишь несколько своих картин, и то... А одними мечтами сыт не будешь.

— Жаль, — вздохнула вслед за ним она. — Это ведь так здорово, когда человек может заниматься любимым делом...

— Не всем же везет, — невесело улыбнулся он.

— Слушай, а если бы ты попробовал помогать мне? Ну, делать то же, что и я? — воскликнула вдруг Камилла.

От неожиданности Себастьян едва не поперхнулся кофе.

— Ты... серьезно?

— Ну да, а почему бы и нет? Раз уж ты имеешь навыки художника, то и с этим бы справился, — увлеченно щебетала девушка, пока Себастьян с трудом переваривал ее новую идею. — Тут нет ничего сложного, я смогла бы тебя подучить. Ну так как?

— Даже не знаю, — обескураженно пробормотал он. — Это пока немного внезапно для меня... Наверно, мне надо подумать.

— Хорошо, ты подумай, — согласилась она. — А я тем временем поговорю с сеньорой Региной: согласится ли она, чтобы я взяла себе помощника.

Себастьян лишь кивнул, запивая свою растерянность остатками горького кофе. Все это было слишком неожиданно для него. Но обидеть решительным «нет» любимую, которая, как оказалось, воспринимала мир чуть иначе, он совсем не хотел.

Следующая ночь снова швырнула в него горсти кошмаров. Проснувшись в холодном поту, парень по-прежнему видел Камиллу. Теперь она лежала на каталке с колесиками, а он раскрашивал ее лицо гримом из разноцветных баночек...

Себастьян обхватил руками голову, которая готова была разорваться от боли, а сердце, подобно обезумевшей птице, трепыхалось в груди так отчаянно, словно хотело напрочь расколотить хрупкую грудную клетку и вырваться на волю.

Парень долго сидел в кровати, приходя в себя после ужасного сна.

Почему, почему все ночи подряд он видит самое невыносимое — свою любовь мертвой? И неважно, какие детали вырисовываются в каждом из снов. Эти фильмы из ада были об одном — о вечной разлуке.

Если бы только он мог сейчас прикоснуться к ней, услышать ее дыхание, ощутить тепло кожи! Тогда, возможно, кошмары отступили бы. Но признаться ей в этом... Все, все что угодно он готов был отдать теперь, только бы Камилла была рядом! Даже просто увидеть ее, дотронуться рукой до ее руки — хотя бы на миг, на краткую секунду. Парень убеждал себя, что это лишь сон, а завтра все снова будет хорошо и он опять ее увидит, но изболевшемуся сердцу непросто было поверить в это.

Чтобы как-то успокоиться, Себастьян начал слоняться по комнате из угла в угол, пока наконец черные тучи внутри него немного рассеялись и свежий ночной воздух, свободно влетая в распахнутое окно, охладил его пылающую голову. Взяв свою последнюю картину, до сих пор сиротливо стоявшую в углу, парень осторожно прикоснулся к нарисованному девичьему силуэту, едва различимому в окружающей темноте.

Не зажигая в комнате свет, он исступленно шептал девушке с картины всякую нежную нелепицу, словно это могло сделать их ближе, сократить расстояние между ними, казавшееся в той беззвездной ночи огромным...

Он наконец дал себе волю и больше не сдерживал слез. Опять был готов бросить все и мчаться к ее окнам, только чтобы посмотреть издали на блеклый огонек в окне ее спальни.

«Но никакого огонька ты не увидишь — ведь она давно спит! Просто распугаешь всех кошек в округе, послоняешься, как полоумное привидение, и ни с чем пойдешь домой. Подожди до утра и перезвони, чтобы убедиться, что все хорошо... И что вечером она вновь будет ждать тебя в условленном месте...»

Отпустив в свой адрес еще добрую охапку ругательств, Себастьян все-таки заставил себя снова улечься в кровать. Между тем спать ему не хотелось. Лишь устроив рядом с собой картину, он смог наконец успокоиться.

Завтра поедет к ней. Завтра они снова увидятся. Завтра опять будет все прекрасно...

— Черт побери, почему бы и нет? Ради того, чтобы находиться рядом с Камиллой целый день, я согласен не только покойников разрисовывать, а... на что угодно... — прошептал он вдруг и сам поразился этой мысли.

Действительно, почему бы нет? Что он теряет? Свою работу развозчика пиццы, давным-давно опостылевшую, которую и так мечтал поменять? А теперь его любимая предлагает ему возможность работать вместе — быть рядом с ней целый день. Что же мешает ему согласиться?

Даже если это продлится ненадолго и у него ничего не получится — что ж, он всегда сможет найти себе другое место. Было бы желание... Немного средств он скопил — их вполне хватит на месяц-другой, а дальше — время покажет.

— А дальше — время покажет, — повторил Себастьян вслух в пустоту, неожиданно проваливаясь в зыбкий сон — но уже без сновидений.

***

— Я согласен!

Это было первое, что он выдохнул в трубку Камилле, едва успев поздороваться.

— Ты... о чем? — пролепетала девушка, еще зевая. Видимо, он разбудил ее своим ранним звонком.

— О салоне. Я согласен поработать с тобой, — скороговоркой выпалил молодой человек, сам поражаясь этим словам.

— О, это чудесно! — оживилась она. — Так и думала, что ты согласишься! Я сегодня же поговорю с сеньорой Региной.

— Но сегодня у нас получится встретиться только вечером, — вздохнул Себастьян.

— Ничего... Я буду ждать тебя.

Даже не видя ее лица, он знал, что она улыбается. До чего же приятно было слышать ее голос и представлять — немного заспанной, со слегка припухшими после сна веками... Как ему хотелось быть рядом с ней в этот миг!

— Спасибо, что разбудил: мой будильник, кажется, уснул еще крепче меня... — Ее смех напоминал переливы колокольчиков. — А теперь надо бежать приводить себя в порядок... До вечера, Себастьян!

— До вечера, — выдохнул он, однако так и не смог нажать на мобильном красную кнопку «отбой». Вместо этого продолжал слушать на той стороне волны ее дыхания.

— Почему ты не кладешь трубку? — неожиданно спросила она.

— А ты почему?

— Потому что не хочу прощаться с тобой, — бесхитростно ответила девушка, и ему еще больше захотелось расцеловать ее. В его любимой полностью отсутствовало наигранное кокетство. Камилла была совсем другой.

— Я тоже...

— Ну тогда нам придется сидеть с телефонами до самого вечера, когда уже надо будет идти на свидание, да?

— Да. Я готов сидеть так до вечера, — честно ответил Себастьян.

— Нет, это не получится — ну разве что наши клоны вдруг откуда-то возникнут и поедут вместо нас на работу... Тогда давай вместе — на раз, два, три — нажимаем «отбой». Идет?

— Идет, — согласился он.

— Раз, два...

— Три. Я люблю тебя, — выдохнул парень, уже не надеясь, что она его услышит.

Но она услышала.

— И я тебя тоже...

В мобильнике наконец послышались короткие гудки, а Себастьян еще минут пять держал в руках телефон, словно ожидая, что она вот-вот позвонит. И только потом заставил себя сползти с кровати и занялся утренними процедурами.

Глава 16
Святая Смерть

— Что с тобой, Себастьян? У тебя нездоровый вид, — отметила официантка Каролина, едва он переступил порог маленькой пиццерии.

Ароматный запах выпечки струился по всему залу. За столиками в этот ранний час было всего два посетителя — они пили утренний кофе.

— Уж не заболел ли ты?

— Не знаю... Возможно, — рассеянно пробормотал он, пожимая плечами.

Парню немного льстило всегда внимательное отношение девушки, но румяная и слишком уж пышнотелая Каролина никогда не вызывала у него ответного интереса. Вот и сейчас ее заботливые вопросы показались ему назойливыми.

— Я хотел поговорить с доном Карло... Он у себя?

— Нет, и еще два дня не будет, — озадачила его новостью официантка. — Он уехал из города, обещал вернуться лишь в пятницу. Так что нужно подождать.

— Я уже понял, — вздохнул Себастьян и поспешил на кухню за очередными заказами, махнув Каролине на прощанье рукой. Новость о том, что поговорить с хозяином пиццерии он сможет только через два дня, немного огорчила парня — по дороге на работу он уже представлял, как они с Камиллой будут встречаться утром и проводить вместе целый день... Хотя, пожалуй, оно и к лучшему — за эти несколько суток он сможет морально подготовиться к новой работе.

Обычный денек погнал его по обычному кругу: несколько коробок с пиццей, которую ожидали на завтрак горожане. А потом — опять пицца, но уже на обед — для работников, не имеющих времени выйти из офиса и пообедать в каком-нибудь кафе. Заказов сегодня было так много, что ему самому пришлось глотать свой обед едва ли не на ходу. Правда, сейчас их обилие вместо досады вызывало странную радость: ведь с каждой доставленной коробкой рабочее время неустанно сокращалось — а значит, приближало его к желанной встрече...

Но когда осталась всего одна коробка и на вечерних улицах уже зажглись огни, вдруг позвонила Камилла. Немного взволнованным голосом девушка извинилась — ей придется, наверное, еще на час-полтора задержаться в салоне.

— Что... так много работы? — осторожно спросил он, внутренне поежившись: в памяти тут же всплыли особенности ремесла Камиллы.

— Да нет, тут нечто другое. Сеньора Регина попросила помочь ей с новой вывеской... Я тебе потом расскажу.

— Тогда... Может, я сразу заеду за тобой в салон? — с надеждой спросил парень. Хорошее настроение уже упало до отметки «ноль», а в сердце заштормили волны грусти. Неужели ей надо проводить на работе столько времени? А ему — ждать еще несколько часов?

Но вместо ожидаемого вежливого отказа Камилла ответила утвердительно — и стрелка настроения снова поползла вверх.

Насколько мог быстро, он доставил последний заказ и, решив не заезжать домой, рванул на скутере прямо к салону.

Над заведением пока еще оставалась прежняя вывеска — ее явно никто не снимал. Окна салона ярко светились. Себастьян без колебаний открыл дверь и переступил порог. Пусть только попробует этот наглый Матео снова встать у него на пути!

Однако, вопреки ожиданиям, администратор к нему не вышел: вместо него к двери спешила уже знакомая сотрудница с добрым лицом и толстой косой вокруг головы — кажется, Пилар.

— Здравствуйте! — радушно поздоровалась она и улыбнулась ему, словно старому знакомому. — Вы, конечно же, к Камилле?

— Здравствуйте! Да, я хотел забрать её... Но она позвонила и сказала, что будет ещё занята.

— Ну, думаю, уже ненадолго — они там, по-моему, заканчивают съёмку, — Пилар махнула рукой в глубь коридора.

— Съёмку... Какую съёмку? — удивился Себастьян.

— Для новой вывески. Камилла, она такая умничка! Это была её идея. Идёмте, я вам покажу. Только тихо!

Заинтригованный, Себастьян поспешил вслед за Пилар по длинному коридору. Через приоткрытую дверь одной из комнат он увидел, как помещение то и дело освещают вспышки фотоаппарата.

Парень осторожно приблизился к двери. Свет по ту сторону был приглушён, но картина, открывшаяся перед глазами, просто ошеломила Себастьяна: на фоне роскошных цветочных букетов, под вспышками камеры стояла... сама Святая Смерть! Бледный череп смотрел живыми глазами, взгляд, величественный и торжественный, был устремлён вперёд. Чёрная мантия складками струилась вниз, не скрывая красоты женской фигуры. Густые волосы рассыпались по плечам и спине, а изящная рука держала две срезанные розы. От этого зрелища у парня мурашки побежали по спине...

Ошеломлённый, Себастьян едва не забыл дышать. Только немного присмотревшись, он наконец сообразил, что кости черепа просто искусно нарисованы на лице живого человека. А ещё через несколько ударов сердца понял, что в образе Святой Смерти перед ним — его Камилла...

— Правда, впечатляюще? — прошептала Пилар, тоже заглядывая в комнату, служившую чем-то вроде мастерской букетов.

— Да уж... — выдохнул парень. — А кто... кто сделал такой визаж? — спросил он, хотя, кажется, уже знал ответ.

Пилар неожиданно хихикнула.

— Да кто бы сделал это лучше нашей Камиллочки! Ещё на позапрошлый День Мёртвых она так прекрасно разрисовала себя, что у нас теперь отбоя нет от заказов! В очереди на такой особенный макияж от Камиллы масса желающих, и перед праздником у нее и минуты нет свободной! Но все равно никто не выглядит в образе Святой Смерти так же хорошо, как она.

Себастьян вполуха слушал женщину, не в силах оторвать глаз от своей девушки, которая казалась теперь частью какого-то темного волшебства. Он сам никогда не прибегал к «особенному макияжу» на День Мертвых, хотя любителей подобных вещей всегда хватало. Многие разрисовывали себе лица в виде черепа, особенно — молодежь, но часто их старания имели чисто символический вид. Между тем если за дело брался профессиональный визажист, то такие живые картины выглядели очень даже впечатляюще... И все же то, что он сейчас видел перед собой, было верхом профессионализма!

— Она просто... необыкновенная, — прошептал Себастьян, ни к кому конкретно не обращаясь.

Фотограф, наконец закончив свою работу, поблагодарил модель. Только теперь Камилла повернулась к двери и заметила Себастьяна.

Оставив цветы, девушка выпорхнула ему навстречу.

— Ну, как я тебе? — улыбнулась она.

Эта улыбка на разрисованном лице выглядела слегка зловеще.

— Непередаваемо, — честно признался он. — Но... Где ты такому научилась?

Камилла пожала плечами.

— Мне всегда нравилось делать этот особый визаж к празднику. А когда сеньора Регина заговорила о новой вывеске, я и предложила... Наряд мне сшила Пилар.

— Просто замечательно! — немолодой фотограф, подойдя к девушке, просиял. — Получилось даже эффектнее, чем я думал! У вас будет лучшая вывеска в городе!

— А у нас с тобой — премия! — приобняла Пилар за плечи не менее довольную Камиллу. — Идемте, уважаемый, я провожу вас, — обратилась женщина уже к фотографу, вежливо пропуская его вперед.

— Наверное, мне стоит переодеться. И умыться, — снова улыбнулась Камилла. — Подожди меня, я быстро!

Девушка тут же скрылась за следующей дверью, оставляя Себастьяна одного среди роскоши погребальных букетов. Он невольно поежился: это место совсем не казалось ему комфортным. Поэтому парень искренне обрадовался появлению Пилар.

— Так вам и вправду понравилось? — спросила женщина в продолжение прерванного разговора.

— Очень... впечатляюще, — честно ответил Себастьян. — Хотя я пока еще не совсем привык, что Камилла занимается... таким оригинальным видом искусства, — неожиданно признался он.

Мягкий голос и приветливое лицо Пилар непроизвольно располагали к доверию.

— О, она у нас большая мастерица! Поверьте, я раньше работала и в других салонах, но никогда еще не замечала, чтобы у кого-то выходило так же хорошо, как у Камиллы. Сеньора Регина очень гордится ее работой.

— Я понял, что ей нравится это... занятие.

— Да, это просто дар! И она использует его весьма искусно. Уверена, когда-нибудь Камилла откроет свой салон — даже в столице ее мастерство оценили бы по достоинству! — не без гордости добавила женщина.

— Да, Камилла — просто чудо, — согласился он, хотя высказывание Пилар о будущем собственном салоне Камиллы не слишком пришлось ему по вкусу.

— А вот и я!

Себастьян обернулся на ее голос. В легком ситцевом платье и совсем без макияжа девушка ему нравилась куда больше, чем в предыдущем мистическом образе.

— Ты действительно быстро! Тогда поехали?

Вместо ответа она взяла Себастьяна за руку.

— Езжайте, я сама тут все приберу, — махнула им Пилар.

— Спасибо! И до завтра! — уже на ходу в ответ помахала рукой Камилла.

— До свидания, — вежливо откланялся Себастьян.

После непривычных запахов салона теплый городской ветерок ему показался родным. Рядом снова была любимая. Он продолжал держать ее за руку даже по дороге к оставленному скутеру — будто девушка могла вдруг исчезнуть, испариться в томном густом воздухе. Себастьян не хотел ее отпускать ни на минуту.

— Я подумал... И хочу работать с тобой, — повторил он то, что сказал ей утром по телефону.

Камилла радостно обняла его.

— Это было бы просто чудесно, — прошептала девушка. — Я обязательно поговорю с сеньорой Региной — думаю, она согласится.

— Будем надеяться, — искренне ответил он.

Вечер снова закружил их в хороводе вечерних улиц. Беззаботно гуляя по городу, они болтали обо всем на свете, пили кофе и просто наслаждались обществом друг друга.

Прощание у дверей Камиллы обычно растягивалось едва ли не на час, и сегодня все происходило так же. Вновь и вновь прижимаясь к губам девушки пылким поцелуем, он больше всего на свете желал очутиться по ту сторону ее порога... Но, как и раньше, не смел просить об этом.

Когда дверь опять захлопнулась, скрыв за собой Камиллу, Себастьян лишь вздохнул. Он не будет ее торопить. Не станет проявлять излишнюю настойчивость...

Ночь сжалилась над его тоскующим сердцем: вместо ставших почти привычными кошмаров, он видел возлюбленную в белом платье — она танцевала красивый медленный танец, легко кружась в облаке белого тюля и кружев. Тончайшая вуаль почти полностью скрывала ее лицо, а вокруг распускались ярко-алые розы. Завороженный дивным зрелищем, Себастьян спешил к любимой, протягивал к ней руки, но девушка ускользала от него, все кружась в своем танце. Почти выбившись из сил, он бежал за ней... пока не схватил ее изящную руку в тонкой белой перчатке. Их пальцы сплелись — так крепко, что даже сквозь сон парень почувствовал боль... А проснувшись, принял единственное возможное решение, так вовремя подсказанное странным сном. Конечно же, он сделает ей предложение! Камилла должна стать его женой, ведь он видел, ощущал и не мог ошибиться — их чувства взаимны и она действительно любит его! Они будут вместе... И свадьбу следует организовать особенную, прекрасную — такую, какая только может быть в девичьих мечтах. Все должно происходить незабываемо! И он позаботится об этом.

Пока что Себастьян не знал, с чего начать, но был уверен на сто процентов — он сделает все, что она только пожелает. Все, чтобы ей было хорошо...

Согретый такими мыслями, парень стал погружаться в сон со счастливой улыбкой на лице. И теперь не слышал, как тревожно взвыла за окном сирена на промчавшейся по улице полицейской машине. Все тревоги и горести остального мира не касались его, пока он плыл на волнах мечты в мире счастливых грез...

Глава 17

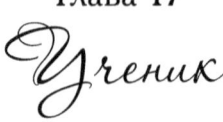
Ученик

— Значит, вы и есть тот самый Себастьян, о котором я уже так много наслышана?

Голос сеньоры Регины, сухой и звучный, был под стать ей самой. Высокая, стройная, если не сказать — худая, эффектная женщина лет пятидесяти со сдержанным интересом разглядывала слегка смущенного парня. Строгий черный костюм, выгодно подчеркивающий фигуру, добавлял ее образу элегантности. Темно-карие, цвета крепкого кофе глаза на бледном лице смотрели строго и прохладно. Ее можно было бы назвать красивой, если бы не ровная линия тонкого рта.

Под взглядом женщины, пристальным, как у школьной учительницы, предпочитающей идеальный порядок, Себастьян почему-то чувствовал себя провинившимся учеником.

— Да, сеньора.

— Камилла рассказала мне о вашем желании попробовать себя, работая в нашем салоне. Что ж... Пока не могу дать вам ответа — он будет зависеть от того, как я оценю вашу работу. Насколько понимаю, у вас больше опыта в качестве художника, а не визажиста, да?

— Именно так... — он не знал, что еще ответить.

Собственно, опыта визажиста у него не было вовсе — между тем парень предпочел об этом умолчать, чтобы его тут же не выставили за дверь.

— Но если вы так хороши, как утверждает Камилла, — продолжала хозяйка заведения, переведя взгляд на девушку, — я дам вам шанс показать себя в работе. Сегодня у салона есть заказ.

Пускай Камилла введет вас в курс дела и даст возможность проявить свои таланты.

Девушка лишь послушно кивнула в ответ.

— Тогда я вас больше не задерживаю. Приступайте. И позовете меня, когда закончите.

Дав понять, что она уже все сказала, сеньора Регина резко повернулась на тонких высоких каблуках и зашагала прочь, звонко выстукивая ими по паркетным доскам пола.

— Кажется, я ей не понравился, — пробормотал Себастьян, направляясь вслед за Камиллой ко входу в подвал.

— Почему ты так решил? Она всегда такая, — пожала плечами девушка. — Увидишь, она оценит тебя по достоинству!

— Вот этого я и боюсь, — честно признался парень. — Ведь опыта у меня никакого. Наверное, это была не лучшая идея...

— Не говори глупостей! — отмахнулась от его сомнений Камилла. — Все у тебя получится, если только захочешь. Опыт приобретается в работе. А я научу тебя всему необходимому.

Себастьян согласно кивнул, однако его уверенность в своих возможностях после встречи с директором салона серьезно поколебалась. Может, потому объяснения Камиллы, какие краски и средства для чего предназначены, он слушал без энтузиазма. Девушка не могла не заметить этого. Остановив свою лекцию, она взяла парня за руку и заглянула ему в глаза.

— Себастьян... Зря ты сомневаешься в себе, — сказала серьезно. — А я вот — не сомневаюсь. И знаешь почему? Должна тебе кое в чем сознаться... Помнишь, когда я была у тебя в гостях и ты пошел проводить домой Слай?

— Помню, конечно...

— Вы ушли, и... В общем, я не удержалась и заглянула к тебе в комнату. И увидела ту картину... Это ведь ты рисовал, правда?

— Правда. Но это же просто картина, — слегка смущенно пожал плечами Себастьян, словно его уличили в непозволительной шалости.

— Нет, не просто картина — настоящее полотно! Ее... меня рисовал не дилетант, а художник — это увидит любой, кто бы ни взглянул на холст. Я не понимаю, почему ты не пользуешься своим талантом, а прячешь его. Талант ведь для того и нужен, чтобы привносить в наш мир что-то хорошее. Красоту... И сегодня мы будем заниматься именно этим. Просто вместо полотна перед тобой будет лицо человека. На нем надо нарисовать картину — так, чтобы тебе поверили, что увиденное глазами окружающих — тоже настоящее. Смерть требует к себе уважения. И нашей работой мы выражаем почтение к ней и к тому человеку, для которого делаем это.

Слова Камиллы прервал резкий звук спускающегося лифта. В ту же минуту дверь в подвал открылась, в помещение заглянул невысокий мужчина средних лет, одетый в джинсы и просторную футболку.

— Можно? Привет, Камилла!

Он сразу подошел к ним и дружелюбно протянул руку Себастьяну.

— А это у нас...

— Себастьян! — парень пожал протянутую руку. — Надеюсь, буду работать у вас — помощником Камиллы.

— Диего! Я тоже здесь работаю. Транспортный отдел, так сказать. Обеспечиваю клиентам комфортную доставку, — не прекращая говорить, парень открыл дверцу лифта и ловко вытолкал из кабинки уже ранее виденный Себастьяном столик на колесах. На нем лежал покойник, прикрытый белой простыней.

Себастьяну стало не по себе при мысли о том, что он сейчас вынужден будет делать. Диего, словно угадав настроение молодого человека, подошел к нему и похлопал его по плечу.

— Не волнуйся, у нашей Камиллы ты тоже станешь мастером! Если хоть чуть-чуть чего-то умеешь, то дальше она тебя научит... Ради такой красотки, как она, я бы тоже рискнул. Но, к сожалению, лучше всего в руках я держу руль, а кисточкой только в школе пробовал... Ну и еще, когда кота вместе с сестрой разукрашивали черной краской, чтобы сделать ему полоски, как у тигра. Ох и влетело нам тогда от матери! До сих пор уши болят, как вспомню, — Диего широко улыбнулся. Мрачная обстановка подвала, кажется, совсем на него не действовала. — Ну, удачи вам, ребята. А я побегу — надо еще катафалк приготовить, а то левое заднее чего-то снова приспускает. Увидит Регина — из меня колесо сделает, — продолжал болтать Диего, уже исчезая за дверью.

— Ой, не знаю, влетит ли ему из-за колеса, а вот за то, что опять не надел костюм, — точно получит, — покачала головой Камилла. — Не любит он костюмы страшно, особенно — с галстуком...

Себастьян только рассеянно кивнул. Сейчас его куда больше, чем подробности о водителе, волновало нечто другое... И это другое скрывалось под белой простыней.

Камилла поняла его молчание правильно. Подойдя к каталке, аккуратно сдвинула простыню, открыв обличье покойника — вернее, покойницы. Это была женщина лет под шестьдесят. Худое, даже изможденное лицо сохранило на себе отпечаток болезненности.

— Что ты видишь? — тон Камиллы был сейчас тоном учителя, преподающего ученикам очередной урок.

— Женщина. Не очень старая. Наверное, она болела перед смертью — поэтому такая худая.

— Правильно, — согласилась его наставница. — Значит, как тут следует действовать? Если мы добавим красок и сделаем лицо ярким, выразительным, это не будет смотреться естественно. Тут нужна осторожность — слегка оживить цвет, сделать лицо как у спящего человека. Мирно спящей, доброй и милой женщины — такой она должна остаться в памяти детей и внуков. Следовательно...

Раскрыв рот, Себастьян ловил каждое ее слово. Она достала несколько баночек с гримом, кисточки — свои основные инструменты. Слушая объяснения, парень плавно и деликатно, чуть дрожащей рукой начал выравнивать тон.

Все происходящее действительно напоминало сотворение картины. Несколько слоев краски осторожно смешивались, создавая новый образ. Увлекшись, молодой человек уже забыл о своих предубеждениях и боязни, кисточки все уверенней порхали в его руках, добавляя, где нужно, более темный или же более светлый оттенок. Мягче овал лица, розовее — губы, четче изгиб бровей... Себастьян не заметил, как давно уже сам, без помощи Камиллы наносит последние штрихи к теперь сложившемуся портрету. И только почувствовав на себе еще чей-то пристальный взгляд, оторвался от своего занятия.

В дверях, на расстоянии нескольких шагов от них, стояла сеньора Регина — похоже, она находилась здесь уже довольно давно, и он, увлеченный работой, не заметил ее появления. Директриса, звонко застучав каблуками по каменному полу, подошла ближе и внимательным взглядом оценила лицо мертвой женщины.

— Неплохо, молодой человек, очень даже неплохо, — вынесла наконец свой вердикт замершему в ожидании Себастьяну. — Думаю, из вас будет толк. Можете остаться, — добавила, выждав эффектную паузу. — Камилла! Стажер — на твоей ответственности. Пусть пока учится, а дальше — посмотрим.

— Благодарю, — выдохнул Себастьян, у него как будто с плеч свалился тяжелый камень.

Когда за госпожой Региной закрылась дверь, парень тоже отошел на несколько шагов и оглядел свое первое — в качестве ученика — творение. Неожиданно он почувствовал к этой мертвой женщине симпатию. Она была уже не просто телом, а неким образом, земной обителью ушедшего человека, которую оставила душа.

— Вот видишь, у тебя все получилось, — ласково коснулась его плеча Камилла. — А еще мне кажется, тебе это тоже понравилось, — тише добавила она и посмотрела ему в глаза.

— Если бы мне сказали такое раньше — еще месяц назад, я бы ни за что не поверил, — покачал головой Себастьян. — А теперь... По-моему, ты права. В этом есть что-то... Нечто особенное. С тобой я начал смотреть на мир по-другому. И это мне нравится.

Не сдерживая порыва нахлынувшей нежности, Себастьян привлек девушку к себе и коснулся ее губ поцелуем. Она обняла его за шею. Горячая волна закружила их, заставляя забыть обо всем на свете... Молчаливая свидетельница такого проявления чувств терпеливо ждала в сторонке, пока на нее снова обратят внимание, и совсем не мешала этим двоим — таким молодым и таким живым...

За их спинами скрипнула дверь, заставляя парня и девушку мигом очнуться, но проворный Диего заглянул внутрь секундой раньше до того, как они успели это сделать. Водитель катафалка от неожиданности лишь крякнул и смущенно потупился.

Камилла, покраснев, молниеносно бросилась собирать свои кисти и баночки. Когда девушка повернулась к ним спиной, Диего заговорщически подмигнул Себастьяну и одобряющим жестом поднял вверх большой палец: мол — правильно, дружище, нечего время терять — жизнь проходит...

— А вслух как ни в чем не бывало спросил:
— Так что — взяли?
— Взяли! — радостно подтвердил Себастьян. — Пока стажером.
— Добро пожаловать на борт нашего кораблика, так сказать!
— А чтоб кораблику хорошо плавалось, за это нужно — что?
— Что? — не понял Себастьян.
— Нужно выпить! — потер руки Диего, словно уже предвкушая хорошую посиделку. — Повод есть, и с тебя — текила!
— Ладно, согласен! — с готовностью отозвался парень, правда, бросив быстрый взгляд на Камиллу.

Все еще смущенная, девушка никак не отреагировала.
— Только после работы, а то...
— Диего, вы там еще долго? — послышался сверху обеспокоенный голос Пилар. — Доротея ждет, ей же гроб украсить надо!
— Уже идем! — крикнул Диего и тут же подхватил каталку. — Эй, Себастьяно, заталкивай ее сюда! — скомандовал он, открывая двери лифта. — И давай со мной наверх, а то ее ведь переложить надо... Освальдо куда-то вышел, а Матео, этот белоручка, никогда не поможет! Да и проку с него, честно говоря, как с цыпленка, — продолжал беззаботно болтать водитель, ничуть не смущаясь общества покойницы.

Парень с признательностью отозвался на его призыв помочь — благодаря непосредственности Диего он впервые почувствовал свою сопричастность к этому месту. Он был здесь уже почти своим...

Теперь осталось сообщить дону Карло, что тому придётся искать нового работника: Себастьян больше не будет развозить картонные коробки с пиццей на старом, разваливающемся мотороллере... Парень представил, как удивлённо вытянется при этом лицо босса, и широко улыбнулся. А близкое соседство трупа на каталке уже не мешало ему...

Глава 18
Странные разговоры

Себастьян, как и хотел, уволился с прежней работы сразу после возвращения дона Карло.

И хотя будущее парня теперь выглядело весьма туманно — кто знает, как пойдет дальше его работа помощником Камиллы? — но, расставаясь с частью прежней жизни, он чувствовал огромную радость. Словно последние несколько лет, выглядевшие отныне сплошной серой полосой, он только и ждал появления кого-то, кто раскрасит его одинокое существование яркими цветами, превращая дни в маленькие праздники, чтобы его жизнь наполнилась настоящими чувствами и переживаниями.

С момента знакомства с Камиллой у молодого человека больше не было времени маяться от скуки и неудовлетворенности собой и своим существованием. Каждая встреча, каждый день, проведенные вместе с ней, были такими же неповторимыми, как настоящие стихи о любви, — маленькие произведения искусства. Им никогда не было скучно вместе, а теперь, когда у него появилось общее с Камиллой увлечение (как ни странно, Себастьян всерьез увлекся уроками необычного визажа), они еще больше сблизились. Он удивлялся советам некоторых проводить хоть иногда вечера порознь, чтобы не надоесть друг другу.

Для него же день или тем более вечер без любимой был полон мучительного ожидания, и ничего хорошего в таком времяпрепровождении просто не мыслилось. Даже в магазин за покупками они ходили вместе, часто — держась за руки, чтобы не расставаться и на столь короткое время.

Он верил, что Камилла также испытывает подобные чувства — и до сих пор у него не было повода усомниться в этом. Себастьян никогда не расспрашивал ее о прошлом, как и не стремился говорить о своем — оно словно перестало существовать с момента их знакомства.

В тот вечер парень вернулся домой переодеться. По дороге назад Себастьян хотел заскочить в какой-нибудь попутный супермаркет — купить бутылку шампанского и фрукты.

Камилла сегодня впервые села за руль на курсах вождения, и это событие обязательно следует отпраздновать! Несмотря на то, что страх перед автомобилями после недавней аварии у девушки еще остался, она, не задумываясь, согласилась учиться ездить. И такая победа над своими страхами требовала поощрения... Или просто Себастьяну хотелось устроить для своей любимой приятный маленький сюрприз.

Но едва он, выйдя из машины, поднялся на крыльцо собственного дома, как услышал знакомый голос и остановился. Это был голос из прошлого.

— Себастьяно, привет!

Его позвала Роза — стройная девушка выше среднего роста, с густыми вьющимися волосами. Похоже, она совсем не изменилась за то время, пока они не виделись. Сколько? Год или больше? Когда-то они встречались, но потом Роза познакомилась, по ее выражению, с «настоящим парнем» и дала понять Себастьяну, что между ними все кончено... Однако почему сейчас она оказалась возле его дома?

Себастьян был настолько удивлен, что даже не сразу ответил на приветствие. Лишь когда девушка подошла ближе, он наконец поздоровался с ней.

— Как твои дела?

Она стояла в шаге от него, улыбаясь, но улыбка казалась почему-то немного натянутой, а в глазах, кроме любопытства, поблескивала еще и некая настороженность. Будто Роза ожидала от бывшего парня какого-нибудь неадекватного поступка.

— Я тут была у подруги и увидела, что ты подъехал к дому. Решила зайти поздороваться… Ты купил машину?

Она оценивающе, но без особого интереса окинула взглядом «жука».

«Что ей надо?» — эта мысль не переставала вертеться в голове Себастьяна.

— Можно войти или так и будем стоять на пороге? — теперь она уже казалась обиженной.

— Извини… Входи, конечно. Правда, я не ждал гостей…

— Я только на минутку, — заверила его девушка, заходя за ним следом.

И снова тот же оценивающий, пристальный взгляд, будто она ожидала увидеть нечто эдакое, а не заметив, осталась разочарованной.

В свою очередь Себастьян немного растерялся. О чем им говорить после того, как они целый год не общались? Когда-то, чувствуя себя ненужным и брошенным, он бы многое отдал, чтобы Роза вернулась к нему. Чтобы девушка вот так, без приглашения, вошла в его дом… Но сейчас ее появление не вызывало у парня никаких чувств, кроме замешательства.

— Так как ты живешь? Рассказывай, — снова улыбнулась она.

— Хорошо, не жалуюсь. А ты?

— У меня все отлично, — обронила Роза и опять с повышенным интересом уставилась на собеседника.

Себастьяну показалось, что она чего-то ждет от него, но чего именно — он решительно не понимал.

— Я слышала, тебя выгнали с работы, — вдруг заявила девушка, не глядя ему в глаза, — и ты сильно пострадал, когда разбился на машине…

— Не на машине, а на мотоцикле, — машинально поправил ее он. — И не разбился, а просто вылетел на обочину… Вовсе я не пострадал — пара мелких царапин, думаю, это можно не брать в расчет. Кстати, с работы меня тоже не выгнали — я всего лишь нашел место получше.

— Да? И где же?

— В одном салоне.

Себастьяну почему-то совсем не хотелось говорить старой знакомой всю правду. Да и кто она такая, чтобы вот так, без приглашения, являться сюда и устраивать ему настоящий допрос?

— А откуда у тебя такие сведения обо мне? — не удержался парень. — Не помню, чтобы я рассказывал кому-то об аварии…

«Слай! Только она могла разболтать все Розе. Но зачем говорить о том, чего не было? И не похоже это на нее — бывшая соседка, хоть и болтушка и может иногда посплетничать, однако рассказывать такую откровенную чушь точно не станет…» — пронеслось в голове Себастьяна, пока он, уже с некоторым раздражением, ждал ответа пришедшей незваной гостьи, которая, кажется, совсем не спешила уходить.

Роза только неопределенно пожала плечами.

— Извини… Люди говорят.

— Вот так вот просто и говорят на улице?

Он начинал злиться. Разговор совершенно не клеился, и Себастьян теперь жалел о том, что открыл Розе дверь. Но девушка, кажется, не замечала этого.

Себастьян не выдержал. В конце концов, он не должен выслушивать какие-то туманные сплетни о себе, только зря убивая время с немилой особой — тенью из прошлого, для которого больше нет места в настоящем. А ему еще надо успеть в магазин…

— Приятно было поболтать с тобой, Рози, но мне пора собираться — не хочу заставлять ждать мою девушку, — произнес он.

— Девушку? А как ее зовут? — оживилась та, нисколько, похоже, не смущенная его грубоватой попыткой закончить общение.

— Камилла.

— И она тебя ждет?

Роза задала вопрос с таким неподдельным удивлением, как если бы он признался ей, что встречается с призраком и теперь у них назначено свидание в полночь…

— Да, она меня ждет! Меня ждет лучшая девушка на свете, и поэтому я спешу, — вдруг с гордостью добавил он.

Его уже не смущало то, как странно Роза смотрела на него — будто не верила ни единому слову парня. Так смотрят на больных, которых жалеют... Но сейчас это уже не имело для него никакого значения — как и в целом появление этой ожившей тени с просроченным сроком давности.

— Ладно... Мне тоже теперь пора. Рада была повидаться, Себастьян, — пробормотала Роза, направляясь к двери.

— Всего хорошего!

Себастьян не встал, чтобы проводить ее. А когда за ней закрылась дверь, вздохнул с облегчением.

Сказать по правде, он нисколько не сердился на Слай (кто еще мог разболтать Розе о Камилле и аварии?), хотя появление сплетен оказалось неприятным сюрпризом. Какое кому дело до его жизни? Ведь и Рози пришла не затем, чтобы поддержать его... А зачем вообще она приходила?

И само появление девушки, и ее вопросы, и то, как она на него смотрела, — все казалось каким-то неестественным, натянутым, некой плохо сидящей маской, под которой припрятано нечто совсем иное. Но что именно — выяснять это у него не было никакого желания.

Однако при встрече он напомнит Слай, что друзья не обсуждают личную жизнь других с их «бывшими»...

Махнув рукой на все непонятные странности, Себастьян вернулся к своим первоначальным планам — быстренько привести себя в порядок, захватить немного денег и рвануть за сюрпризом для любимой.

Да, когда-то ему нравилась Рози, и даже очень — настолько, что он думал, будто влюблен в нее. Но ничего хотя бы отдаленно похожего на то, что было у них сейчас с Камиллой, с ним еще не происходило. И не произойдет. Ведь настоящая любовь бывает только раз в жизни...

Мысленно переключившись на уже привычную волну, он совсем перестал думать о Розе.

Однако, если бы Себастьяну вдруг пришло в голову выглянуть в окно, он бы заметил, как, отдаляясь от его дома, девушка разговаривает по телефону и опасливо озирается назад.

А если бы он смог услышать то, о чем быстро рассказывала Роза своему собеседнику, то удивился бы еще больше…

Глава 19
Санитарный день

Первое, что увидел Себастьян, подъезжая к салону, — новую вывеску над дверью: «Салон „Санта Муэрте". Ритуальные услуги» — текст остался прежним, хотя начертание букв изменилось, от совсем простого — к более изысканному. А сбоку от двери красовался рекламный щит, на котором в окружении поникших роз скромно стояла... сама Святая Смерть. Щит этот именно красовался, ведь фигура на нем неизбежно привлекала внимание, пугающая, величественная и по-своему, совершенно по-особому — прекрасная...

— О, сеньор Себастьян, доброе утро! — из размышлений его вывел спокойный и звучный голос, заставивший парня, тем не менее, вздрогнуть.

Перед ним стояла сама хозяйка салона. На ней опять был эффектный черный костюм, теперь уже из плотного шелка, несмотря на то что на улице по-прежнему властвовала жаркая пора.

«Я пока еще не видел, чтобы она носила одежду другого цвета, — про себя отметил Себастьян, отвечая на приветствие. — Хотя ей совсем не обязательно так одеваться: хозяйка ведь никогда не участвует в самих похоронах, как, например, Освальдо или Диего. Но между тем она постоянно в черном — и всегда хорошо выглядит. Правда, на ее лице редко гостит улыбка. Однако в салоне ритуальных услуг это вполне уместно...»

Первым делом, переступив порог, он уже искал глазами возлюбленную. Стеснительная девушка решила, что все же они будут добираться на работу порознь — хотя бы первое время.

Не следует пока ставить всех в известность о том, какие у нее отношения с помощником.

Ее волновало не столько мнение других (кстати, Себастьян был принят в коллектив очень даже благосклонно), как то, что это может не понравиться сеньоре Регине. Ведь в таком случае — прощай, новая работа. Поэтому они решили не афишировать свою любовь.

Диего, по заверениям Камиллы, тоже не должен был болтать о сцене, случайно увиденной им за дверью. Правда, Себастьян в этом сильно сомневался, подозревая, что водитель катафалка — сплетник не слабее Слай, однако перечить смысла не было: все встанет на свои места само собой, надо лишь немного подождать...

— Сеньор Себастьяно, у нас сегодня санитарный день, — опять вернул его к реальности властный голос Регины. — Поэтому потрудитесь помочь коллегам привести в порядок рабочие места. Генеральная уборка накануне праздника будет уместна, — завершила она свою краткую речь, единственным слушателем которой оказался Себастьян.

Другие, как выяснилось, уже трудились, выполняя распоряжения хозяйки салона.

— Привет, парень! — добродушно хлопнул его по плечу свободной рукой Матео-старший, тащивший огромное ведро с водой. — Как тебе наша новая вывеска? — подмигнул юноше хитрый продавец. Его широкое лицо расплылось в благодушной улыбке.

— Она просто прелесть, не правда ли?

— Правда. Камилла в этом образе неподражаема, — честно сказал Себастьян.

Матео с опаской покосился в сторону кабинета хозяйки.

— Ладно, беги давай, а то наша мадам что-то сегодня не в духе. Опять пристала со своей уборкой. Ей бы только тряпкой махать. Точнее — чтоб другие махали. Чего здесь убирать-то, если и так чисто? Сыночек, наверное, вновь что-то выкинул, вот она и злится. А на нас вымещает, — последние слова Матео произнес уже шепотом, вновь подхватывая свое ведро.

Слегка обеспокоенный, Себастьян поспешил к Камилле. Девушка была там же, где он и ожидал ее найти, — в подвале, служившем мастерской. Она тоже честно занималась уборкой — щетки и тряпки громоздились на столе, а Камилла, стоя на цыпочках, как раз вытирала пыль с верхушки шкафчика.

Увидев на пороге Себастьяна, оставила свое занятие и поспешила к нему.

— Добро пожаловать в рабочие будни, — грустно улыбнулась она после обычного приветствия, и Себастьян заметил, что у нее совсем нет настроения. — Ничего не поделаешь, работы у меня — да и у других — не так много, как хотелось бы. В Росарито, к сожалению, — или лучше сказать, к счастью... в общем, в городе умирает мало людей. Да и мы не единственный салон. Поэтому регулярные уборки случаются куда чаще, чем настоящая работа.

— Может, все не так уж и плохо.

Себастьян принялся помогать. Парень видел, что это скучное занятие, в отличие от сотворения шедевров визажа, совсем не радует его девушку. Он многое отдал бы за то, чтобы Камилла могла заняться любимым делом, но, к сожалению, в этом был бессилен. Чтобы отвлечь ее, во время уборки молодой человек стал рассказывать разные истории — все, какие только мог припомнить.

Камилла рассеянно улыбалась, иногда качала головой, однако по-прежнему была грустной.

— Слай вместе с Педро приглашают нас к себе на праздник, — прибегнул он к последнему козырю, припрятанному на самый вечер. — Что ты об этом думаешь?

— Совсем неплохо, — чуть оживилась Камилла. — Но только после концерта на площади, — быстро добавила она. — Мы ведь пойдем туда, правда?

— Конечно, как ты захочешь!

Себастьян сейчас готов был уверить ее в чем угодно, только бы немного поднять девушке настроение.

И хотя сам он не относился к числу больших любителей уличных парадов и шумных концертов, которые обычно устраивали на День города власти Росарито, но ради Камиллы...

Глава 20
Фламенко на площади

Себастьян наблюдал за карнавальным шествием, тянувшимся в сторону центральной площади.

«День города наверняка повсюду отмечается с размахом, — думал он. — Даже в самом захудалом городишке, что чтит свои традиции. Но праздновать так, как это делают мексиканцы, не умеет никто...»

В тот день, кажется, все жители Росарито посчитали своим долгом принять участие в празднике — от стариков до самых маленьких горожан. Нарядно одетые, часто — в национальных костюмах, люди пели и танцевали прямо на улицах. Ряженые на высоченных ходулях, в масках вышагивали по дороге, возвышаясь над пестрой толпой. Даже байкеры не остались в стороне — колонна мотоциклистов, украшенных лентами, разъезжала по улицам, вызывая восторженные возгласы зрителей.

Не без гордости Себастьян шел рядом с Камиллой, держа ее руку в своей, и не мог не замечать, как заинтересованно смотрели на его девушку: с восхищением — мужчины, и слегка завистливо — женщины. Тому была причина: в ярко-алом платье, что мягкими складками струилось вдоль ее стройных ног, она выглядела настоящей красавицей. Но, возможно, было еще что-то: ее лицо светилось счастливой влюбленностью. А ведь именно любовь красит женщину, как ничто другое...

На центральной площади уже собралась толпа. Продавцы уличной еды насилу справлялись с количеством заказов. Разноцветные воздушные шары и сахарная вата, громкая музыка и смех — все смешалось в ярком калейдоскопе праздника...

Нагулявшись вдоволь, Себастьян уже хотел оставить шумную площадь и украсть свое сокровище у праздничного города, чтобы поскорее уединиться с любимой, но Камилла как будто ждала чего-то и не спешила уходить.

Все выяснилось немного позже. Зрители освободили место на площади, собравшись в большой круг, и в его центре стали выступать танцоры из многочисленных танцевальных школ.

Себастьян не очень увлекался танцами. Когда-то давно, еще в младших классах, бабушка привела его на занятия в группу современной хореографии. Но, честно отмучившись несколько недель, преподавательница в порыве эмоций накричала на не слишком успешного ученика, сравнив его с медведем на арене цирка... С тех пор танцевальный кружок он больше не посещал. Гораздо позже, будучи уже подростком, возможно, из чувства противоречия, он таки заучил несколько последовательных движений, однако на этом его хореографические подвиги закончились...

Между тем танцоры на площади были действительно великолепны. Не поддержать их аплодисментами — значит выразить полное неуважение. Поэтому вместе со всеми Себастьян и Камилла остались понаблюдать за танцевальными этюдами отдельных исполнителей и целых групп. В самый разгар импровизированного концерта девушка вдруг нежно коснулась его руки.

— Подожди меня здесь, ладно? Только не уходи никуда! Я скоро вернусь, — шепнула она ему на ухо и вмиг растворилась в толпе.

Себастьяну ничего не оставалось как выполнить неожиданную просьбу. Но без Камиллы яркая мишура продолжающегося праздника моментально утратила свою привлекательность. Теперь все вокруг представлялось лишь пестрой суетой...

Время шло, однако девушка не возвращалась. Немного поколебавшись, он набрал ее номер, но длинные гудки тонули в окружающем шуме — девушка не брала трубку.

«Ничего странного, вряд ли тут можно услышать звонок мобильного», — утешал себя он, и все же тревога нарастала. Куда она исчезла? Почему ничего не объяснила?

— Следующий танец его исполнительница посвящает своему парню, которого зовут Себастьян! — прозвучал вдруг голос распорядителя танцев. — Итак, встречайте: Камилла Алонсо!

Услышав знакомое имя, Себастьян оглянулся... и замер в изумлении: посреди сцены стояла именно она — его Камилла! Но как такое возможно?!

— Как такое возможно? — прошептал он сам себе, пораженный еще больше, когда под звуки страстного фламенко стройная фигурка в развевающемся от быстрых движений платье грациозно взлетела в танце.

Она, казалось, то плыла, словно гордый лебедь, то вдруг при ускорении ритма музыки взмывала вверх радостной чайкой, не ведающей преград.

Нет, это не были попытки дилетантки привлечь к себе внимание — в каждом движении за кажущейся легкостью просматривалось мастерство, отточенное годами. Как и где она успела научиться так танцевать?!

Сейчас, под крики восторженной толпы, молодая танцовщица своим телом, ритмом движений, похоже, рисовала особенную картину — любви и страсти, радости встреч и боли расставаний. И эта картина предназначалась ему! Для него одного танцевала она, его взгляд искала среди сотен других...

Музыка уже сменилась новой, и под бурные аплодисменты волшебница танца исчезла со сцены, а он все стоял неподвижно, словно продолжая впитывать в себя каждый момент танцевального действа заново, чтобы сберечь в растревоженном сердце навсегда.

— Тебе понравилось? — услышал Себастьян рядом самый близкий голос в мире.

Разрумянившаяся, с блестящими глазами, все еще взволнованно дыша, Камилла казалась сейчас каким-то небесным созданием, ангелом, посланным на землю, чтобы принести в своих ладонях рай для обычного смертного, не ведающего, чем заслужил подобное счастье.

— Это было... просто потрясающе! У меня даже нет слов, — честно сознался он. — Я и не подозревал, что ты умеешь так танцевать.

Лицо Камиллы светилось радостью.

— Я еще с детства занималась танцами. Может, и ничего особенного...

— Не говори так! Это было... было... — он только развел руками, не в силах найти подходящие слова, чтобы выразить свои чувства.

— Я танцевала для тебя.

— Знаешь, для меня никто никогда ничего подобного не делал, — тихо произнес парень, но девушка услышала его слова, несмотря на окружающий шум.

Они стояли, держась за руки и молча глядя в глаза друг другу. Их взгляды были красноречивее любых слов...

— Идем отсюда, — произнесли почти одновременно и вместе рассмеялись над этим.

— Ну, я же говорила, они где-то здесь! — знакомый голос перекрыл громкую музыку.

И тут же рядом с ними из толпы вынырнула Слай, волоча за руку слегка растрепанную смуглую женщину в индианском костюме.

— Привет! Наконец-то мы вас отыскали! — воскликнула она довольным тоном и тут же ринулась к Камилле. — Ну ты и фейерверк устроила! — восторженно затараторила, обняв девушку, словно близкую подругу. — Просто класс! Ты самая лучшая танцовщица — куда этим! Идем отсюда — после танца Камиллы смотреть тут уже больше не на что... Кстати, познакомьтесь — Ванесса! Ванесса, а этот парень, стоящий с открытым ртом, — мой друг детства Себастьян, вот эта красотка — его девушка, которая пять минут назад всем здесь поддала жару.

Продолжая возбужденно тараторить, Слай уверенно тянула за собой через толпу теперь уже двух девушек.

Догоняя спутниц, Себастьян поймал себя на мысли, что впервые в жизни испытывал досаду в связи с появлением подруги детства. Но она действительно походила на стихийное явление, поэтому ее можно было принять лишь такой, какая есть...

Остаток вечера прошел в шумной компании: дома у Слай собрались их с Педро друзья и родственники, которых оказалось не так мало, как у Себастьяна. Камилла смеялась от души над неуемными шутками Слай. Да и Педро был хозяином куда более радушным, чем следовало себе представить по придирчивым рассказам его жены.

Лишь в средине ночи, когда на черно-сером покрывале немеркнущего городского неба начали появляться светло-серые полосы, утомленные и довольные, гости наконец собрались уходить.

Вызвав такси, Себастьян повез любимую домой: садиться за руль после бурного застолья было бы безответственно — ведь теперь он отвечал не только за себя.

Склонив голову, Камилла мирно дремала у него на плече почти всю дорогу, а он осторожно гладил ее волосы в полутьме, не замечая ни все еще мигающих праздничных огней городских улиц, ни громкой музыки из старенькой автомагнитолы таксиста...

Поднявшись к ее квартире, парень вошел туда вместе с девушкой, которая едва держалась на ногах от усталости.

— Ты можешь остаться, если хочешь, — прошептала она ему на ухо. — Уже поздно тебе ехать домой...

Как давно мечтал он услышать подобные слова! Но теперь, когда они были произнесены, Себастьян растерялся.

Он сел рядом с Камиллой на край дивана и не нашел ничего лучше, чем спросить:

— Ты хочешь чего-нибудь выпить? Я просто умираю от жажды...

— Да, и я тоже! Посмотри, пожалуйста, в холодильнике: там у меня, кажется, есть целый кувшин лимонада.

— Я сейчас!

Себастьян метнулся на кухню. Слегка трясущимися руками он открыл по очереди все тумбочки, пока отыскал два подходящих стакана.

Лимонад действительно оказался в холодильнике. Разлив напиток в посуду — и расплескав примерно столько же, — парень поспешил вернуться в комнату. Ни одной мысли не осталось больше в голове — испуганной стаей они бросились врассыпную, и лишь сердце гулкими ударами выдавало его взволнованность... Но, войдя в комнату, Себастьян лишь улыбнулся: свернувшись клубочком на диване, словно небольшая грациозная кошка необычной расцветки, Камилла крепко спала...

Поставив уже ненужные стаканы на тумбочку, он тихо выключил свет и опустился на пол рядом с диваном — осторожно, чтобы не спугнуть ее сон.

Девушка спала, а он сидел, облокотившись на диванную спинку, и смотрел на нее взглядом художника, пытающегося уместить в сознании пока еще не созданный шедевр. Ему хотелось запомнить ее такой, беззаботно спящей, трогательно-доверчивой. Запомнить — до каждой складочки на платье, до каждой черточки обожаемого лица...

Рассвет застал спящими и Камиллу, и Себастьяна — принцессу на диванчике с ее преданным рыцарем, который так и уснул, сидя на полу и держа ее за руку...

Глава 21
Большая разборка в маленьком салоне

Едва Себастьян успел переступить порог места своей новой работы, как услышал голос сеньоры Регины. Директриса громко отчитывала кого-то, не сдерживая гнева. Не прошло и минуты, как дверь кабинета начальницы распахнулась и оттуда выскочил Диего с красным опухшим лицом. Бормоча что-то себе под нос, он быстро попятился к выходу, а затем скрылся, провожаемый сочувственными взглядами сотрудников. Еще через полминуты дверь отворилась снова, теперь оттуда, громко сопя, буквально вывалился Матео-старший. Выглядел он не лучше, чем его «коллега по несчастью», и так же быстро поспешил оставить помещение.

— Что это с ними?

Пробегающая мимо Пилар лишь покачала головой:

— Оба явились на работу не вполне трезвые. Вот сеньора и дала им взбучку. Как бы вообще не уволила, — вздохнула женщина. — Ладно еще Матео — от него всякого можно ждать, но Диего…

Себастьян лишь успел приветственно махнуть Камилле, как раз выходившей из мастерской Доротеи. Дверь грозного кабинета распахнулась вновь, на сей раз выпустив саму хозяйку.

Сеньора Регина прижимала плечом телефонную трубку, при этом сверкающий взгляд ее глаз — с безукоризненным, как всегда, макияжем — не предвещал ничего хорошего. Тотчас все работники, живо вспомнив об очень важных и совершенно неотложных делах, заторопились к своим рабочим местам — подальше от суровой начальницы.

Не успели Камилла с Себастьяном спуститься в подвал, как к ним присоединилась Доротея.

— Видели, что произошло с Диего? — с порога выпалила она.

Казалось, ее просто распирает от желания поскорее поделиться свежими новостями хоть с кем-то. В уравновешенной и не слишком богатой на события жизни салона сегодняшнее происшествие, видимо, стало Происшествием с большой буквы.

Доротея была девушкой среднего роста, с пухлыми губами и тоненькими полосочками бровей. Свои волосы до плеч она зачем-то мелировала, хотя эта самая мелировка совсем не шла к ее маловыразительному лицу.

Доротею можно было бы назвать милой в те моменты, когда, пребывая в хорошем настроении, она трудилась над букетами, тихо напевая что-то себе под нос. В такие минуты ее лицо приобретало мечтательное выражение, словно мысли девушки витали далеко от того, чем занимались руки. Но было еще одно обстоятельство, время от времени превращающее ее почти в красавицу: когда рядом находился Освальдо, она необъяснимым образом преображалась. Глядя на молодого менеджера, Доротея как будто излучала нежность и словно светилась изнутри.

Замечал ли он сам такое отношение к себе, оставалось загадкой. Он не был близок ни с кем из персонала салона настолько, чтобы вести задушевные беседы. Неизменно вежливый и постоянно занятый, Освальдо отлично исполнял свою работу распорядителя похорон, хотя все знали, что он учится на программиста и все свободное время посвящает учебе и будущей профессии.

Вот и сегодня молодой человек взял дополнительный выходной, чтобы сдать какие-то свои тесты, поэтому некому было делать Доротею красивой…

— Сеньора Регина просто в страшном гневе! Наш водитель и Матео — представляете, оба явились на роботу полупьяными! —

повторила она то, что они уже слышали от Пилар. — Директриса мигом их вычислила и повела к себе в кабинет. Но через пару минут выгнала оттуда: мол, идите оба домой и проспитесь, только не дышите в мою сторону.

— Но что такое произошло с ними? Диего вообще никогда раньше не позволял себе подобных вещей, — всплеснула руками Камилла.

— В том-то и дело, что не позволял! — поддакнула ей Доротея. — А теперь кто его знает, чем это для него закончится. Ведь Матео, как-никак, родственник сеньоры, она его поругает-поругает, да и простит, как уже не раз бывало, а Диего...

— Ну не выгонит же она его на улицу из-за одной маленькой ошибки? — пожал плечами Себастьян.

Он искренне сочувствовал бедняге Диего, помня, каким несчастным тот выглядел утром.

— Да, однако вы еще не знаете, почему они с Матео напились ночью! — Доротея заговорщически оглянулась, словно боясь, что их кто-то подслушает. — Из-за женщины!

— Из-за какой? Из-за той, с которой встречается Диего?

— Ну да, из-за его последней пассии. Только уже в прошедшем времени.

— Погодите, что-то я не разобрал... Они с Матео напились вместе из-за одной и той же женщины? — недоуменно спросил Себастьян.

— Да нет! — отмахнулась Доротея и взглянула на него с легким пренебрежением, словно подумала: «Ох уж эти мужчины! Ничего не понимают в амурных делах...» — Это Диего расстроился из-за своей девушки... Потому что она бросила его! И пришел к Матео, они уже давно дружат. А тот живо отыскал лекарство от душевных ран — судя по их виду, литра два, не меньше. И они «лечились» чуть ли не до утра. И такими вот и пришли на работу...

— Что, неужели его опять бросила девушка? — сердобольная Камилла огорченно покачала головой. — Бедному Диего страшно не везет с женщинами! Он с ними знакомится, встречается... Но, когда они узнают, кем он работает, сразу же уходят от него! Это просто эпидемия какая-то.

— Ну, водитель катафалка, и что с того? — пожал плечами Себастьян. — Есть работы и похлеще.

— Наверное, эти женщины так не думают. Потому-то Диего до сих пор и холостяк.

— А давайте найдем ему невесту? — вдруг предложила Доротея. — А что? Не грех и помочь человеку...

— Хм... Даже не знаю, с кем его можно познакомить, — промолвила Камилла. — Женщины его возраста уже давно замужем, а совсем молоденькие...

— А молодая девушка тем более не будет встречаться с водителем катафалка, — подписала свой вердикт Доротея. — Но надо хотя бы попробовать помочь ему, ведь так недалеко и спиться с горя. Я лично займусь этим!

— Кажется, у меня есть одна кандидатура. Помнишь, Себастьян, у твоих друзей — у Слай и ее мужа, на вечеринке... — задумчиво протянула Камилла. — Девушка, которую Слай постоянно таскала повсюду за собой — по-моему, ее звали Ванессой...

— Индианка? — вспомнил Себастьян. — Хм... возможно... Во всяком случае, пугливой или глупой она мне не показалась.

— Мне тоже...

Их разговор оборвался буквально на полуслове: в этот момент дверь подвала отворилась и по крутым ступенькам вниз почти скатился парень лет двадцати, одетый в дорогущий светлый льняной костюм. Его волосы, по длине не уступающие прическе Доротеи, свисали прядями, скрывая половину лица — кстати, весьма симпатичного. С удивлением Себастьян отметил, что под стильным светлым пиджаком у незнакомца рубашки не наблюдалось. Кто бы это мог быть? Еще один работник?

— Салют! И что мы здесь делаем? Чешем языками? — бесцеремонно хихикнул он и подошел к Камилле. — Послушай, детка! Там твой портрет на стене... Неплохо, неплохо. Но клиентов можно было бы привлечь еще больше — если бы тебя сфотографировали... голой! Ну, что скажешь? Я бы мог устроить фотосессию...

— Уйди, Алехандро! — скривилась та и решительно отбросила руки парня, который уже полез ее обнимать, при этом оставаясь почти спокойной.

От такой наглости этого типа у Себастьяна просто пропал дар речи, а пальцы сами собой сжались в кулаки. Но Камилла, перехватив взгляд своего парня, непонятно почему остановила его чуть заметным жестом.

— Дороти, а может, ты? Давай, переплюнешь эту ханжу в два счета, — легко оставив Камиллу, наглец теперь крутился вокруг Доротеи, пытаясь обнять уже ее. — Думаю, твои формы ничуть не хуже! Ну, конечно, поглядеть бы сначала...

— Мне пора идти!

Девушка ловко вывернулась из его рук и побежала вверх по ступенькам.

Алехандро хотел было вернуться к Камилле, но, напоровшись на взгляд Себастьяна, будто на вынутый из ножен мачете, вдруг резко передумал. Бормоча под нос что-то неразборчивое — кажется, ругательства, — парень ушел так же быстро, как и появился.

Себастьян и Камилла остались одни.

— Что это было? Что за наряженное пугало? И почему ты не позволила мне ему врезать? — голос Себастьяна звучал немного сердито.

— Это же сын хозяйки! — ответила Камилла шепотом. — Не обращай на него внимания, он всегда такой.

— Ничего себе — не обращай внимания! Если бы ты не остановила меня, он бы уже лежал здесь! И не исключено — на той самой каталке, в качестве твоего клиента. Тебе пришлось бы повозиться с ним порядочно, чтобы привести в приемлемый вид... — никак не мог успокоиться Себастьян: поведение наглого Алехандро вывело его из себя.

— Столько работников, и все бесполезны! — послышался вдруг сверху раздраженный голос хозяйки салона. — Себастьяно, потрудитесь-ка подняться сюда, я хочу поговорить с вами!

Себастьян вопросительно взглянул на Камиллу, но девушка лишь растерянно пожала плечами: кто его знает, зачем это вдруг сеньоре Регине так срочно захотелось видеть ученика визажиста. Парень послушно поднялся по ступенькам и подошел к хозяйке — в руках она все еще продолжала вертеть телефон.

— Себастьян, у вас есть водительские права? — спросила Регина, нервно притоптывая носком лакированной туфельки на неизменно высокой шпильке.

— Да, сеньора, я вожу и автомобиль, и мотоцикл. А почему вы спрашиваете?

— Потому что мой водитель пребывает в совершенно непотребном состоянии. К тому же именно в тот момент, когда он мне срочно необходим! В Тихуане надо забрать товары для салона, за них уже заплачено...

— Думаю, я смог бы забрать их сегодня, — заверил ее Себастьян.

— Не сегодня, а прямо сейчас! — скомандовала директриса. Однако было видно, что слова Себастьяна успокоили ее. — Тогда берите ключи, и выезжаем немедленно. Алехандро! Мы едем! — ее голос и цокот шпилек начали отдаляться.

Камилла осторожно выглянула из-за двери:

— Ты повезешь ее?

— А что мне остается? — пожал плечами Себастьян. — Может быть, по дороге я смогу замолвить несколько словечек за Диего... Если она будет в хорошем настроении.

— Да, отличная идея! — поддержала его Камилла. — Удачи тебе!

Не дожидаясь повторного возвращения и без того раздраконенной хозяйки, Себастьян быстро послал девушке воздушный поцелуй и поспешил к сеньоре Регине.

Если начальство о чем-то просит, уж лучше помочь ему добровольно...

Глава 22
Неожиданный сюрприз

Похоже, поездка в город прошла успешно: ближе к вечеру Себастьян привез назад полностью умиротворенную сеньору Регину. А куда по дороге благополучно испарился ее сынок, никто в салоне не спрашивал.

Возможно, сеньора о чем-то и говорила со своим новым работником, во всяком случае, вернувшись из города, Себастьян уже несколько раз воодушевленно подбегал к Камилле. Но затем снова исчезал, так и не открыв причину своего окрыленного состояния. Девушка решила не расспрашивать. Кажется, ее парень замыслил какой-то сюрприз, и выведывать о нем преждевременно не стоило. А так — даже интересней.

Зато сама она честно рассказала о плане по спасению Диего, который придумала совместно с Доротеей. День сегодня выдался относительно спокойный, и Камилла уже успела кое-что предпринять. Созвонившись со Слай, получила ее горячую поддержку. Индианка Ванесса была незамужней. Девушка зарабатывала на жизнь тем, что изготавливала сувениры и отдавала их на продажу торговцам из разных туристических местечек.

Не теряя времени даром, Слай пообещала найти вскоре повод для знакомства холостяка с холостячкой: а вдруг что-нибудь да получится?

Себастьяна удивила такая оперативность, но он и сам не преминул похвастать — по дороге ему удалось немного смягчить Регину, рассказав ей о проблемах незадачливого водителя. Он рассчитал верно: как любая женщина, директриса не смогла не посочувствовать невезучему в амурных делах мужчине. Поэтому увольнение, судя по всему, бедолаге Диего пока не грозило...

Так они болтали от души, в который раз наводя идеальный блеск в небольшом рабочем помещении, но все же во всем поведении Себастьяна оставался некий оттенок недосказанности. Даже услышав очередную жалобу Камиллы: «Еще один день прошел впустую, без настоящей работы, потому что в Росарито умирает не так уж много людей», Себастьян лишь загадочно улыбнулся, отчего девушка решила, будто он таки действительно «на своей волне».

Эти тайные мысли не отпускали его весь вечер. И во время ужина (Камилла приготовила изумительное рагу), и позже, когда они гуляли по городу, он был словно в легком тумане.

С парнем явно происходило что-то необычное. Он вдруг предложил разойтись сегодня побыстрее, чтобы хорошенько отдохнуть перед завтрашним днем, и теперь это уже не сильно удивило девушку. Она подождет! И не станет торопить любимого...

Но утро вместо успокоения принесло ей тревогу: обычно Себастьян сам перезванивал пораньше, чтобы сказать «Доброе утро!» и убедиться, что любимая не проспала подъем. Пунктуальной Камилле, еще ни разу не опоздавшей на работу, все же была очень приятна такая забота с его стороны...

Однако сегодня телефон словно онемел, и его загадочное молчание уже начинало казаться зловещим. Не выдержав, она сама набрала номер своего парня и очень долго слушала только гудки. И лишь когда почти решила, что Себастьян потерял телефон, молодой человек ответил. Каким же облегчением было услышать знакомый сонный голос!

— Проспал?

А сколько сейчас... О-о-о! Ничего себе! Уже бегу! Спасибо, что разбудила! — прозвучало в трубке на фоне какого-то грохота.

Она немного успокоилась, но от сердца все же полностью не отлегло: разгадки таинственному поведению Себастьяна не было, и это не давало девушке покоя...

Озабоченная подобными мыслями, Камилла сама замешкалась, поэтому выбежала из дому позже обычного. Нужный ей автобус, сердито пыхтя черным дымом из выхлопной трубы и грузно раскачиваясь, пролетел прямо перед ее носом. Ждать следующего пришлось еще минут пятнадцать...

Когда девушка наконец появилась в салоне, мышкой проскользнув мимо администратора, Себастьян уже ждал ее внизу.

И ждал не один.

На каталке с колесиками, чинно прикрытый простыней, лежал некто.

— Привет, любимая! — Парень, радостно бросившись к ней, чмокнул ее в щечку. — Вчера целый день ты скучала без работы... А теперь — сюрприз! Скучать не придется... Ты рада?

Он заглянул ей в глаза с таким довольным видом, словно этот заказ» лично выпросил у небес специально для нее.

— Конечно, рада! — воскликнула девушка.

Настроение Камиллы резко скакнуло вверх: наконец-то настоящая работа! Она опять сможет творить и делать то, что у нее получается лучше всего. Да и Себастьян сегодня, вопреки ее опасениям, выглядел совсем спокойным и уравновешенным.

— Ты будешь мне помогать? — спросила, привычным движением откинув край простыни и оценивающе оглядев «клиента». Им оказался пожилой сеньор с незаурядной внешностью: его густые рыжие усы спускались до самого подбородка, а вот голова была абсолютно лысой!

— Думаю, тут есть, над чем потрудиться... А я лучше посмотрю, как работает профессионал, — скромно ответил Себастьян, с удовольствием играя роль ученика.

Он был счастлив наблюдать, как радуется его девушка возможности проявить свое мастерство.

— Ты меня перехваливаешь, — она даже чуть застеснялась. — Вряд ли я могла бы назвать себя профессионалом — мне еще тоже надо совершенствоваться...

— Вот и совершенствуйся! А я согласен тебе ассистировать, но не мешать, — убеждал ее Себастьян.

Долго уговаривать Камиллу не пришлось: стянув волосы в хвост и набросив на себя рабочий белый, напоминающий докторский халат, она, вооружившись кисточками и баночками, тут же взялась за работу. И вскоре настолько увлеклась, что, как и всегда в минуты вдохновения, забыла не только о возлюбленном, но и обо всем на свете…

Парень молча любовался ею, не желая отвлекать. Как быстро мелькают ее руки — словно сказочные белые мотыльки! Как уверены и точны ее движения, с каким азартом она растворяется в любимом деле…

«Я не ошибся — она действительно необыкновенная, — думал он, не спуская глаз со своей любимой. — И такая девушка стóит того, чтобы пойти ради нее на все. В буквальном смысле…»

Глава 23
Девушка для Диего

Выходные прошли успешно, а с точки зрения добрых дел — к тому же и весьма результативно. Неугомонная Слай организовала барбекю у себя дома и, конечно же, пригласила свою незамужнюю подругу. А Себастьян и Камилла пришли вместе с Диего, поначалу чувствовавшим себя в малознакомой компании немного неловко. Но неожиданно у них с Педро нашлись общие интересы: оба являлись страстными болельщиками футбола и даже в свое время играли за местную молодежную сборную.

Ванесса была почти полной противоположностью Слай — оставалось лишь удивляться, что объединило таких двух непохожих женщин, ставших подругами. Молчаливая внимательная индианка говорила только по делу, и то очень редко. Как, впрочем, и Диего, который, лишившись поддержки мужской аудитории, опять засмущался.

Зато хозяйка дома, как и следовало ожидать, болтала за них двоих, успевая в это время еще и ловко нареза́ть салат и отвешивать оплеухи обоим отпрыскам, которые, смеясь, вертелись у стола в надежде стащить что-нибудь вкусненькое.

К тому времени как огромная стеклянная тарелка зелени заняла почетное место в центре стола, подруга детства Себастьяна уже знала о новом знакомом почти все: возраст, увлечения, семейное положение, а кроме того, имена всех родственников. Диего отвечал открыто и честно, но, когда пошли вопросы о работе, бедняга начал вести себя подобно провинившемуся школьнику — он даже покраснел, пытаясь скрыть смущение. Однако отвертеться от любопытной Слай было невозможно.

— В ее лице пропадает полицейский-профи, — шепнул Себастьян на ухо Камилле — то ли извиняясь за свою подругу, то ли по-своему восхищаясь ею. — У нее на допросе раскололся бы и покаялся во всех смертных грехах даже немой отшельник...

— Я — водитель и доволен своей работой. Хозяйка хорошо мне платит, — пробормотал Диего, не поднимая глаз. — Но только я вожу не совсем обычную машину, — добавил он со вздохом, словно решившись таки сразу выложить на стол самые проигрышные карты. — Я — водитель катафалка...

На секунду повисло неловкое молчание, и Камилла уже собиралась сказать нечто вроде того, какой незаменимый сотрудник Диего и как его ценят в салоне. Однако помощь неожиданно подоспела с той стороны, откуда ее совсем не ждали.

— Это почетная работа, — вдруг произнесла Ванесса.

Диего растерянно взглянул на девушку, будто не веря собственным ушам и выискивая подвох, но ее лицо со строгими чертами оставалось серьезным.

— Провожать людей в последний путь — ответственная миссия. Раньше чести переправлять тело к прощальному костру удостаивались только жрецы.

Окрыленный таким неожиданным заявлением, водитель едва ли не сиял от счастья — наконец-то его признали и оценили! Он благодарно смотрел на девушку — уже с куда большим интересом. Черноглазая и смуглая, с темно-черными волосами, аккуратно убранными в две косы, Ванесса не была красавицей. Но ее лицо с правильными четкими чертами принадлежало к разряду тех, что могли бы привлечь внимание художника. Такие называют «колоритными». И хотя одета она была в простую светлую блузу и просторную юбку, но даже в этом обычном наряде ее индейская кровь оставляла во всем облике легкий налет экзотики — и в манере выговаривать слова, в плавных четких движениях, в привычке держать спину прямо, словно на приеме у королевы.

— А пойдем-ка мы проверим, не сжег ли мой благоверный все мясо, — скороговоркой выпалила Слай и, не принимая отказа, сгребла под руки Камиллу с Себастьяном. — А то что-то чует мое сердце... Да и нос тоже! Вероятно, дело пахнет паленым...

Влюбленные покорно последовали за ней — сопротивляться Слай было все равно, что махать руками перед надвигающимся ураганом.

И хотя не слишком торопливый Педро успел всего лишь как следует раздуть угли, а до паленого было еще ох как далеко, они все вчетвером обосновались у мангала в углу небольшого двора, оставив Ванессу с Диего наедине.

Догадались ли те, кто является главной причиной сегодняшнего празднества, или нет, — неизвестно, между тем к остальной компании пара присоединилась, лишь когда сочные кусочки стейка уже истекали ароматной влагой на едва тлеющие угли, наполняясь неповторимыми запахами живого огня.

А потом все наслаждались отлично приготовленным мясом, терпковатым вином и неторопливой беседой. Слай с победоносным видом бросала быстрые взгляды на новую парочку. Раззнакомившись поближе, Ванесса и Диего даже не скрывали возникшую взаимную симпатию, и это давало законный повод Слай раздувать щеки от гордости за себя.

— Главное — правильный подход, — шепнула она Камилле, уже прощаясь, и глазами указала в сторону Диего, который как раз собрался провожать Ванессу. Слай явно считала себя автором идеи познакомить этих двоих.

Камилла возражать не стала: неважно, кто был первым в данной затее, гораздо ценнее положительный результат. Может, и вправду еще двое людей в их городе нашли друг друга?

Она нежно посмотрела на Себастьяна: он тоже выглядел очень довольным — вечер явно удался.

— У тебя просто замечательные друзья! — призналась девушка, когда, попрощавшись, они решили немного прогуляться пешком.

— Не у меня — у нас... Теперь уже — у нас, — ласково поправил он ее.

— Может быть, в конце концов Диего повезет, как думаешь?

Она оглянулась в сторону отдаляющейся парочки, но тех уже и след простыл.

— Надеюсь, — честно ответил Себастьян. — На самом деле мне нравится Диего — он отличный парень. Ну а если у него и на этот раз не получится... Тогда обвинять ему придется лишь себя, а не работу.

Побродив еще немного, усталые и довольные, они поймали такси и вскоре оказались возле дверей квартиры Камиллы.

Но прекрасную симфонию романтичного вечера неожиданно подпортила финальная фальшивая нота: Себастьян поспешил попрощаться с любимой, якобы вознамерившись хорошенько отдохнуть перед завтрашним началом рабочей недели.

Конечно же, Камилла пожелала ему спокойной ночи и не подала виду, что расстроена, хотя сердце, будто треснувший колокольчик, больно кольнуло тревожным сигналом. Неспроста все это! Неужели он успел устать от нее? Раньше они никак не могли расстаться, стоя у ее двери, а иногда часами растягивали время прощания, хотя на следующее утро им так же нужно было вставать на работу.

Что же изменилось теперь? А вдруг его чувства к ней стали ослабевать?

Уже сидя на своей постели, она вспоминала, как, проснувшись утром всего несколько дней назад, увидела Себастьяна спящим просто на полу возле ее кровати. Он всю ночь провел там, у изголовья, охраняя ее сон, пока сам не уснул...

Тогда она оценила его поступок... Однако что же тревожит Себастьяна сейчас? Что заставляет спешить покинуть ее?

Глядя в занавешенное далеким светом одинокого фонаря окно, Камилла вдруг поймала себя на том, что испытывает нечто вроде ревности. Но к кому ревновать любимого, если он всегда был предан ей и до сих пор не давал ни единого повода усомниться в этом? И, как бы ни хотелось девушке избавиться от назойливых неприятных мыслей, это было то, о чем она не могла не думать...

Глава 24
Сюрпризы продолжаются

На сей раз Камилла и Себастьян решили явиться на работу вместе: о том, что они неравнодушны друг к другу, знал уже весь салон. И вообще, почему им надо скрывать это?

Но появления на небесно-голубом «жуке» сразу двоих сотрудников сегодня, кажется, никто не заметил. Возле распахнутых дверей салона стоял небольшой потрепанный грузовик, а рядом с ним — полный мужчина в комбинезоне и Регина. На ней было в меру облегающее черное платье с тонким кожаным поясом. Размахивая перед носом директрисы какими-то бумагами, мужчина в чем-то бурно убеждал ее.

— Грасиас, сеньор, однако нам не нужны ваши люди для разгрузки этой машины, — невозмутимо ответила женщина. — У нас достаточно работников, которые в состоянии сделать все сами. Алехандро! Матео! — рявкнула уже в сторону распахнутых дверей салона. — Вы ждете, чтобы я сама занялась делом, не так ли? О, Себастьян! — обратилась Регина теперь к подоспевшему парню. — Вы как раз вовремя: нам привезли новую партию товара, и его срочно нужно перенести в салон. А то этот сеньор начинает нервничать — говорит, мы мешаем нормальному движению транспорта на улице и нас могут оштрафовать за это.

В ту минуту из салона появились Матео и молодой администратор. Они явно не испытывали энтузиазма от предстоящей незапланированной работы. Что касается Алехандро, он, похоже, с трудом сдерживал готовую сорваться с языка собственную длинную речь о рабочих обязанностях и скупых хозяйках.

Себастьян отнесся к поручению начальницы с пониманием: надо — значит надо, тем более он совсем не был перегружен работой. Взвалив себе на плечи покрытый лаком «под красное дерево» гроб, парень понес его в салон. За ним с такой же ношей последовал Матео, а дальше — Алехандро, с одной-единственной крышкой в руках. Однако нес он ее с героически-трагичным видом атланта, которому забросили на плечи целый мир...

— Камилла, дорогая, ты должна помочь Доротее с букетами! — сразу же поторопила девушку сеньора Регина, едва поздоровавшись с ней. — У нас сегодня заказ на множество корзин — сразу несколько похорон. Так что одна она может не справиться.

— Хорошо, сеньора, — быстро согласилась та, однако все же спросила: — А для меня работа?..

— Нет, на сей раз твои таланты не понадобятся, — отрезала Регина, и Камилла лишь разочарованно кивнула. — Авария... Одна авария, двое погибших, — поколебавшись, объяснила хозяйка салона. — Их будут хоронить в закрытых гробах. Даже твое мастерство в данном случае бессильно, — вздохнула Регина.

К похоронам она давно привыкла относиться исключительно как к работе, не примешивая к этому эмоции. И ее сочувствие родственникам «клиентов» тоже было строго дозированным и носило чисто профессиональный характер. Но иногда чувства все же прорывались наружу сквозь толщу прагматизма и рабочей рутины. Так было и на сей раз: вид двоих юношей, вернее — того, что от них осталось после аварии на автостраде, не смог не затронуть струны души женщины. Ведь совсем недавно это были живые и жизнерадостные молодые люди, решившие устроить автогонки на скользком после дождя шоссе...

Вновь уныло кивнув, Камилла направилась к Доротее, по пути приветствуя остальных. Себастьян хотел было шепнуть ей пару утешительных слов, проходя мимо по коридору, но взгляд пронырливого Алехандро отбил желание беседовать с любимой девушкой.

— Идиотская страна, дурацкие порядки и такая же работа! — Алехандро ругался вроде бы и негромко, но его злобное ворчание хорошо слышали Себастьян с Матео, на время ставшие грузчиками. — Только у нас человек с образованием вынужден заниматься черт знает чем и не может прямо сказать работодателю, что это не входит в его обязанности!

— Почему это не может? — пожал плечами Матео.

Алехандро ничего не ответил, он подал голос, лишь когда все трое вышли к грузовику, чтобы в очередной раз взвалить на свои плечи поклажу.

— Потому что его просто никто не услышит!

— А почему бы тогда тебе не сменить работу? — с невинным видом спросил Себастьян. — С твоим образованием ты смог бы устроиться получше...

— Ага, щас! — хихикнул Матео, хотя обращались совсем не к нему. — В больших компаниях годами надо пахать, чтобы хоть куда-нибудь пробиться. А здесь у нас он почти начальство — сидит только и своей кислой физиономией клиентов распугивает...

От такой наглости и без того худое лицо Алехандро вытянулось еще больше и даже позеленело от злости. Он уже готов был что-то резко ответить Матео, однако вовремя заметил наблюдавшую за ними Регину. Пробормотав себе под нос нечто вроде угрозы, он молча поплелся за следующей крышкой.

А жизнерадостный Матео подмигнул Себастьяну, проносясь мимо с неожиданной прытью, мол: «Слышал, как я его? Будет знать...»

Парень едва сдержался, чтобы не рассмеяться, но, вероятно, картина веселящихся от души работников салона ритуальных услуг, перетаскивающих гробы, показалась бы странной для его педантичной хозяйки. И объяснений было бы не избежать...

День и вправду выдался суматошный. Ближе к обеду начали появляться клиенты — родственники обеих семей, готовящихся к похоронам. У всех было чем заняться: Камилла добросовестно помогала Доротее составлять букеты и делать венки из живых цветов, которых, по случаю крупного заказа, привезли множество. Но тут Пилар подозвала ее к себе.

— Камилла, солнышко, ты не оставляешь Доротее ни единого шанса! — прошептала она девушке, кивая в сторону мастерской.

Погруженная в свои мысли, та не сразу поняла, о чем речь. Заметив ее удивление, Пилар пояснила:

— Посмотри, вон тот молодой человек, один из заказчиков, глаз с тебя не спускает! Если бы ты взглянула в его сторону хотя бы раз, он уже наверняка подошел бы знакомиться. Да и тот, другой, тоже...

— Но я не собираюсь ни с кем знакомиться! — возмутилась Камилла. — Мне это и не нужно.

— Вот именно, что тебе — не нужно. А Доротея, может, и не отказалась бы. Между тем, пока ты рядом, ее вряд ли заметят...

Камилла заморгала, оглядываясь на мастерскую Доротеи. Ей и вправду ничего подобного в голову не приходило.

— Тогда, по-моему, мне лучше уйти...
— Займись-ка своими делами, — кивнула Пилар. — Пусть Доротея одна потрудится... и пообщается.

— Но ведь ей же нравится Освальдо? Кажется...
— А мужчины предпочитают женщин, которые нравятся кому-то еще, — улыбнулась старшая подруга. — Беги, беги, она и сама все осилит.

Пожав плечами, Камилла направилась к своему подвалу. Идти туда, чтобы сидеть без дела в одиночестве, ей совершенно не хотелось. Между тем доставлять неудобства Доротее она тем более не желала.

Не привлекая к себе лишнего внимания, Камилла спустилась в свой «рабочий кабинет», как обычно называла это помещение.

И каково же было удивление девушки, когда она заметила, что прямо посреди комнаты на каталке ее дожидается «клиент»!

Пару секунд она не двигалась, застыв от неожиданности, а затем осторожно приподняла край простыни — чтобы изумиться еще больше. Клиентом оказалась совсем молоденькая девушка. Определить причину ее смерти было сложно — красивое лицо с печатью неземной отрешенности, белое и гладкое, без следов насильственной смерти. Хотя в таком возрасте — а покойнице исполнилось не больше девятнадцати-двадцати лет, смерть не может быть естественной.

— Кто же ты? — спросила Камилла у прекрасной незнакомки, словно та могла ответить. — Странно, сеньора Регина говорила только о двух парнях. Может, она просто забыла о девушке?

На красавице не было никаких украшений, гладко причесанные длинные волосы спускались почти до локтей. Простое, даже невзрачное платье...

Про себя уже назвав ее «монахиней», Камилла приступила к своим прямым обязанностям. Да, на умершей не было украшений, но она сможет преобразить ее лицо таким образом, чтобы естественная красота выглядела еще более одухотворенной...

Теперь уже не задавая себе глупых вопросов, Камилла принялась наносить макияж. На минутку к ней заглянул Себастьян, и она встретила его рассеянной улыбкой — как и всегда во время работы. Понимающе кивнув, парень вернулся наверх, где в его помощи нуждались Диего и Матео. Любимая справится и без него... Когда он спустился во второй раз, она уже расставляла весь инвентарь по своим местам. А на кушетке...

— Ничего себе! — присвистнул Себастьян, не скрывая восхищения.

То, что удалось сотворить Камилле, действительно было достойно высокой похвалы: кем бы ни являлась покойная при жизни, сейчас она выглядела прекрасной принцессой, что просто уснула, дожидаясь своего принца. Никакого яркого макияжа, ничего лишнего — спящая красавица из сказки. Казалось, она вот-вот проснется, откроет глаза...

— Тебе правда понравилось?

— Она прекрасна! Ты прекрасна... Ты — истинный художник...

— Спасибо, — скромно улыбнулась Камилла. — Я рада.

— Думаю, никто не смог бы сделать лучше...

Я закончила, можешь забирать тело наверх.

Камилла подтолкнула тележку в сторону лифта, но Себастьян замахал руками.

— Подожди! Девушку заберут только вечером. Я лучше пока отправлю ее в холодильник.

— Хорошо, — она равнодушно пожала плечами. Свою партию в этой грустной песне девушка уже отыграла, и что будет дальше — ее не заботило. — Я вообще сегодня не рассчитывала на работу. Сеньора ничего не говорила мне о девушке.

— Наверное, просто забыла. Или ее привезли сюда позже.

— Вероятно…

Приводя в порядок рабочее место, Камилла весело болтала с Себастьяном — ее настроение заметно улучшилось. Спрятав тело в один из холодильников (к ним вела другая, едва заметная дверь прямо из подвала), молодой человек тоже выглядел довольным.

Конец рабочего дня прибежал, словно верный щенок, и взмахнул вместо хвоста стрелками старого будильника на столике в «кабинете» Камиллы.

Теперь время опять принадлежало лишь им двоим…

Глава 25
Неожиданное окончание вечера

— У меня для тебя сюрприз! — объявила девушка, когда голубенький «жук» остановился возле ее дома. — Но для этого нужно подняться ко мне.

Себастьян не стал, конечно же, отказываться, и через несколько минут уже расположился на диванчике в ее комнате. Девушка вложила ему в руки пульт от телевизора.

— Сюрприз требует немного времени. Так что пока можешь включить телевизор.

Парень взглянул на нее с удивлением, однако перечить не стал. Ни он, ни она не были любителями TV, считая подобный досуг «убиванием времени». Но Камилла, оставив Себастьяна с пультом, умчалась на кухню.

Конечно же, молодой человек никак не мог догадаться, что сегодняшнему вроде бы совершенно обычному приглашению предшествовало долгое волнительное приготовление. Началось оно с похода в ближайший киоск прессы и закупки всех женских журналов, попавшихся на глаза Камилле. «Топ-10 лучших способов произвести впечатление», «Чего ни в коем случае нельзя делать на свидании: советы специалиста», «Стань для него особенной», «Раки и Козероги — есть ли шанс у этих знаков создать крепкую семью?» — такие заголовки на красочных страницах, украшенных портретами модниц и фото кремов от морщин, выглядели впечатляюще. Казалось, авторы статей знают, о чем пишут. Поэтому девушка вернулась домой с ворохом глянца и погрузилась в чтение.

Раньше она не очень интересовалась подобной литературой, считая ее низкопробной. Но сейчас, почти убедив себя, что ее привлекательность для Себастьяна вдруг стала уменьшаться, Камилла бросилась за советом туда, где не искала его прежде. В конце концов, ей больше не к кому обратиться: сеньора Мариита, которую девушка иногда навещала, была уже не в том возрасте, чтобы понимать тонкости поведения современных парней, а делиться подобными секретами с Пилар или Доротеей, знавшими Себастьяна, не казалось разумным. По-настоящему же близких подруг у нее не было... Так что половину прошлого выходного, пока не приехал Себастьян, она посвятила изучению женских журналов. Но наивную Камиллу на этом поприще обретения знаний ждало разочарование: найти нечто полезное в статьях на глянцевых страницах оказалось так же сложно, как и драгоценный камень в куче породы. За броскими заголовками чаще всего скрывалась очередная писанина ни о чем, а «советы эксперта» (интересно, каким образом становятся экспертами в такой области?) ввергали в уныние своей банальностью.

«Неужели это кто-то всерьез читает?» — спрашивала себя Камилла, переворачивая очередную страницу. Журналы оказались для нее совершенно бесполезными: указания диетологов и косметологов ей не требовались, реклама дорогущих модных новинок вызывала лишь тоску и ощущение неполноценности, а в информации по домоводству и воспитанию детей она пока не нуждалась. Но все-таки нечто полезное для себя Камилла отыскала, а именно — оригинальные рецепты блюд и описания, как должен выглядеть романтический ужин. Вооружившись подсказками из журнала, именно такой подарок она и хотела подготовить Себастьяну. Ради этого ей пришлось встать в половине пятого утра и заняться кухонными подвигами: сюрприз на то и сюрприз, чтобы включать в себя элемент неожиданности! К приходу главного гостя все должно быть готово.

Камилла быстро поставила в духовку мясной рулет. В журнале так и сказано: путь к сердцу мужчины лежит через желудок! А ничто настолько не радует этот самый мужской желудок, как хорошо приготовленное мясо... Правда, насчет прямой связи между желудком и сердцем Себастьяна она немного сомневалась, но все же считала, что вкусная еда никогда не бывает лишней.

Выставив из холодильника заранее приготовленный салат, а из тумбочки — новые свечи в скромных, однако симпатичных подсвечниках в виде цветов, девушка осталась довольна сервировкой.

— Себастьян, проходи на кухню! — позвала она парня, скрывая в голосе нотки волнения.

Он не замедлил появиться. Увидев неожиданную для себя картину, остановился, удивленно переводя взгляд с сияющей Камиллы на торжественный стол, какому позавидовал бы даже лучший ресторан Росарито.

Белая скатерть и новая посуда превратили маленький кухонный столик в островок изобилия. Две тонкие белые свечи напоминали изящные башенки с золотыми маячками на верхушках. Красиво разложенные на тарелочках разноцветные фрукты, салат с креветками (его любимый), аппетитно пахнущий мясной рулет, выложенный на зеленых листьях, легкое белое вино в высоких бокалах...

Восхищение, отразившееся в глазах Себастьяна, доставило ей удовольствие — не зря старалась, раз ему так понравилось.

— За нас! — чуть дрожащей рукой Камилла первой подняла свой бокал.

Она уже приняла важное для себя решение, и, хотя старалась держаться раскованно, внимательный человек без труда заметил бы ее волнение и смущенность.

Но Себастьян этим вечером не был внимательным. Лишь чуть пригубив свой бокал, он поставил его на место и больше к нему не притрагивался, отдавая должное вкусностям. А задушевная беседа, несмотря на романтическую обстановку, почему-то не клеилась — опять складывалось впечатление, будто мысли молодого человека занимает нечто совсем иное — то, что не дает ему покоя...

— Тебе не понравилось вино? — осторожно спросила Камилла, нервно поправляя вилкой фигурные листочки зелени на своей тарелке.

— Почему же? Очень даже неплохое.

— Но ты его едва попробовал...

— Извини, я ведь за рулем! Так что распробую как-нибудь в другой раз, — беспечно улыбнулся Себастьян, не заметив тени разочарования на ее лице.

— Но ты мог бы... не спешить сегодня домой, — опустив глаза, выговорила Камилла.

Эти слова, означавшие «ты мог бы остаться на ночь у меня», дались ей очень непросто.

— Нет, сегодня мне как раз тоже надо торопиться, — напрочь убил ее своим ответом парень. — Есть одно дело, и я собирался решить его... до того, как лягу спать, — быстро добавил он.

— Что ж... Тогда не буду тебя задерживать.

Девушка поднялась из-за стола и поспешила отвернуться, чтобы он не успел заметить заблестевшие от слез глаза.

— Ты... ты обиделась? — Себастьян наконец догадался, что сделал что-то не так, но пока не сообразил — что именно.

Однако исправлять что-либо теперь не хотела уже Камилла.

— Нет, ничего, — быстро ответила она. — Я тоже сегодня собиралась лечь пораньше.

Девушка решительно убрала со стола свечи и занялась посудой. Себастьян продолжал растерянно смотреть на нее, не находя нужных слов. Она так хотела сделать ему приятное, старалась для него... И он это ценит! Знала бы насколько... Ради нее он готов на все. Как и теперь... Но было не время для признаний — да и стоит ли вообще раскрывать свою тайну?

И все же сейчас, глядя на огорчённую Камиллу, он чувствовал себя последним и неблагодарным идиотом. Впервые парень засомневался — а нужно ли вообще... Наверное, этим вечером ему следовало бы изменить свои планы, чтобы провести его с любимой. Однако уже поздно что-либо исправлять: из-за его бестактности и недальновидности вечер безнадежно испорчен.

— Извини... Пожалуй, я пойду.

— Конечно. Пока. Встретимся завтра, — скороговоркой ответила Камилла, не оборачиваясь от раковины с посудой.

Парень хотел было поцеловать ее на прощание, но не решился. Ничего, он исправит свою ошибку. Снова заставит ее улыбаться!

Себастьян быстро вышел в коридор и тихо прикрыл за собой дверь.

Едва она закрылась и звуки отдаляющихся шагов стихли внизу, Камилла дала волю слезам. Что, что же произошло с ее любимым? Ведь еще днем ей казалось, у них все хорошо, как и прежде. Но вот пришел вечер, и ему опять нужно куда-то спешить. Куда? К кому? Какие неотложные дела появились вдруг у него? Еще неделю назад ничего подобного не было... Что же происходит? Что встало между ними или это кто-то, и насколько глубока трещина, постепенно превращающаяся в пропасть?

Не отдавая себе отчета, зачем это делает, она сбежала по ступенькам вниз, посмотреть, уехал ли Себастьян. Он был еще на месте, возле машины, и разговаривал с кем-то по телефону.

— Значит, кто-то звонит ему так поздно? Может, тот, к кому он так спешил? Или — та...

— Привет, красавица! — прозвучало над самым ухом Камиллы.

От неожиданности девушка едва не подпрыгнула. В нескольких шагах от нее на лестнице стоял Мигель — соседский парень, с которым они иногда здоровались. Было время, когда она немного побаивалась его: ходили слухи, будто он связан с одной из местных банд, промышляющих контрабандой. И, наверное, эти сплетни недалеки от истины: однажды, поздно возвращаясь домой, она обнаружила его сидящим тут же, на ступеньках лестницы, в окровавленной и рваной рубашке. Мигель не переставая бормотал что-то о том, что с ним все в порядке и в больницу он не поедет, поэтому сердобольной девушке не оставалось ничего иного, как открыть ему дверь и затащить в свою квартиру.

Вид ножевой раны привел Камиллу в легкий ужас, но парень убеждал ее: «Кишки не лезут — значит все нормально» и помощь ему не нужна. Разве что немного теплой воды, чтобы смыть кровь...

Ранение и впрямь оказалось не очень серьезным, во всяком случае, наложенная девушкой повязка остановила кровь. А после того вечера между ними завязалось нечто вроде дружбы: сосед вдруг резко зауважал Камиллу, не побоявшуюся открыть свою дверь и помочь раненому.

Возможно, именно благодаря его протекции, большие и мелкие неприятности, случающиеся иногда в этом районе, обходили ее стороной.

А сейчас Мигель стоял, красуясь новым тату на загорелом плече, которое выгодно подчеркивала белая спортивная майка.

— Как дела? Что ты тут одна делаешь?

— Мигель... У тебя ведь есть автомобиль? — вдруг выпалила Камилла, проигнорировав его предыдущие вопросы.

— Есть, конечно, — не без гордости ответил он.

— А если я...

Девушка не спускала глаз с голубого «жука», который, блеснув габаритными огнями, намеревался выехать со двора.

— А если я попрошу тебя отвезти меня кое-куда? А вернее... проследить вон за той машиной... Сможешь это сделать?

— Проследить? — на круглом, как луна, лице Мигеля отразилось сначала удивление, а затем — восхищение. — Ну ты даешь... Конечно смогу!

— Отлично. Тогда едем!

Он выглянул из двери подъезда вслед за Камиллой, проследив за ее взглядом.

— Это вон тот — голубой, что ли?

— Да, он, — решительно выдохнула она. — И прямо сейчас.

— Тогда побежали, чего мы ждем!

Кажется, Мигель был в восторге от самой идеи слежки за кем-то в компании такой девушки. Это уже выглядело как настоящее приключение. Тем более проследить надо за тем, кто в последнее время не отлипал от красотки. А теперь допрыгался! И коль окажется, что изменяет бедняжке (а иначе зачем еще следить за ним?), то — не будь он Мигелем Санчосом! — сумеет не только набить наглую морду проходимцу, посмевшему обидеть такую сеньориту, но и утешить ее саму...

Еле сдерживая торжествующую улыбку, Мигель уверенно крутил руль, не спуская глаз с маячившего впереди автомобиля. Слишком редкий и заметный цвет, чтобы потерять его из виду, — поэтому они могли ехать на некотором отдалении, не рискуя быть замеченными. Сосед Камиллы пребывал в прекрасном расположении духа: еще бы, поздний вечер, скорость и красавица рядом! Это казалось неожиданным подарком к концу заурядного скучного дня.

Девушка же, наоборот, сидела с застывшим лицом, скрестив на груди изящные руки, и лишь умоляла себя не плакать.

Как быстро выяснилось, внезапное решение прокатиться вслед за Себастьяном до его дома привело к неожиданным последствиям. И теперь уже не предчувствие, а мрачные и отчаянные мысли рвали на части ее сердце.

У нее имелись основания для тревоги.

Автомобиль Себастьяна направлялся в противоположный от его дома конец города.

Глава 26
Блуждающий огонек

Наверное, на этот раз он немного перестарался, пытаясь совместить вещи, которые просто не могли сойтись без проблем. Так думал Себастьян, с унылым видом поглядывая на дорогу. Каждой своей клеточкой он не хотел отдаляться от Камиллы больше, чем на несколько шагов. Парень чувствовал почти физическую боль в тот момент, когда, сославшись на усталость, ушел от любимой, чтобы сесть за руль и уехать от нее далеко. Он один виноват в том, что она так расстроилась — и не только из-за его раннего ухода. Возможно, ей кажется, будто он начал уделять ей меньше внимания? Всем девушкам рано или поздно приходят в голову подобные мысли, и чаще всего в тот момент, когда для этого нет никаких оснований...

О, если бы она только знала! Если бы догадывалась, на что он решился ради нее! Наверное, не стала бы так обижаться. Ведь то, что он задумал, и то, что уже сделано, потребовало от него полной отдачи — всех его физических и моральных сил...

Нет, Себастьян никогда не был трусом, хотя ему была присуща разумная осторожность. И коль уж приходилось драться, он не отступал даже перед несколькими соперниками. Молодой человек умел постоять за себя. Он способен поддержать и защитить других. Но то, что предстояло ему сейчас, не вписывалось в привычные рамки...

И теперь, припарковав автомобиль рядом с кладбищем, он чувствовал в груди смутное стеснение. Словно остатки рассудка шептали ему: «Беги отсюда и не оглядывайся...» Но бежать было нельзя. Иначе зачем тогда он оставил свою девушку одну, хотя мог наслаждаться ее обществом? Для чего преодолел несколько десятков километров до соседнего города, с какой целью присматривался к этому месту? Зачем тогда в его руке — лопата, а на плечи наброшен длинный рыбацкий плащ?

Хмурое небо поглядывало вниз точками холодных звезд. Их острый свет пробивался сквозь мутную пелену туч. Неприветливая луна иногда мелькала между неустанно движущихся облаков, словно белая волчица, что гонит прочь стадо серых овец...

Себастьян с опаской озирался по сторонам. Тишину кладбища нарушал лишь негромкий хруст гравия под его неуверенными шагами. Едва заметное свечение возле одной из могил неожиданно привлекло внимание парня: издали казалось, будто свет исходит от какого-то предмета, спрятанного за могилой.

— Странно... Что это может быть? — пробормотал Себастьян себе под нос. Звук собственного голоса немного успокаивал его. — Может, кто-то случайно обронил мобилку? Да, наверное, так оно и есть.

Свернув с центральной дорожки, он отошел в сторону. Показалось ли ему или источник света переместился вместе с ним?

Осторожно обходя могилы, он миновал еще один ряд. И снова призрачный огонек оказался немного в стороне от него — теперь уже правее, чем вначале.

— Что это? — не удержался Себастьян. — Нет, наверное, мне просто показалось...

Но последние слова застыли у него на губах: странное свечение, до сих пор действительно напоминавшее свет от включенного телефона, неожиданно оторвалось от земли и медленно поплыло над ней, приобретая форму шара.

Шарик размером с небольшой мяч медленно качался в воздухе, приближаясь к застывшему на месте Себастьяну. Похолодев от ужаса, тот мог лишь глядеть во все глаза, не в силах ни двинуться, ни даже закричать. Да и кричать было нельзя... Когда светящееся нечто зависло в нескольких метрах от его головы, парень вдруг зажмурился, но фосфоресцирующий свет пробивался и сквозь сомкнутые веки... А потом неожиданно пропал — так же резко, как и появился.

Открыв глаза, Себастьян увидел, что стоит один в темноте — ничего похожего на шар рядом с ним не было. Не успев собраться с мыслями, он уже рванул в сторону выхода — так быстро, насколько мог. И только добежав до кладбищенских ворот, с мокрой от холодного пота спиной, запыхавшийся, заставил себя остановиться.

Подняв разгоряченное лицо вверх, Себастьян несколько долгих минут не отрывал глаз от неба, словно ища там поддержки или защиты. Однако оно оставалось таким же безучастным и хмурым.

Молодой человек судорожно вздохнул и до хруста в пальцах сжал древко лопаты.

А затем, собрав в кулак всю волю, заставил себя повернуть назад.

Все та же дорожка среди могил, но теперь он смотрел лишь себе под ноги, чтобы не отвлекаться от своей цели.

— Простите меня... что пришел непрошенным... Что тревожу ваш сон, — тихо проговорил он, обращаясь уже к мертвым.

Может быть, чей-то неупокоенный дух и напугал его, заставив бежать с кладбища, мелькая, словно заяц, пятками?

— Я не хочу вас обидеть, нет, ни в коем случае... но мне — очень надо...

Стараясь больше ни на что не обращать внимания, Себастьян шел дальше — к длинному ряду могил, где еще не было памятников. Совсем свежие захоронения. Вот одно из них — окруженное погребальными венками. Цветы на могиле не успели завянуть, и это хорошо. Значит, хоронили совсем недавно.

С опаской оглянувшись по сторонам, Себастьян вздохнул. И воткнул лопату в землю...

Глава 27
Ненаписанная книга

Альба писала книгу.

С присущим ей усердием, каждый свободный вечер — а у одинокой молодой женщины их было не то чтобы достаточно, но... В общем, время на свой роман она находила. Каждый раз, садясь перед ноутбуком, честно старалась написать хоть несколько страниц. И не только старалась, но и писала!

Перечитав свое уже законченное творение, Альба молчаливо откладывала ноутбук и шла заниматься какими-нибудь пускай и не очень срочными, но необходимыми делами. А через час-другой, на ясную голову, снова возвращалась — чтобы еще раз перечитать. И, вздохнув, нажать «Delete».

Альба не любила врать. У нее были свои принципы. И она не изменяла им — несмотря на то что в силу профессии сталкивалась с малоприятными и нечестными личностями. Один из ее принципов просто и четко гласил: «Не лги сама, и тогда в мире станет немного меньше лжи». Кроме того, тридцатилетняя незамужняя Альба Трассикано создала для себя еще несколько правил, соблюдение которых привносило в ее жизнь больше стабильности и порядка. Одно из них было несколько измененным вариантом первого и звучало так: «Не лги себе тоже».

Вот и теперь, захлопнув крышку ноутбука, она в который раз грустно вздохнула. Ни один из написанных ею романов так и не достиг стола какого-нибудь редактора. И не потому, что она не решалась направить свои тексты в издательство, самым строгим критиком, не дававшим шанса ее книгам быть напечатанными, являлась сама Альба.

Может, литературные неудачи даже потянули бы за собой депрессию и потерю веры в себя, однако, к счастью, писательство было для Альбы лишь увлечением. К тому же увлечением тайным, о котором знала лишь парочка близких друзей. Терять же веру в собственные силы женщине было противопоказано: на ее работе — а к ней она тоже относилась очень серьезно и любила ее — это сразу привело бы к негативным последствиям. Альба гордилась своим профессионализмом, одной из составляющих которого всегда была уверенность. Ну где вы видели неуверенного и робкого помощника следователя?

Сейчас, поздним вечером, разбирая сломанный холодильник, Альба думала совсем не об испортившихся продуктах. Бытовые проблемы она привыкла решать сама, и для этого ей вовсе не обязательно иметь мужа, валяющегося на диване. Именно так она зачастую и отвечала на замечания «доброжелателей», якобы сочувствующих ее одиночеству. Сама женщина называла это одиночество «свободой», и ей ничего не стоило вызвать мастера по ремонту холодильника.

Теперь мысли Альбы занимало нечто иное — идея, возникшая на пересечении собственной работы и творческого увлечения. Мысль заключалась в следующем: а что, если прекратить мучительно искать очередной сюжет для романа? Часто жизнь разворачивает наяву такие сюжеты, что никакая фантазия и близко рядом с ними не стояла! Может, стоит расспросить об интересных делах «старожилов» полицейского участка? Или самой покопаться в старых архивах. А еще лучше — «с пристрастием» допросить своего непосредственного шефа, детектива Алваро Кальвареса. До того как кривая линия судьбы забросила его в их небольшой городишко, он работал в Мехико инспектором по особо опасным делам. Вот кому будет что рассказать! Правда, разговорить его не так-то просто: Алваро чаще всего уходил в собственные размышления и был сух, как пустыня без капли воды. За тем редким исключением, когда у него вдруг появлялось отличное настроение, а вместе с ним — и желание пообщаться. Но предугадать, когда произойдет подобное, можно не с большей долей вероятности, чем предсказать шторм в период полного штиля...

Приняв решение как-нибудь расшевелить шефа и, возможно, почерпнуть для своей книги что-нибудь существенное, Альба оставила в покое груду железа и пластика, еще час назад бывшую холодильником, и переместилась на уютный диван перед телевизором.

В бесполезном просмотре «ящика» тоже есть свои плюсы — под его бормотание быстрее засыпаешь...

Глава 28
Неожиданные открытия

Важно продолжать делать все спокойно и последовательно. Сначала — вежливо поблагодарить Мигеля, любезно проводившего ее до двери квартиры. Естественно, сосед не оставлял надежды напроситься на чашечку чая... или кофе... или что там еще есть у девушки, которая живет одна и, кажется, только что узнала о своем парне нечто, не вписывающееся в рамки общепринятого.

Нужно с невозмутимым видом пожелать ему спокойной ночи, даже улыбнуться. И всем своим видом показать, что в подобном приключении нет ничего особенного.

Сохранять невозмутимость Камилле стоило немалых усилий, кажется, Мигель все-таки догадался об этом. По пути назад он почти не болтал, только искоса поглядывал на свою спутницу удивленно и в то же время с восхищением.

Девушка же вообще не проронила ни слова от ворот кладбища и до подъезда их дома. Молчаливая, бледная, со странно горящими глазами, она напоминала сейчас больше привидение, нежели себя саму. И лишь плотно закрыв дверь перед носом несостоявшегося кавалера и пообещав ему объяснить все как-нибудь потом, она перестала скрывать свои истинные эмоции.

Тут же, в коридоре, прислонившись к стене, Камилла обреченно прикрыла глаза и медленно сползла спиной вниз, прямо на пол. Закрыла лицо руками и наконец-то судорожно выдохнула из себя все, что ей довелось пережить сегодня, — чтобы еще раз погрузиться в воспоминания о недавних событиях...

...Сотни мыслей успели промелькнуть в ее голове, пока они продолжали преследование. От самых безнадежных и отчаянных — вроде тех, что у Себастьяна другая девушка и он мчится на свидание к ней, до полных тревоги и ужаса — а что, если он связался с бандитами? Вдруг за автомобиль, который парень купил якобы у одного из подозрительных типов, теперь ему надо отрабатывать темными делами? Или, может, ее любимый ведет двойную жизнь и он какой-нибудь иностранный шпион...

Их машина висела на хвосте у «жука». За это время воображение Камиллы посетили все вероятные и немыслимые объяснения той поспешности, с которой голубое авто в данный момент катилось в сторону Тихуаны. Но делиться ими со своим спутником, несмотря на его любопытство и вопросы, она не стала.

А когда машина Себастьяна, вместо того чтобы направиться дальше в город, вдруг свернула на боковую дорогу к кладбищу, версии закончились даже у нее.

Тут уж не выдержал сам Мигель, до сих пор изо всех сил заставляющий себя молчать.

— Он... Чего это? На кладбище? — захлопал глазами парень, растерянно глядя на Камиллу.

— Кажется, да, — неуверенно ответила она.

Теперь и ей стало не по себе. Что могло привлечь молодого человека почти в полночь на кладбище, да еще и в другом городе? Может, у него тут родственники? Но даже если так, почему он решил навестить их в столь неподходящее время, да еще и настолько поспешно?

— Мы... и дальше за ним? — почему-то уже шепотом спросил Мигель, словно их могли подслушать.

— Нет! То есть... Останови машину здесь, на обочине. Давай подождем.

Мигель согласно кивнул и аккуратно притормозил возле полосы зеленых кустарников, со всех сторон закрывающих место последнего пристанища. В гробовой тишине они замерли в машине с выключенными фарами. Парень хотел было послушать магнитолу на приглушенном звуке, но Камилла так посмотрела на него, что Мигель понял все правильно и не стал этого делать. Любопытство распирало его, но вместе с тем он пребывал в полной растерянности. Что делает этот тип на кладбище? Разборки у него там, что ли?

Камилла ощущала не меньшее смятение, чем ее спутник. Девушка явно нервничала, чутко прислушиваясь к любым звукам. Но, кроме резких криков ночной птицы, ничего не доносилось до ее слуха.

Наконец, не выдержав, она решительно заявила:

— Лучше пойти туда и посмотреть.

Мигель растерянно взглянул на девушку: соседка явно удивляла его все больше. И мысль, что он тоже будет вынужден следовать за ней на кладбище ночью... Нет, не то чтобы... Но всему есть разумные пределы!

— Э-э-э... Ты в этом уверена? Ну, в том, что нужно туда идти?

— Да, я должна посмотреть. А ты жди меня здесь, — добавила Камилла и тут же выскользнула из машины, осторожно прикрыв за собой дверцу.

— Вот она дает! — сам себе прошептал Мигель, с нескрываемым восхищением наблюдая, как тоненькая фигурка в светлом платье уверенно шагает к кладбищенским воротам.

Останавливать он ее не стал, как и следовать за ней. Несмотря на всю его показную смелость, тут парень смог лишь выйти из машины и, осторожно озираясь, наблюдать за виднеющимися впереди воротами кладбища...

Тихо ступая по гравиевой дорожке, Камилла шла вперед между рядами безмолвных могил. Себастьяна она не видела и даже не представляла, где искать тут его. Как назло, ночь выдалась облачной, одинокий огрызочек убывающей луны то и дело прятался в тучах. Сердце девушки колотилось так бешено, что его стук, кажется, можно было бы услышать метров за триста. Особенно здесь, в этом царстве несокрушимой тишины и вечного покоя...

Нет, Камилла не боялась сонного безмолвия старого кладбища, но страх того, что Себастьяну может угрожать какая-то опасность, гнал ее вперед. Она уже почти не сомневалась: тут его поджидает нечто плохое — если не бандиты, то какие-нибудь дьяволопоклонники, готовые совершить жуткий ритуал... Что, если он их жертва? Возможно, они околдовали его, и теперь он, словно безвольная марионетка, во власти чужой злой воли?

Она не представляла, что будет делать дальше — в случае, если правда откроется или ее тайное присутствие здесь станет явным. Тогда у них, наверно, будет уже две жертвы... А может, она уговорит их поменять парня на девушку и тем самым спасет Себастьяна? Все эти мысли роем кружились в голове, в то время как неведомая сила гнала ее вперед... Нет, эта сила была ей ве́дома, и называлась она — любовь. Та, что способна справиться и не с такими страхами...

Похоже, Камилла заблудилась. Одиноко шагая между бесконечными рядами надгробий, ровных и покосившихся, шикарных мраморных и простеньких каменных, она давно уже потеряла направление. Луна то выпрыгивала, разрывая кривым серпом скопление хмурых туч, то снова пряталась в их лохмотьях, как нож в рукаве убийцы. Окружающая темнота казалась липкой, будто паутина, но глаза все же привыкли к ней, и чернота расслоилась на множество оттенков. Плиты — светлее и чернее, виднелись со всех сторон, а под ногами поскрипывали плоские камушки. И лишь далеко впереди, в маленькой часовне, светился теплым лучиком огонек лампадки — словно одинокий маячок в безбрежном царстве смерти...

Навстречу до сих пор не попадался никто. Тишина плыла волнами, и, как ни странно, именно это немного успокоило ее разбушевавшееся сердце. Теперь девушка ступала осторожно, чутко прислушиваясь ко всем окружающим звукам. Глаза не могли выручить ее в чужом, незнакомом месте ночью, но звуки обязательно должны выдать, где здесь есть живые и чем они занимаются...

Она оказалась права. Еще немного покружив по лабиринтам тропинок, Камилла услышала вдалеке приглушенный звук — поспешный и шаркающий, повторяющийся с быстрой периодичностью.

Осторожно, теперь уже крадучись и стараясь ступать неслышно, девушка заторопилась к источнику звука. Приблизившись еще немного, Камилла окончательно поняла, что это звук лопаты, отбрасывающей землю.

Несколько ровных рядов могил, на многих из которых надгробий еще не было, отделяли ее от копавшего. Спрятавшись за ближайшим памятником, девушка осторожно выглянула, пытаясь рассмотреть хоть что-то. Голосов слышно не было, как и звуков еще одного инструмента. Скорее всего, человек здесь один. Его спина бледным пятном виднелась на фоне разбросанных комьев рыжей глинистой почвы.

Луна как раз снова вынырнула из небесной бездны, и в этот момент непрошеный гость кладбища разогнулся, чтобы отереть пот со лба и почему-то посмотрел в ее сторону, словно почувствовав на себе взгляд. Сердце девушки, замерев, вдруг предательски дрогнуло: сомнений не осталось — это Себастьян. И тут действительно больше никого.

Еще один звук — торопливых неосторожных шагов неожиданно ворвался в тишину, замершую на верхней ноте, и яркий в почти кромешной тьме луч фонаря блеснул впереди световым мечом, надвигаясь, будто неотвратимая опасность. На этот свет, вздрогнув, обернулись сразу двое, испытав похожие чувства.

— Кто здесь? Выходите! — прозвучал чуть дрогнувший голос мужчины, который изо всех сил старался говорить грозно. — Или я буду стрелять!

Камилла оглянулась. Она не могла не заметить, как, нелепо дернувшись в сторону, Себастьян, пригнувшись, поспешно удаляется прочь.

Времени не было — еще минута, и человек с фонарем (а возможно, и с оружием) заметит ее любимого...

Не успев как следует подумать, Камилла рванулась вперед, не разбирая дороги, спотыкаясь, — прямо на приближающийся луч бело-желтого света.

— Не стреляйте! Сеньор! Ради Бога, не уходите! Какое счастье, что вы нашли меня!..

Луч вздрогнул, повернулся в ее сторону, и на мгновение девушка ослепла от яркого света. Она закрыла лицо руками.

— Сеньорита? Что с вами? Что вы здесь делаете?

— О сеньор, какое счастье, что вы нашли меня...

Ступив еще несколько шагов, Камилла споткнулась и неловко упала на колени. По щекам ее скользнули блестящие в ярком свете слезы. Это были слезы облегчения — тут она не лукавила ни секунды.

Вот только стоящий рядом растерянный кладбищенский сторож очень бы удивился, если бы узнал их настоящую причину...

Глава 29
Беспокойное утро

Утро понедельника — не лучшее время для воплощения новых идей. Альба поняла это сразу, стоило ей лишь взглянуть на хмурое лицо шефа.

В небольшом полицейском участке уже с самого начала рабочего дня было шумно и душно. С коридора донеслись пьяные ругательства, они оборвались так же внезапно, как и начались: наверное, какой-то задержанный гуляка все не мог вернуться к реальности из страны, где текила течет рекой... Взад-вперед перемещалось не меньше десятка полицейских, каждый — по своему маршруту.

Увидев Альбу, коллеги здоровались — кто-то кивком на ходу, а кто-то пускался в пространные приветствия.

«Полицейский участок похож на большущую молекулу, атомы которой движутся в строго отведенном им направлении, — думала девушка, пробираясь к собственному рабочему месту. — Хотя со стороны это напоминает хаос...»

Перездоровавшись со всеми на своем пути, Альба наконец закрыла за собой дверь кабинета, с облегчением бросив сумку на стул.

Собственно, этот кабинет значился за инспектором Алваро Кальваресом, при котором женщина состояла помощником. Но, кроме таблички над дверью, ничто больше не указывало, кто тут босс, — каждый из обитателей рабочей комнаты имел в своем распоряжении стол, компьютер, стеллаж для всяческих папок и прочую канцелярию. Разве что на половине Альбы наблюдался куда больший порядок...

— Доброе утро! — жизнерадостно поздоровалась она, хотя по виду шефа уже успела определить, что добрым оно сможет быть разве что с немалой натяжкой.

Не то чтобы инспектор был хмур. Просто он выглядел мрачнее обычного и с отсутствующим видом глядел в некую распечатку. При этом в той самой бумажке могла содержаться какая угодно информация — от материалов нового дела до счетов за электричество.

— Угу... — отозвался Алваро, не отрываясь от своего чтива. Впрочем, это было его обычное приветствие. — Принеси кофе! — небрежно бросил он в сторону напарницы, так и не удостоив ее взглядом.

Подобные манеры, вернее — их отсутствие, с самого начала их совместной работы доводили Альбу до белого каления. При этом инспектор искренне не понимал причины ее возмущения. Ну и что тут такого? В конце концов, она моложе! И руки у нее не отвалятся донести стаканчик с кофе из комнаты отдыха, где почетное место занимала кофемашина. И вообще...

Окрестив про себя шефа неотесанным мужиком, пытающимся самоутвердиться за счет других, первые дни в совместном кабинете Альба с плохо скрываемым нетерпением ждала его провала. Она не сомневалась: придет время и его просто выпрут с занимаемой должности... Но не тут-то было.

С удивлением, имевшим вначале немного разочарования, а затем — со все большим восхищением она обнаружила, что за скверным характером и всей грубостью инспектора кроется неожиданно пытливый ум и холодная логика профессионала. Со временем, благополучно оставив все попытки немного «облагородить» шефа, Альба наконец махнула рукой на «издержки его характера», как она это называла, и поменяла отношение к Алваро. За два года совместной работы они смогли стать настоящими напарниками, понимающими друг друга с полуслова и давно смирившимися с тем, что может произойти между ними в будущем.

— Пожалуйста! — вдруг буркнул он вдогонку, словно вспомнив недостающую часть просьбы.

Услышав заветное слово, Альба спокойно отправилась к кофемашине.

Вернувшись с бумажным стаканчиком в руках, она осторожно опустила напиток на край стола и привычным движением собрала в стопочку уже использованные стаканы, разбросанные тут же. Кое-где от промокших донышек оставались коричневые пятна, но они были такой же неотъемлемой частью обстановки, как и заваленный бумагами стол шефа или пыльные жалюзи на окне, сквозь которые упрямо пробивались солнечные лучи.

— У нас новое дело, — без предисловий начал Алваро, одним движением руки бросая на стол очередную кипу бумаг, а другим — подхватывая стаканчик с кофе.

— И какое же? Опять парочка контрабандистов подралась, переезжая границу? — без особого энтузиазма предположила Альба.

Но степень озабоченности шефа подсказывала ей, что все не так просто. А степени эти девушка давно определяла сама, наблюдая за своим напарником. В зависимости от того, напоминают ли его широкие кустистые брови ровные полоски или же они поднимаются едва не на середину лба, можно было догадаться, насколько он обеспокоен. Другие признаки эмоций его лицо — грубоватое и смуглое, словно вытесанное из куска песчаника, — выражало редко. И вот теперь брови зависли где-то посередине между выражением полного замешательства и спокойного равнодушия.

— Дело о похищениях трупов с кладбища, — ответил он.

Альба, также решив начать утро со стаканчика ароматного напитка, от неожиданности едва не расплескала кофе на форменные брюки.

— Что?! Похищения трупов? В Тихуане?.. Это шутка, да?

— Не шутка... — вздохнул Алваро. — Уже два заявления о пропаже тел с кладбища. Марио поручил это дело нам.

«Ну естественно!» — едва не вырвалось у Альбы, однако она прикусила язык.

Алваро не любил критиковать начальство, рассуждая на военный манер: надо — значит надо. Он бы ни за что не одобрил открытого выражения недовольства своим непосредственным шефом. И это — несмотря на то, что дела, способные в случае раскрытия добавить полицейскому если не нулей к зарплате, то хотя бы славы в узких кругах, почти не попадали к нему на стол. Зато дела изначально тупиковые, те, что с долей вероятности в девяносто процентов так и останутся нераскрытыми, поручали почему-то именно ему.

Такая несправедливость возмущала Альбу до глубины души. Для Марио, который распределял работу по своему усмотрению, у нее были заготовлены особые, не слишком благозвучные слова. Однако она решила пока оставить их при себе.

— И кто пострадавшие? Вернее — жертвы? Ну... трупы, — уточнила Альба.

Хотя минуту назад женщина готова была ругаться вслух, столь неожиданное событие, как появление в небольшом городке таких нестандартных похитителей, не могло не вызвать ее интереса.

— Не думаю, что между ними существует определенная связь, — пожал плечами Алваро. — Конечно, кроме того, что их тела похитили... Первый — мужчина шестидесяти трех лет. Вторая — двадцатилетняя девушка. Умерли от разных болезней, в разных местах. Оба трупа были похищены на следующий день после их захоронения.

— Девушка... И старик. Хм... — покачала головой Альба, уже подхватив со стола брошенные Алваро бумаги и теперь быстро проглядывая информацию о похищенных. — А почему вы так уверены, что между этими людьми нет связи?

— Не уверен, но на первый взгляд она не просматривается. Кроме того обстоятельства, что трупы пропали с одного кладбища.

— Тогда поедем туда, — предложила напарница, и Алваро согласно кивнул.

По дороге до автомобиля он не проронил больше ни слова, но Альба сильно бы удивилась, если бы шеф вел себя по-другому. Молодая женщина мельком взглянула на своего начальника: вот таким она его знала все два года их совместной работы — высоким и широкоплечим, немного сутулым, с вечно торчащим на голове коротко остриженным ежиком, к темному цвету которого уже примешивались тонкие лучики седины. И всегда он оставался молчаливым и сосредоточенным. Было ли это чертой его характера или так на него повлияло таинственное событие, забросившее некогда столичного полицейского в захолустный городок, — Альба не знала. Как оставалось секретом и то, всегда ли он жил один либо причина его одиночества тоже скрывалась в прошлом...

«Может, это как раз то, чего мне не хватает для моей книги? — думала Альба, рассеянно глядя на проносящийся за окном будничный городской пейзаж. — Эксцентричная завязка, необычное место преступления и полная непредсказуемость версий — это дело обещает быть интересным! Тихуана — маленький пограничный городок. Почти все его жители состоят друг с другом в каком-то родстве или знакомы с детства. И вдруг здесь, где смерть и мертвых привыкли уважать, кто-то решается на подобный вандализм... Да, это дело куда интересней зарвавшихся контрабандистов или наркодилеров...»

Глава 30
Чудесное спасение

Кладбище, куда отправились полицейские, располагалось на окраине города и считалось одним из старейших. Хоронили тут только в восточной — самой новой его части. В старой же располагалась пережившая не один десяток лет маленькая часовня и ровные ряды опрятных могил, в большинстве своем украшенных каменными надгробиями. Видно было, что за территорией ухаживают. Шагая по аккуратной, усыпанной гравием дорожке, Альба с интересом глядела по сторонам. Ей приходилось несколько раз бывать здесь, но еще ни разу она не посещала кладбище в связи со служебной надобностью.

Пройдя немного вперед, стражи порядка резко остановились, прислушиваясь: где-то в стороне от центральных ворот послышались отчаянные женские вопли. Не сговариваясь, напарники бросились на голос, по пути выхватывая табельное оружие. К истошным крикам примешались другие голоса и звуки непонятной потасовки.

Картина, вскоре открывшаяся их глазам, заставила Алваро и Альбу остановиться в недоумении. Между могилами с пыхтением катался живой клубок из человеческих тел. Рядом стояли зрители: две женщины (у одной из них и был именно тот особо громкий голос) поддерживали дерущихся своими возгласами, а пара мужчин в возрасте просто молча наблюдали за происходящим.

— Всем стоять! Полиция! — не менее громко рявкнул Алваро, решительно бросаясь в сторону дерущихся.

Но даже его грозный тон возымел лишь частичное действие. Голосистая женщина удивленно замолчала, однако участники потасовки не обратили на инспектора никакого внимания. Как оказалось вблизи, клубок образовывали двое мужчин и молодая женщина, продолжающие отвешивать тумаки кому-то, кто отчаянно пытался вырваться из их рук. Пара мужчин-наблюдателей по-прежнему невозмутимо созерцали общую свалку, не принимая в драке никакого участия.

— Стоять, я сказал! Или стреляю! — повторил угрозу Алваро, оказавшись уже за спинами драчунов.

Грубо схватив одного из них за шиворот, он решительно отбросил его в сторону.

Мужчина удивленно обернулся, на его лице все еще оставалось бессмысленно-возбужденное выражение.

— А, полиция! Прибыли наконец-то! — переключила вдруг на них свое внимание женщина-сирена в черном головном уборе, та самая, что еще полминуты назад своим голосом заставляла дрожать и прятаться кладбищенских птиц.

Дерущиеся наконец-то остановились, оглядываясь на парочку полицейских, появление которых поубавило их боевой пыл. Жертва, тут же воспользовавшись замешательством, вырвалась из круга.

Пострадавшим был мужчина лет пятидесяти, с абсолютно полоумным взглядом, невысокий и круглый как шарик, в разорванной тенниске. Капли крови запеклись на его блестящей лысине, украшавшей макушку, лицо было расцарапано, а один глаз стремительно заплывал фиолетовым пятном. Другим, уцелевшим, глазом заметив полицейских, мужчина стремительно бросился к ним и тут же спрятался за спиной у Альбы, продолжая дрожать всем телом.

— Что тут происходит? — грозно спросил Алваро, нарочно не пряча оружие, хотя подостывшая от бурных эмоций толпа уже не казалась агрессивной.

— Вот этот! Он просто спал! — первой очнулась от недолгого молчания молодая женщина, принимавшая участие в драке несколько минут назад.

— Напился текилы, гад! — пробасил стоящий с ней рядом пожилой мужчина, и кулаки его сами собой стиснулись, а глаза, которые он не сводил с несчастного толстячка, сузились и стали похожи на две щелки.

— Он напился, и это повод избивать его? — наконец отозвалась Альба, а за ее спиной несчастный еще плотнее сжался в комок.

— Он должен следить за порядком, а не спать! — не унималась голосистая женщина, чьи щеки от волнения стали красными, как переспелые томаты.

— Так... Этот мужчина — сторож, а вы родственники, — догадалась Альба, уже немного успокоившись.

— Сеньоры Ирмы Гонсалес!

— Могилу которой осквернили — просто под носом у этого мерзавца!

— Он, наверное, их пособник! Да где ж это видано...

Старшая из женщин, закрыв лицо руками, громко запричитала, а остальные гневно повернулись в сторону Алваро, словно теперь и он был повинен в том, что тут случилось.

— Так... — еще раз повторил полицейский, как будто приняв какое-то важное решение.

Все произошедшее здесь было для него очевидным с самых первых секунд, когда полицейский заметил катающийся по земле и воющий клубок людей... Видимо, этой ночью было похищено еще одно тело. И не явись они вовремя, тел вполне могло бы стать на одно больше — за счет несчастного кладбищенского сторожа... Теперь всех этих родственников следовало отвлечь и хоть как-то успокоить.

— Я — Алваро Кальварес, следователь, назначенный по делу похитителей. Для начала покажите мне могилу вашей родственницы. Уверены ли вы, что ее действительно осквернили?

— Идемте!

— Идем-идем! Сами увидите! — подхватило сразу несколько голосов, и толпа тут же ринулась в другую сторону кладбища — к оскверненной могиле.

— Альба! Допросите сторожа и оставайтесь пока на месте! — отдал распоряжение следователь и решительно зашагал прочь в окружении до сих пор возбужденных людей. Родственники жертвы наперебой принялись делиться с ним своими наблюдениями и версиями...

Альба тронула за плечо все еще дрожащего мужчину:

— Сеньор...

— Я так благодарен вам! — кладбищенский сторож схватил ее руку, и его единственный уцелевший глаз заплыл слезой. На бледном от пережитых волнений лице, расцарапанном и перемазанном землей и кровью, отразилась искренняя признательность.

«Только бы старика удар не хватил», — обеспокоенно оценила Альба его состояние, но вслух сказала другое:

— Где вы можете привести себя в порядок? Я хотела бы с вами поговорить...

— Идемте в мою сторожку! Начальство выделило мне помещение, в котором я могу отдохнуть, если не дежурю... Я очень ответственно отношусь к своей работе!

Пока сторож шел впереди, Альба не могла сдержать усмешки, слушая его речи.

«Вряд ли ты, как положено, обходишь кладбище несколько раз за ночь... Наверное, забился с вечера в свою каморку и баиньки. Ведь мертвые... они никуда не денутся», — с некоторым сарказмом думала Альба.

Собственно, ничего особо предосудительного в таком поведении сторожа не было, даже несмотря на строгие предписания. В Тихуане, как и в большинстве небольших мексиканских городков, слишком чтили традиции, чтобы нарушать покой мертвых. Сторож на кладбище требовался скорее для общего порядка: следить за тем, чтобы не росли сорняки, и сгребать разбросанные ветром сухие листья. Других проблем здесь почти не существовало: для бандитских разборок кладбище не представлялось интересным местом — ни для кого не секрет, что бандиты очень суеверны и без особой надобности привлекать внимание Смерти на свои головы не рискнут. Другие представители — сатанисты или кто-нибудь в том же роде — если и присутствовали в городе, то вели себя тихо и ни в каких проделках замечены не были. Что касается приезжих — тут уже могли возникать варианты (ведь за всеми не уследишь!). Но чтобы похищать трупы...

— Кому это вообще может быть нужно? И почему — с одного кладбища?

Ответы хотя бы на один из этих вопросов Альба надеялась получить от идущего впереди мужичка, который через каждые десять шагов натужно охал и вытирал лысину скомканным носовым платком.

И, конечно же, помощник инспектора не могла знать, что ответы, которые она получит спустя полчаса, оставят вопросов больше, чем их было сперва...

Глава 31
Почему вымерли мамонты

Гроза началась внезапно. Камилла едва успела захлопнуть за собой дверь салона, как с небес грянул первый раскат. Подпевая ему, сразу в один голос завыли сигнализации нескольких припаркованных неподалеку автомобилей.

Среди них, видимо, была и машина Регины: не особо спеша, сеньора подошла к двери, выставила руку с блочком сигнализации прямо под первые капли срывающейся стихии, таким образом заставив автомобиль умолкнуть.

— Доброе утро, Камилла, — улыбнулась она одними уголками губ, бесстрастно разглядывая моментально потемневшее небо, что прямо на глазах наливалось свинцовыми тучами. — Себастьяно! — крикнула уже вглубь салона, продолжая наблюдать за приближающейся поступью грозы.

Парень тотчас явился на ее зов. Он поздоровался с девушкой лишь быстрым кивком, будто слова вдруг застряли в пересохшем горле. Глаза его блестели, как от горячки, а лицо казалось необычайно бледным. Камилла уже собралась было обратиться к нему, но первой заговорила госпожа Регина.

— Молодой человек, не будете ли вы так любезны сопроводить меня в качестве водителя? Я не слишком уверенно вожу машину и ехать в такую погоду не очень хотела бы. Но погода — не повод отложить намеченную встречу. Меня ждут, и прибыть надо вовремя.

— Как скажете, сеньора, — безропотно согласился Себастьян, провожая взглядом удаляющуюся Камиллу.

— Сеньора, может, не стоит ехать в такое ненастье? — прозвучал вдруг рядом доброжелательный голос Пилар. — Вон как у неба испортилось настроение! Сейчас польет...

Словно в подтверждение слов женщины, тут же раздался еще один раскат грома, а вместо неуверенных первых капель с небес как по команде обрушилась стена воды. Сначала вода бежала, будто проценженная сквозь сито, а потом у сита, наверное, вырвало дно от водяного напора, и дождь встал сплошной завесой.

Однако эти небесные метаморфозы не добавили эмоций на непроницаемое лицо Регины.

— Мне все равно, какое настроение у неба. Главное — у меня оно отличное. И не стоит его портить ненужными замечаниями, — добавила она с нажимом. — Просто...

— Просто я уже иду заниматься своей работой, — легко продолжила ее фразу понятливая Пилар.

У женщины не было ни малейшего желания злить сеньору. Да и обиды держать она не привыкла: не к месту совет, значит — не к месту...

Регина хотела было снова окликнуть Себастьяна, однако парень явился сам, захватив с собой зонтик.

— Я готов, — кивнул, выставляя в дверной проем зонт на вытянутой руке.

— Только возьму сумочку, — сдержанно улыбнулась сеньора и зашагала к своему кабинету.

Провожая начальницу взглядом, Себастьян впервые отметил, что еще не видел ее в обуви не на таких высоченных каблуках и в одежде не черного цвета. Носила ли она втайне траур или считала, что только черный приличествует хозяйке ритуального салона, — этого он не знал. Да, в принципе, не особо и хотел знать. Единственное, о чем тревожился парень: что скажет Камилла после их вчерашнего холодного прощания. И после вчерашней неудачи... Он должен объясниться — это неизбежно. Однако сейчас следует заслужить доверие и благосклонность хозяйки, выполняя ее поручение. И приучить ее к мысли, что он, Себастьян, просто находка для салона...

Поэтому молодой человек с готовностью распахнул зонтик перед Региной, провожая ее до машины. Галантно открыв женщине дверцу, обошел автомобиль и запрыгнул на место водителя. Габаритное авто осторожно тронулось, подобно диковинной серой рыбе, и плавно поплыло в потоке дождя, уже не только лившегося с неба, но и ручьями бежавшего по тротуару.

Камилла глядела вслед автомобилю. Больше всего на свете ей хотелось сейчас закрыть дверь за Себастьяном в своей мастерской и выслушать его рассказ от первого лица...

Но, как видно, придется подождать.

Гром ударил снова, затем, набирая темп, еще и еще, будто на небе просто над их головами начиналась генеральная репетиция безумных барабанщиков. Вслед за соло на барабанах вдруг ярче вспыхнул и тут же погас свет, окунув помещения салона в полумрак.

Не желая спускаться к себе, Камилла побрела к Пилар.

Та, ничуть не смущаясь из-за отсутствия света, как раз доставала из своей объемной сумки термос.

— О, Камиллочка! А я собралась позвать тебя. Давай-ка выпьем кофейку в женской компании — не думаю, что в ближайший час у нас будет очередь из клиентов...

— С удовольствием! — радостно согласилась девушка.

— Идем к Дороти, а то с утра она выглядела какой-то приунывшей.

«Приунывшая» — это было сказано довольно слабо, учитывая, что девушка стояла у окна и быстро вытирала рукавом бежавшие по щекам слезы. Увидев входящих подруг, Дороти попыталась улыбнуться, но улыбка получилась жалкой.

— Я не поняла! На улице такая сырость, а ты еще решила развести сырость и здесь, да? — всплеснула руками Пилар.

Камилла быстро подошла к девушке и обняла ее за плечи.

— Дороти, что с тобой? Тебя кто-то обидел?

— Нет-нет, — Доротея энергично замотала головой. — Никто меня не обижал. Просто... Просто погода такая...

— Девочка моя, что случилось? — Пилар с другой стороны приобняла ее хрупкие плечи. — Поделись, и станет легче.

— Не станет, — всхлипнула Доротея, уже не сдерживая слез. — Так... Тоскливо и одиноко...

— А как он? Знает о твоих чувствах? — Пилар кивнула в сторону двери. Называть имя не надо — кажется, весь салон был в курсе, по ком сохнет Доротея... Кроме, наверное, самого Освальдо.

— Нет, — снова всхлипнула флористка, невидящим взглядом провожая капли, что бились об оконное стекло и скатывались вниз. — Он просто... не обращает на меня внимания.

— А что ты делала для того, чтобы обратил? Это же мужики! Они не понимают намеков и долгих грустных взглядов.

Пилар погладила ее по голове, успокаивая, словно маленькую. Камилла просто молчала, не зная, чем тут можно помочь.

— Ты не пыталась с ним поговорить?

— Нет... Мужчина сам должен оказывать знаки внимания, а не девушка, — начала оправдываться Доротея, торопливо вытирая слезы.

Пилар лишь тихо рассмеялась.

— Дорогая моя, запомни: если бы все женщины ничего не предпринимали сами, а только и делали, что ждали от мужчин поступков, то род людской давно бы вымер! Как мамонты... Уж поверь моему возрасту и опыту. Жаль только, что некоторые особо скромные, — она еще раз провела теплой ладонью по волосам Доротеи, — понимают это очень поздно... Ну, главное, чтобы не слишком поздно!

Пилар на миг прищурила глаза, словно придумывая какой-то коварный план, и ее добродушное лицо озарила лукавая — почти юная — улыбка.

— Дороти, у тебя из розетки — вон там, за столом, полыхнул огонь! Поняла?

— Господи! Где огонь? — едва не подпрыгнула Доротея и шарахнулась в сторону от розетки.

— Теперь нет, но он там был! И ты испугалась!

Доротея хлопала ресницами, все еще не понимая, что от нее хотят, а Пилар уже исчезла за дверью.

Еще через полминуты дизайнер вернулась в сопровождении Освальдо. Он изумленно моргал, слушая эмоциональный рассказ женщины о злополучной розетке.

— Я вообще-то не спец... — пробормотал молодой человек, неуверенно подходя к столу, за которым пряталась внезапно ставшая популярной розетка.

— Но просто посмотреть ты можешь? А вдруг там все оплавилось! Бедная Доротея так испугалась! Представь себе — целый столб пламени!

— Что-то не видно, чтобы она оплавилась, — пожал плечами Освальдо, неуклюже рассматривая электроточку.

— Туда обязательно нужно поставить заглушку! Бедная девочка! Она едва не погибла, потому что стояла совсем рядом! Подумать только, ведь мы могли ее потерять! — повторяла Пилар, не жалея эмоций.

Перепуганная Доротея лишь растерянно моргала большими как блюдца глазами, глядя то на старшую подругу, в которой — кто бы мог подумать! — скрывалась выдающаяся актриса, то на Освальдо, теперь тоже смотревшего на нее. И на лице парня — неужели ей не показалось? — отразился реальный испуг.

— Тебя не зацепило, Дороти? Все нормально? — обратился он к девушке.

Та смогла лишь неуверенно кивнуть. Теперь весь ее бледный и заплаканный вид вызывал сострадание даже в таком «сухаре», как Освальдо.

Небо, словно подыгрывая гениальной пьесе под режиссурой Пилар, еще раз громыхнуло — этот звук показался необычайно громким. Бедняжка Доротея вздрогнула снова, обхватив себя за плечи.

— Ты боишься грозы? — как-то вдруг мягко и ласково спросил Освальдо.

Он смотрел на девушку уже немного иначе, нежели пару минут назад.

— Нет... Да!.. Я боюсь... — прошептала несчастная скромница, никак не ожидавшая такой выходки от коллеги.

— Так, садись вот сюда! Ты вся дрожишь... Успокойся, теперь все нормально, — Пилар, усаживая девушку на стул, украдкой подмигнула ей. — Сейчас тебе нужно чего-нибудь теплого выпить, чтобы прийти в себя... О, у меня и термос есть! Подожди... Камилла, пребывая в восторге от гениального хода старшей подруги, мышкой выбежала за дверь, метнулась в крохотную общую комнату отдыха и через полминуты возникла опять — с двумя чашками.

— Пилар, а ты не помнишь номер аварийной службы? Надо сообщить, что пропало электричество. А то сеньора будет недовольна, если мы этого не сделаем, — подыгрывая подруге, сказала она.

— Кажется, я тоже не помню... Идем, поищем телефонную книгу... Куда я могла ее засунуть? Освальдо, побудешь здесь с Дороти? Вдруг снова что-то случится с этой розеткой... Посторожите ее, пока приедет аварийная служба, — об этом нужно обязательно сообщить. Так и до пожара недалеко!

— Конечно-конечно, — махнул рукой Освальдо. — Не волнуйтесь, я посторожу и розетку, и Дороти.

— Пейте кофе, пока не остыл!

Камилла плотно прикрыла за собой дверь и повернулась к Пилар с озорной улыбкой. Она с трудом сдерживалась, чтобы не засмеяться. Старшая подруга строго пригрозила ей пальцем и, подхватив девушку под локоть, потянула за собой в свою мастерскую. И уже только там промолвила громким шепотом:

— Ну а что делать? Она завянет скоро, глядя в его сторону! А он один компьютер свой и видит, да еще работу, конечно. А то, что девчонка пропадает... Теперь пускай посидят немного в сумерках — глядишь, до чего-нибудь и договорятся...

— Я никогда не думала, что вы такая... авантюристка! — Камилла смотрела на Пилар почти с восхищением.

Женщина коротким жестом поправила прическу и довольно улыбнулась.

— Еще и не на такое пойдешь, чтобы помочь этой молодежи непонятливой! А то... как мамонты, честное слово!

В аварийную службу действительно позвонили, но, как и ожидалось, получили ответ, что на линии авария и ее уже устраняют. Так что женщинам осталось лишь убивать время, болтая о всяких разностях.

Матео-старший и художник Алехандро, которого капризы погоды тоже застали в салоне, вопрос времяпрепровождения решили еще проще: колода карт зашуршала по табурету под эмоциональные возгласы. Матео хотел было приобщить к мужской забаве Освальдо и даже пошел за ним, но на его пути тут же выросла Пилар, грозно уперев руки в бока и сдвинув брови на переносице. Одного ее вида безо всяких объяснений хватило, чтобы испуганный продавец убежал восвояси.

Все это время дверь мастерской Доротеи не открывалась: двое молодых работников салона были наедине.

Заинтригованные, женщины на цыпочках подкрались к самой двери и чуть приоткрыли ее, желая заглянуть в щелочку. И то, что они увидели, заставило их обеих победоносно улыбнуться: парень и девушка стояли у окна, разглядывая узоры, оставленные водой на мокрых стеклах. Гроза уже укротила свой нрав, и теперь обычный дождь продолжал убаюкивать их своим монотонным шумом. Высокий Освальдо стоял позади Доротеи. Макушка девушки касалась его подбородка. Руки парня лежали у нее на плечах. Склонившись, он говорил ей что-то на самое ухо. Доротея улыбалась и, тихо сияя от счастья, выглядела просто красавицей.

Пилар снова потащила Камиллу прочь от двери.

— Что вы примешали к кофе? Приворотное зелье? — прошептала девушка.

— Нет, всего лишь коньяк, — улыбнулась Пилар. — Идем, идем, не будем мешать им...

Электричество так и не появилось: либо поломка на линии оказалась серьезной, либо электрики не слишком торопились ремонтировать ее под дождем. В особо темных углах салона, где окон не было, пришлось зажечь свечи. Это выглядело даже красиво.

После обеда дождь наконец прекратился, и в салон заглянуло несколько клиентов. Каждый взялся за свою работу, кроме Камиллы, которой заняться пока было нечем. Она собралась зайти к Доротее, но, увидев в мастерской Освальдо, теперь не спешившего за свой компьютер, тихо исчезла. Тогда девушка спустилась в подвал и, включив фонарик мобильника, извлекла из тумбочки несколько свечей, лежавших там на всякий случай. За все три года ее работы таких ситуаций выпадало немного, а жаль: в это помещение дневной свет не проникал вообще, и отблески свечей придавали обстановке особый таинственный колорит.

Высокие витые свечи, установленные Камиллой по углам, выглядели почти торжественно. Маленькие язычки пламени, не встречая ветра, тянули вверх яркие ладошки. Притихнув возле стола в рабочей комнате, девушка погрузилась в свои мысли...

— Камилла, электричество дали! — послышалось сверху, и в подвал заглянул Матео. — А сеньора Регина позвонила и сказала, что ее сегодня уже не будет. Так что можешь пойти домой пораньше, — хитро подмигнул продавец. — Если что — я прикрою.

— Спасибо, но... Мне нужно сделать ревизию: некоторые средства заканчиваются, и пора пополнять запасы... Так что я еще останусь.

— Как хочешь, — пожал плечами тот.

— А Себастьян? Его... тоже не будет? — не удержалась Камилла.

— Нет, о нем Регина ничего не говорила, — равнодушно ответил Матео и скрылся за дверью.

Камилла, вздохнув, подошла было к выключателю, но тут же передумала и вернулась обратно. Девушка не хотела ничего менять: теплое сияние свечей должно было скрасить ее ожидание.

Она ждала Себастьяна.

Глава 32
Заблудший ангел и голубая молния

В участок они возвращались поспешно: проигнорировать пятый подряд звонок Марио, своего непосредственного начальника, Алваро просто не мог. Осмотр места происшествия и опрос всех родственников, которые требовали сейчас же, немедленно найти вандалов и наказать всех виновных, занял довольно много времени.

По дороге они почти не разговаривали: босс, погруженный в свои размышления, на все вопросы Альбы отвечал односложно.

И только через полчаса по прибытии в участок, вернувшись из кабинета шефа мрачнее тучи, инспектор опустил свой стаканчик с кофе на стол и вполголоса выругался. Другой стакан, к немалому удивлению Альбы, он поставил перед ней.

— Я так и знал, что будет нечто подобное! — наконец произнес мужчина, тяжело вздыхая и глотая едва ли не полпорции кофе сразу. — Я просто спиной чувствовал, что без проблем не обойдется!

— И какова же главная? — осторожно спросила Альба.

— Главная в том, что эта самая сеньора Ирма, могилу которой осквернили, приходится тетушкой нашему глубокоуважаемому мэру! — раздраженно выдохнул Алваро и вторым глотком прикончил остатки кофе. — И теперь наш доблестный шеф должен докладывать ему лично о результатах расследования.

О позитивных результатах! А сейчас угадай, кого пустят на тряпочки, если такового не последует?

— Ну дела! — и себе вздохнула Альба. — Только мэра нам еще здесь и не хватало...

— Ладно, — устало махнул рукой Алваро. — Это я так. Все это — мелочи жизни. Все равно мы будем заниматься своим делом, независимо от того, чьи родственники там замешаны — мэра, президента или святого Петра... Итак, что у нас есть?

Алваро оживился и, подхватив со стола маркер, подошел к небольшому белому полотну доски для записей. Он любил делать на ней отметки — это помогало ему разложить по полочкам полученную информацию.

— Кладбище — то же, время — то же, то есть — следующая ночь после похорон. Наш охотник за трупами, кем бы он ни был, интересуется лишь «свежими» покойниками. Но! В отличие от двух прежних случаев, когда трупы похитили, теперь могила была разрыта, однако покойница осталась на месте. Гроб повржден лишь слегка — похоже, его пытались открыть и не довели дело до конца.

— Я знаю почему! Им помешал сторож, который услышал шум и вышел разобраться, что происходит, — добавила Альба.

— Им? — удивленно вскинул кустистые брови Алваро.

— Похоже, что так. Со слов сторожа, он обошел территорию кладбища до наступления сумерек и собирался повторить обход после полуночи. Ну, собирался на самом деле или только на словах — это уже другой вопрос... Однако, по крайней мере, со своей сторожки он после полуночи и вышел. В шоу «Говорит и показывает», которое он смотрел в это время, как раз началась рекламная пауза с перерывом на ночной выпуск новостей, а это — именно пополуночи. Так вот, судя по рассказу сеньора Педро Рохо, этого самого кладбищенского сторожа, он слышал от напарника о похитителе трупов, провернувшем там уже два дела и оба — успешно. Правда, все это случалось не в его смену, но всем сторожам приказали быть настороже — извини за каламбур, — улыбнулась Альба. — Так что, выйдя из сторожки и услышав на кладбище подозрительные звуки, он, вооружившись фонарем и дубинкой, отправился туда.

— Фонарем и дубинкой?

— И еще электрошокером. Но когда был уже недалеко от того места, откуда доносились подозрительные звуки, ему навстречу выбежал ангел.

— Ангел? — брови Алваро поднялись до отметки крайнего удивления.

Альба только довольно ухмыльнулась — не всегда случается удивить босса.

— Именно так и сказал сеньор Рохо. «Мне навстречу выбежал ангел! Она была очень напугана и просто заплакала от счастья, когда увидела меня», — это я цитирую его слова.

— Еще и «она», — хмыкнул Алваро и нацарапал на доске кривыми буквами «она». — Но почему ангел?

— Девушка была в белом платье и очень красивая. Поэтому он поначалу принял ее за ангела.

— Хороший, набожный человек, — пробормотал Алваро без тени усмешки. — И как же она объяснила свое внезапное появление?

— Она якобы приехала на кладбище, чтобы проведать свою давно почившую бабушку. И долго искала могилу, потому что не была здесь уже много лет. А когда нашла, то продолжительное время стояла рядом, не обращая внимания на то, что уже темнеет. И потом заблудилась и снова в темноте все бродила и бродила по кладбищу. Даже звала на помощь, однако ее никто не слышал. Увидев же луч фонарика, побежала просто ему навстречу.

— И наш Педро, без сомнений, с радостью провел заблудшую душу к кладбищенским воротам… — задумчиво протянул инспектор. — И даже вызвал ей такси.

— Нет, такси он ей не вызывал. Девушка, поблагодарив, пошла пешком по дороге. А уже возвращаясь, он услышал шум двигателя и увидел свет фар на обочине шоссе.

— А куда уехал автомобиль, наш сторож не запомнил?

— В сторону города или…

— В другую сторону. Это он запомнил точно, потому что еще удивился.

— Хм... Это может ничего не значить или означать очень многое. Но если там был автомобиль — ее ждали. И не другие ли вандалы? Либо автомобиль принадлежал этой самой девушке. Конечно, спросить фамилию «ангела» или хотя бы ее бабули, которую она там искала, наш сеньор Педро наверняка не додумался.

— Именно так, — подтвердила Альба. — Как, впрочем, и не догадался вернуться к тому месту, откуда якобы слышал подозрительные звуки. Он провел девушку, возвратился, прислушался — все тихо. Поэтому и ушел назад в сторожку.

— То есть в это время других вандалов на кладбище уже не было. Иначе они бы завершили дело.

— Или эта девушка — и есть та, кого мы ищем, — задумчиво пробормотала Альба. — А что удалось обнаружить вам? Кроме невменяемых родственников усопшей.

— Их можно понять... Приходят поутру на кладбище проведать покойную, а там — могила напрочь разрыта, гроб поврежден, а сторож — ни сном ни духом ничего не знает.

— Да уж, досталось ему, бедняге. После такого не только ангелы — и молнии мерещиться будут.

— Какие еще молнии? — насторожился Алваро.

Он напоминал сейчас служебную ищейку, навострившую уши и готовую взять след.

— Сторож сказал, что, уже подводя девушку к воротам, увидел мелькнувшую над дорогой голубую молнию.

— Однако ночью не было грозы.

— Не было даже дождя — земля оставалась сухой.

— Может, это было чем-то иным? Не слышал ли он шум двигателя?

— Я тоже задала ему такой вопрос, — кивнула Альба. — Но он не помнит. Не обратил внимания, потому что он разговаривал с девушкой... С ангелом.

— А сколько он перед этим выпил?

— Клянется, что не пил вовсе. Но, думаю, это не та часть показаний, в которой он поклялся бы на Библии.

— Если вообще чему-то в его показаниях можно доверять.

— Уж не... Не сообщник ли он той компании, что хозяйничает на кладбище? Но зачем тогда ему пускать их именно во время своей смены?

— Так ведь они были там и в смены двух других сторожей... Кстати, их тоже надо проверить.

— Этим я и займусь, — кивнула Альба.

— Как мне кажется, вероятно, действовало несколько человек, — задумчиво протянул Алваро, разглядывая лишь ему понятные закорючки на своей доске. — Что странно, так это выбор жертв. Случаен ли он? Первым был мужчина в возрасте. Перепутали? Ошиблись могилой? Или он и был им нужен? Потом молодая девушка. Дальше пожилая сеньора, да еще и тетя мэра! Зачем им лишний раз нарываться на неприятности? Ясно, что их и так будут искать, однако, выбирая такую жертву, они привлекают к себе еще больше внимания... Или это им и надо?

— А может, они не знали, кто она?

— Половина Тихуаны была приглашена на похороны, — пожал плечами инспектор, продолжая вертеть маркер в руках. — Стоп! Да, Тихуаны! А если преступники не из местных?

— Но какой им смысл рисковать на кладбище чужого города, куда еще нужно добраться?.. Откуда? И ради чего — чтобы украсть трупы деда, внучки и бабушки?

— Да, мотив пока остается неясным. Особенно если действовала группа. И совершенно непонятным кажется участие молодой девушки. Красивой. У которой должны быть занятия поинтересней, чем таскаться ночью по кладбищам и воровать трупы...

— А вдруг она действительно ни при чем?

— Маловероятно. Ведь если бы она не отвлекла сторожа, тот вполне мог увидеть главных преступников, орудующих у могилы.

— ...которые оказались настолько робкими, что убежали сразу же, почуяв опасность? И даже не вернулись, чтобы закончить начатое.

— Да, логики маловато...

Алваро сделал широкий взмах маркером у доски и со вздохом надел на него колпачок. Что могло означать: «Мозговой штурм окончен. На ближайший час».

С белой поверхности на Альбу смотрел один большой и криватый знак вопроса.

Глава 33
О чем не расскажут свечи

Он приоткрыл дверь, и пламя уже наполовину оплывших свечей судорожно трепыхнулось. Камилла, подняв голову, встретила Себастьяна долгим взглядом чуть влажных глаз. Он, секунду подумав, закрыл дверь на задвижку: их разговору не должен помешать никто посторонний. А разговор предстоял нелегкий — это парень понял без слов, едва взглянув в полные тревоги глаза любимой.

— Я все знаю. Я была... там. Вчера. На кладбище, — начала она без предисловия чуть дрожащим от волнения голосом.

Себастьян отпрянул, словно от удара. Он ничего не ответил. Он ждал продолжения.

— Не спрашивай, как я там оказалась, — быстро добавила Камилла. — Однако я должна была разобраться со всем этим.

— Значит, мне не померещилось... Вчера я едва не столкнулся со сторожем. Пришлось убежать... И тогда мне послышался твой голос — но не думал, что это может быть правдой. Знал бы я...

— Ты не смог бы убежать, если бы я не отвлекла сторожа. Мне удалось убедить его, что это я шумела, потому что заблудилась... Я попросила вывести меня за ворота. Он сам, бедняга, был напуган больше меня.

— В общем, ты моя спасительница, да? — грустно улыбнулся Себастьян, осторожно прикоснувшись к ее руке.

— Скажи... Зачем ты это делал?

Ее глаза в отблесках скупого огня свечей казались еще огромнее. Сейчас они напоминали бездонные колодцы с искрой пламени в самой глубине.

— Это все было только для тебя... — выдохнул Себастьян и почувствовал, как тело вдруг задрожало, не в силах сдержать эмоций.

Он боялся, что Камилла не поймет, насколько он любит ее и на что пошел ради своей любви. Парень не мог оторвать взгляда от манящих, светящихся, затягивающих омутов — глаз своей девушки — и был готов утонуть в них без остатка.

— Прости... Мне хотелось, чтобы ты была счастлива. Когда наблюдал, как ты работаешь, как творишь красоту... Ты всегда выглядишь такой довольной... И, наоборот, когда нет работы — ты печальна и удручена... Я хотел, чтобы ты улыбалась. И выглядела такой же сосредоточенной, как тогда, когда наносишь грим, увлеченная своим занятием. Я думал... Прости... Наверное, я делал что-то не то...

Камилла не отрываясь смотрела на парня. В душе у нее бушевал ураган: ее любимый Себастьян, добрый, красивый, отзывчивый, самый лучший на свете, — похититель трупов?! Это совершенно не укладывалось в голове. Первым порывом было — вскочить, уйти и поскорее забыть обо всем... Но она сдержалась. Перед ней были глаза Себастьяна — ожидающие, наполненные такой тревогой и страхом потерять ее, Камиллу, что она просто не могла сейчас его бросить. Что бы ни сделал парень — он совершил это во имя любви к ней...

Девушка почувствовала, как ей не хватает воздуха. И только сейчас поняла: все это время смотрела в глаза Себастьяна, затаив дыхание. Она глубоко вздохнула и отвела наконец-то от него свой взгляд... Сердце бешено стучало, однако мысли постепенно становились более упорядоченными.

«Это чудовищно, ужасно и немыслимо! — вертелось в голове Камиллы. — Но что, если и он чувствовал то же самое — и тем не менее пошел на это, чтобы доставить мне радость от возможности творить... Насколько он должен любить меня...»

Теперь поступок Себастьяна уже не казался девушке таким уж диким. Он ее любит! У него нет другой, и он не впутался ни в какие опасные связи с преступным миром — эти мысли все сильней и настойчивей пробивались сквозь толщу непонимания и неприятия его действий.

Конечно, похищение трупов — незаконно и аморально! Но разве можно судить человека, потерявшего от любви голову и забывшего о правилах приличия? Разве можно назвать его умалишенным? Нет, это его любовь к ней — сумасшедшая. И чем она собиралась отплатить ему — уйти, бросить его...

Раскаяние захлестнуло Камиллу, и она опять взглянула в глаза любимому. Но теперь ее взгляд не обжигал — он ласкал, как теплые волны океана.

— Ты пошел на это... ради меня... — тихо повторила она признание Себастьяна. — Неужели ты так любишь меня?..

Ее узкая ладошка скользнула по его щеке. И он словно ожил от этого нежного прикосновения — на скулы вернулся румянец, а глаза увлажнились от счастья.

— Ты даже не представляешь, как я тебя люблю... — прошептал парень, прижав ее ладонь к своему лицу. — Не существует ничего, что я не смог бы для тебя сделать...

И тут Камилла не выдержала и заплакала. Но это были светлые слезы, они несли не боль, а лишь облегчение.

— Я тоже люблю тебя! — тихо произнесла она. — И буду любить до самой смерти...

Она первой потянулась губами к его губам. Вся оставшаяся в душе горечь вдруг отхлынула, уступив место всеобъемлющей радости.

Трепетная, острая нежность волнами наполнила тело Себастьяна.

— Я готов на что угодно, лишь бы ты была счастлива! Я так люблю тебя...

Влюбленные затихли, эмоции превратились в касания, язык тела, древний и могучий, понятный двоим. И эти несказанные слова горячим сплетением рук — губ — тел пели сейчас песню, песнь любви, над которой не властно ни время, ни обстоятельства. Забыв обо всем, в полумраке подвала, чьи гости обычно холодны и безмолвны, парень и девушка спешили — стремились рассказать друг другу о своих чувствах, поведать лаской, трепетом сердец, бессвязным шепотом...

И только полыхающие свечи были невольными свидетелями безумного, безудержного танца теней, что сплетались и расплетались снова на мрачной стене подвала.

Свечи знали: их свет теперь не нужен, потому что у этих двоих был свой собственный искрящийся и вечный — чудесный свет любви...

Глава 34
Фоторобот

— Да уж...

Альба чуть прищурилась, разглядывая то, что вышло в результате почти часа совместных усилий, и еще раз недоверчиво посмотрела на сеньора Рохо. Тот в который раз старательно промокнул лысину платочком, хотя в участке, напичканном кондиционерами, сейчас, ближе к вечеру, совсем не было жарко.

— Вы уверены, что девушка выглядела именно так?

С портрета, распечатанного на цветном принтере, смотрела карими глазами неизвестная красавица с длинными темными кудрями.

Сторож с готовностью закивал головой. Альба еще раз вздохнула.

— Благодарю вас, сеньор. Ваши показания очень помогли следствию. Можете пока быть свободны. Всего хорошего.

— Рад был помочь, сеньорита инспектор, — с неуклюжим поклоном сторож выкатился за дверь, не скрывая своей радости от того, что все это наконец-то для него закончилось.

Альба с кислым лицом снова уставилась на фоторобот, когда в кабинет вошел Алваро.

— И что мы имеем?

Ровным счетом ничего, — покачала головой девушка, протягивая портрет инспектору. — Похоже, фантазии сторожа изрядно подкрепились мощными вливаниями в организм текилы. Взгляни на этот фоторобот. Его смело можно отправлять на фотоконкурс «Мисс Мексика».

— По меньшей мере, — хмыкнул Алваро, тоже рассматривая странный портрет.

У инспектора оказалось неожиданно хорошее настроение. Но его позитивного настроя Альба не разделяла.

— И что наш преподобный Марио?

— Не стоит называть «преподобным» начальника в комнате, где вполне может быть прослушка, — добродушно заметил инспектор.

— Где? В полицейском участке? У меня есть знакомый врач — говорят, прекрасно лечит от паранойи.

— Именно! — вдруг воскликнул Алваро, подняв указательный палец.

Альба зачем-то подняла глаза в направлении того места, куда он указывал. Кроме одинокой лампочки под скромным абажуром, там не было ничего, только муха вальяжно прогуливалась по потолку.

— Что значит это «именно»? Поискать номер врача? — с легким сомнением переспросила девушка.

— А за компанию — номера всех ближайших психушек. И спроси, может, от них сбегали пациенты.

— Всех ближайших, — передразнила она, но Алваро не понял ее сарказма. — Как будто вы только что спустились с небоскреба, а не два года живете здесь. Это вам не Мехико. Все ближайшие — это приют Святой Юстины, он же — единственный в городе и его окрестностях. Слава богу, здесь не так много умалишенных.

— И хорошо бы еще, если бы все они находились под наблюдением, — добавил инспектор.

— В нашем случае — наоборот. Хорошо было бы, если бы один из них сбежал и его мы сейчас и ловили бы. Тогда хоть понятно, с чем имеем дело. А то препо...

Алваро громко крякнул, и Альба тут же исправилась:

— А то комиссар Мендес пустит на фарш нас с вами, если мы в скором времени не откопаем осквернителя или осквернителей могилы покойной тетушки нашего драгоценного мэра.

— Откопаем — не лучшее слово сейчас...

Альба, не выдержав, засмеялась. Шеф шутил своеобразно, но это случалось совсем нечасто — поэтому ценилось еще дороже.

— Все же попробуем разослать фоторобот по участкам — а вдруг что-нибудь из этого да выйдет.

— Не знаю... Слишком неправдоподобно все это. Красавица в белом платье в полночь на кладбище, убегающие от фонаря вандалы... Кстати, их орудия так и не нашли. Поэтому, если предположить, что преступники все-таки убегали...

Брови Алваро снова сдвинулись к переносице, и заметившая метаморфозу Альба пожалела, что все хорошее так быстро кончается.

— Так, попробую позвонить в лечебницу. Может, нам хоть здесь повезет...

Приют для душевнобольных Святой Юстины ничем не порадовал. Как и пара других, находящихся на расстоянии, что позволило бы психически нездоровому человеку добраться до города и спрятаться где-нибудь в его окрестностях. Либо неизвестный не был психом, либо хорошо притворялся, оставаясь незамеченным.

Не обнадежили и беседы со сторожами: ничего подозрительного они не видели. К тому же кладбище — не закрытая территория, сюда мог прийти проведать усопших родственников любой желающий. Поэтому днем ночные похитители могли разгуливать там сколько вздумается, замышляя свои коварные планы.

Но сюрприз, да еще неприятный, поджидал их расследование с другой стороны. Альба поняла это, когда, придя на работу утром, увидела на своем столе свежий выпуск местной газеты. Алваро, мрачнее тучи, вместо приветствия кивнул на него.

«Вандалы на кладбище: в городе орудует шайка похитителей тел!» — огромными буквами вещал заголовок на первой странице газеты.

— Приехали, — вздохнула Альба, не став углубляться в чтение.

— «...прямо перед носом у полиции, которая продолжает бездействовать», — мрачно процитировал Алваро. — Ладно... —

махнул рукой инспектор. — Этого стоило ожидать: писакам дай только повод. Такова их работа. А нам лучше заняться нашей и не обращать внимания на подобные вещи. Есть какие-нибудь идеи? — повернулся он к своей помощнице.

— Разве что одна, — призналась Альба. — Я вот все думала, есть ли какие-то особенности у этого кладбища, где произошли все три случая. Ну, чем оно отличается от остальных? Так вот — тем, что находится дальше всех от жилой части города. И ближе всех к дороге, ведущей к соседнему городку. После шумихи, что поднимется теперь, особенно — после подобной писанины, преступник, если он не совсем сумасшедший, вряд ли рискнет сунуться на то же место... Может, есть смысл посетить кладбища в соседнем городе и расспросить там, не было ли чего-нибудь похожего? Есть вероятность, что такой скандальный случай, как вандализм на месте вечного упокоения, могли и скрыть. Особенно, если в полицию никто из родственников не обращался.

Минуту подумав, Алваро кивнул головой:

— Возможно, в этом что-то есть. К тому же идей получше пока не наблюдается... Поэтому проведай-ка соседей. А я тем временем займусь местными сумасшедшими — не все из них находятся на лечении.

Спорить помощница не стала.

Честно говоря, никаких особых надежд на свою поездку Альба не возлагала. Но уже сама возможность вырваться хоть на время из душного города и прокатиться по дороге, что местами выходила к самому океану, казалась слишком заманчивой.

Шум близких волн, сливаясь со звуками ветра, напоминал странную музыку. Открыв окно, девушка позволила воздушным потокам играть со своими волосами. Настроение неожиданно взяло курс на романтический лад. Как давно она не выезжала к океану? А ведь такая красота — совсем рядом! Некоторые туристы преодолевают сотни, а то и тысячи километров, только чтобы оказаться на одном из пляжей и оседлать гривастую крутую волну на доске для серфинга.

«К черту все нервотрепки! — вдруг, неожиданно даже для себя, решила Альба. — Покончим с этим делом, и сразу возьму хотя бы две недели отпуска. И на пляж! Просто отдыхать и не думать про всякую ерунду... А может, и себе заняться серфингом?»

С такими мыслями Альба пролетела бо́льшую часть дороги, почти не заметив ее. Уже подъезжая к окраинам Росарито, она попыталась вернуть себе серьезный настрой и сосредоточиться на работе, но это не очень-то получалось. Так что смотритель первого кладбища, куда вывел ее путь и навигатор, был немного удивлен, заметив направляющуюся к нему девушку с полицейским жетоном, на лице которой блуждала мечтательная улыбка...

Возвращалась обратно Альба уже во второй половине дня и не в столь радужном настроении. Вся ее поездка оказалась лишь тратой времени — два кладбища Росарито были такими старыми, что там давно уже перестали хоронить, и эти последние пристанища покойных вообще никто не охранял. Смотрители остальных кладбищ в один голос твердили, что у них ничего подозрительного не случалось, и все здесь, включая покойников, ведут себя мирно. Так что, кроме благодарностей за предупреждение, Альба не получила от этой поездки ничего. И даже дорога назад оказалась куда длиннее — ведь на сей раз помощница инспектора думала о своем пустом желудке и о вкусных пончиках в булочной за углом рядом с полицейским участком...

Едва успев войти, она с разгона почти налетела на долговязого парня в широких рэперских штанах, который в сопровождении дежурного неуверенно переставлял ноги, идя по коридору. Один рукав его рубашки был практически оторван и болтался на нескольких ниточках, а на когда-то белую майку под расстегнутой рубахой из разбитой губы капала кровь. Поравнявшись с доской, на которой висели фотографии разыскиваемых преступников и пропавших без вести, угрюмый молодой человек, до сих пор безучастно поглядывающий по сторонам, вдруг удивленно вскинул брови.

— Вот это да... — пробормотал он себе под нос и двинулся дальше только после ощутимого тычка в спину со стороны молодого полицейского, сопровождавшего его в камеру.

Подозрительно окинув взглядом задержанного, Альба направилась к своему кабинету.

Алваро еще не было на месте: похоже, его свидания с потенциальными подозреваемыми все еще продолжались. По-хорошему, нужно было бы перезвонить шефу и предложить помощь, но... Какая-то даже не мысль, а смутная догадка вдруг завертелась на самом краю сознания, откуда приходят озарения или мысли о самоубийстве...

Альба уже было тяжело опустилась в свое кресло, но вдруг резко вскочила и устремилась назад.

— Парень с разбитым лицом — его только что увел младший инспектор Гусман... За что его задержали? — обратилась она к дежурному, регистрирующему новоприбывшего в сопровождении полиции.

— А, этот? Кажется, мотоциклист подрался с водителем грузовика. Кто-то из них кому-то не уступил дорогу, и мотоцикл попал под колеса... А этот «летчик» чудом спасся. Только, в отличие от него, водитель грузовика был трезвым... Пока разбираются. А зачем он тебе?

Но Альба уже не слушала. Кивнув в знак благодарности, она поспешила дальше, словно боялась не успеть — а вдруг призрачная догадка ускользнет от нее, когда она снова взглянет ему в лицо?

Младший инспектор Гусман немного удивился ее визиту, но возражать не стал — и блестящими глазами Альба теперь молча разглядывала задержанного.

Тот сидел за унылым столом, неловко пытаясь заполнить какой-то официальный бланк. Однако, словно почувствовав взгляд женщины, медленно — слишком медленно — повернулся в ее сторону. Было очевидно, что парень до сих пор находится под воздействием каких-то наркотиков.

— Портрет девушки на стене, фоторобот — ты же на него смотрел, верно? — без предисловий обратилась Альба к парню.

— Ну и что? — пожал плечами он и развязно ухмыльнулся. — Это тоже преступление, да?

— Ты с ней знаком? — Альба проигнорировала его выпад.

— Первый раз вижу, — сквозь зубы процедил задержанный и уставился на свои скрещенные в замок пальцы.

Гусман, ничего не понимая, заморгал, слушая этот разговор, и Альба почувствовала себя идиоткой. Не вдаваясь в объяснения, она просто повернулась и пошла к выходу.

— А если знаю — что тогда? Меня отсюда выпустят? — вдруг прозвучало уже ей вслед, и Альба резко обернулась.

Задержанный все так же продолжал смотреть на свои руки, а не на нее.

— Все может быть, — осторожно ответила она. — Зависит от того, насколько ценной окажется ваша помощь.

— А ее что, посадят? Тогда не-е-ет, — пробормотал он каким-то вдруг осипшим голосом.

— Она не преступница и даже не подозреваемая, — поспешно, кажется, даже слишком ответила Альба. — Девушка — ценный свидетель по особо важному делу. Нам нужно отыскать ее.

Парень бросил на Альбу короткий недоверчивый взгляд и снова вернулся к созерцанию собственных не очень чистых рук.

— Может быть, ей самой угрожает опасность. И если мы ее не найдем... — многозначительно добавила она, теперь и сама не глядя в глаза задержанному.

Тот, похоже, терялся под ее прямым взглядом.

— Ее точно не бросят за решетку? — еще раз переспросил он.

— Ей может угрожать опасность, — теперь уже более настойчиво повторила Альба. — Но если вы нам поможете...

— Да видел я ее. Разок. Такая куколка... Это точно она. Подружка одного придурка, продавшего мне тот мотоцикл, который теперь накрылся...

— Вы видели ее один раз? И запомнили?

— Такую — запомнишь, — хмыкнул бритоголовый молодец. — Зуб даю, что она. Камиллой зовут.

— Из Тихуаны?

— Не в курсе. Дружок ее из Росарито, почти сосед мой будет.

— Камилла, значит...

Альба с трудом сдерживала торжествующую улыбку: пусть ниточка была призрачной и в любую секунду могла оказаться очередной пустышкой, но все же... Профессиональное чутье, без которого в их работе никак, тихо подсказывало ей: этот долговязый не ошибается.

Кривой знак вопроса, нарисованный Алваро на доске, в ее воображении превратился в такую же неровную букву «К».

Глава 35
Двое на берегу

В небольшом уютном кафе с уличной террасой, несмотря на прекрасный теплый вечер, народу оказалось немного. Негромкая музыка, вырываясь из открытых окон заведения, добавляла романтики обстановке. И это было не лишним, ведь сегодня за столиком на восемь человек именно эти самые восемь собрались не просто так. Диего позвал друзей по случаю, и случай являлся особым.

Одетый в непривычно белую рубашку, отутюженную до хруста, немного волнуясь, он попросил наполнить бокалы легким белым вином, откупоренная бутылка которого прежде ждала своего часа, пока собравшиеся вели неторопливую беседу.

Когда просьбу исполнили, Диего поднялся и подхватил свой бокал. Щеки его разрумянились, видно было, что мужчина волнуется.

— Я хочу объявить вам, друзья, хорошую новость, — начал он, немного запинаясь от волнения. Но тут же поправил себя, глядя на сидящую рядом Ванессу — такую же румяную и чуть смущенную.

— Вернее, мы хотим объявить хорошую новость!

Улыбнувшись, Ванесса тоже подхватила бокал и поднялась со своего места. На девушке было легкое светлое платье, а ее волосы цвета вороного крыла, против обыкновения, свободно струились по плечам. И сейчас, рядом с Диего, резкие черты ее лица словно немного смягчились, сделав индианку неожиданно хорошенькой. Или тому способствовала счастливая улыбка и горящие, радостные глаза?

— Мы хотим объявить о своей помолвке.

— Вот это новость!

— Ну наконец-то!

— Молодцы!

— Мы рады за вас!

Это все прозвучало практически одновременно с разных концов стола. Камилла и Себастьян, Слай, просто ужасно довольная собой, невозмутимый Педро и даже Освальдо и Доротея, пришедшие на праздник вместе, — никто не сдерживал эмоций.

— За вас! — первым перешел от слов к делу Педро, и края бокалов соприкоснулись, весело зазвенев в унисон.

— Это действительно прекрасная новость! Как хорошо, Камиллочка, что мы решили их познакомить, — громким шепотом затараторила Слай на самое ухо Камилле. — Ну, посмотри на них — они просто созданы друг для друга! Диего — такой добрый и спокойный, из него получится отличный семьянин! И в Ванессе он не разочаруется — она очень хозяйственная девушка... Они идеально подходят друг другу!

Действительно, влюбленные хорошо смотрелись вместе, и хотя обоим было уже не по семнадцать, свои чувства спрятать им не удавалось. Диего то и дело поглядывал на невесту, которая просто светилась от счастья.

— Как хорошо! — прошептала Доротея. — Я так рада за Диего. Ему ужасно не везло с женщинами. Кажется, Ванесса — хорошая девушка.

— А когда свадьба? — Слай задала вопрос, вертевшийся на языке у каждого.

— Мы еще точно не решили, но однозначно до Нового года!

— Хотим, чтобы с его началом для нас началась и новая жизнь.

Диего растроганно коснулся плеча Ванессы, девушка ответила влюбленным взглядом.

— И за это надо выпить!

— За вас!

— Пускай все у вас будет хорошо!

Себастьян, уже подняв бокал с вином, задержал взгляд на Камилле. Почувствовав это, она мгновенно обернулась к нему.

«Может быть, и нам пора подумать о помолвке?» — спрашивали его глаза.

«Может быть», — отвечали лукавые искорки во взоре Камиллы.

Вечеринка продолжилась, и тут же на небольшой площадке между столиками организовали танцы. Как раз в этом Себастьян особыми талантами не отличался, потому вместе с Педро предпочел остаться в «группе поддержки», хлопая танцующим. А вот Диего неожиданно оказался хорошим танцором: вместе со Слай они сошлись в ритме зажигательной музыки в центре круга друзей, которые тоже не отставали.

Слегка прищурив глаза, Себастьян продолжал любоваться Камиллой: до чего же она грациозна! Как ей идет это платье... Да ей все идет...

Почувствовав на себе его взгляд, девушка, обернувшись, улыбнулась ему. А когда танец закончился, украдкой махнула рукой, предлагая отойти в сторонку.

— Давай убежим, — вдруг сказала она. — Прямо сейчас.

— А как же... остальные?

— Они поймут, — мурлыкнула Камилла и обняла любимого, чуть привстав на цыпочки.

Если у Себастьяна и оставались еще какие-то сомнения по поводу «удобно-неудобно», то они тут же разлетелись в клочья.

— Давай...

Никому ничего не объясняя, влюбленные, взявшись за руки, просто исчезли с вечеринки. Возможно, кто-то и заметил их бегство, однако догонять не стал.

— Куда теперь? — спросила Камилла, когда они оказались уже за пару кварталов от кафе.

Теплый вечер еще только разгорался, переплавляя в золото белоснежные бока ленивых облаков, растянувшихся над городом.

— Куда-нибудь, где мягкое и теплое... и ласковое... — выдохнул Себастьян, улыбаясь.

Камилла вдруг засмеялась, легко и радостно, как ребенок, придумавший смешную шутку.

— Я знаю, о чем ты говоришь, — об океане! Что может быть теплее, мягче и ласковее, чем его воды?

— Ну, может быть, я имел в виду не совсем океан... Но он — очень даже подходит. Действительно: поехали к океану!

«Как хорошо, когда нет гнетущих обстоятельств, нет обязательств, вынуждающих тебя с утра до ночи заниматься рутиной, а затем приходить в пустой дом и ждать... Чего? Что утром начнется другая жизнь? Что все изменится? Редко судьба дает подобный шанс... Счастье найти непросто. Но я свое нашел и никому его не отдам», — думал Себастьян, осторожно перебирая шелковистые локоны девушки. Они ехали в такси, и голова Камиллы доверчиво покоилась на его плече, а теплое ровное дыхание нежно касалось щеки.

Наверное, это и было счастье.

Когда они очутились в своем тайном месте, солнце, словно большая рыба-кит, уже нырнуло за горизонт, а в сиреневом мареве над их головами начали прорисовываться блеклые силуэты звезд. Оставив одежду на берегу, две рыбешки поменьше тоже нырнули в теплую воду — чтобы со смехом гоняться друг за другом, разбрасывая кружевные гирлянды брызг, плескаться и плавать наперегонки. А потом сил почти не осталось, но мягкие лапы волн подтолкнули их к берегу, и двое обнялись, замерев на месте, на границе между водой и сушей. Они молчали, не решаясь словами разрушить торжественную тишину. Лишь ленивое дыхание океана и короткие посвисты ветра плели вокруг них призрачную сеть из полузвуков... Бесконечное, такое же глубокое, как и темнеющий океан, небо разверзлось над ними, и уже невозможно было различить, где кончается одно и начинается другое.

— Ты выйдешь за меня? — вдруг проронил Себастьян, и его слова показались естественным продолжением мелодии, созданной ветром.

— Да, — так же спокойно и уверенно ответила она, будто речь шла о чем-то давным-давно решенном.

Возможно, это решение их ангелов, а им осталось только подтвердить волю небес.

— Прости... Я совсем не подготовился. И даже не купил кольцо, — признался он, зарывшись лицом в ее волосы, еще мокрые и пахнущие соленым ветром.

— Разве это так важно? Кольцо, бусы, браслет... Это все — лишь вещи. Или, в лучшем случае, символы, нужные не столько для нас, как для всех остальных: вот, мы теперь женаты... Зачем нам символы, если я и так знаю, что ты меня любишь. И что я тебя люблю, — негромко ответила она, подняв лицо к чернеющей бездне, словно говорила не с Себастьяном, а с небом.

— И мы всегда будем вместе...

— Всегда...

Он, подхватив ее на руки, закружил, а потом осторожно, будто хрупкую драгоценность, вынес из воды на берег.

— Ах, как красиво! Давай останемся здесь... навсегда. Или хотя бы до рассвета, — прошептала Камилла, прижимаясь к своему любимому всем телом.

— Ты уже замерзла, — улыбнулся Себастьян, по-прежнему обнимая девушку. — А до рассвета мы с тобой превратимся в ледышки, если не согреемся.

Они действительно уже начали дрожать на ветру, что напитался ночной прохладой и стал немного колючим. Их тела от холода лишь крепче прижимались друг к другу.

— Наверное, ты прав. Тогда идем греться...

— Мы обязательно придем сюда снова, — пообещал он, не отпуская ее.

— Если ты будешь и дальше держать меня, нам придется идти домой в таком виде — мокрыми, — тихо засмеялась Камилла, осторожно освобождаясь от его рук.

Она, конечно же, была права. Но как мучительно не хотелось отпускать ее даже на минуту!

— Знаешь, как-то, когда я еще развозил пиццу, наблюдал одну картину. По улице шла пара старичков. Они не спешили и, наверное, в силу возраста и не могли двигаться быстро. Они поддерживали друг друга и шли, взявшись за руки. Другие люди смотрели на них и, мне кажется, — завидовали тому, что эти двое сумели сохранить свою любовь спустя многие годы... Я тоже им завидовал. И думал о тебе. Тогда мы с тобой только познакомились, я еще не смел надеяться... Но все равно — мечтал, что когда-нибудь и мы с тобой будем вместе. И когда придет старость, так же будем гулять по городу, держась за руки...

— Так и будет, — ответила Камилла.

В темноте он не видел ее лица, но знал, что она улыбается своей мечтательной улыбкой, в которую он давно влюбился. Сколько дней назад? Кажется, прошло уже полжизни. И нет больше одинокого грустного парня, которого никто не ждет и который сам уже не ожидает от жизни чуда.

Теперь они вместе. И так будет всегда...

Глава 36
Ночные страхи

Дорога к Росарито не заняла много времени. Не сговариваясь, они направились к Камилле: добраться до ее квартиры оказалось намного проще, чем к его одинокому домику на самой окраине города. Еще немного, и домик совсем соскучится по своему хозяину...

Держась за руки, они нырнули в темную дыру подъезда.

— Я первая!

Камилла быстро застучала каблучками по ступенькам вверх: на узкой лестнице двоим поместиться было трудновато. Но даже если бы он и очень хотел, вряд ли смог угнаться за своей любимой: Себастьяна не раз поражала ее способность ориентироваться в темноте. «У тебя в роду, наверное, были кошки», — сказал он ей однажды, и Камилле очень понравилась эта шутка. А потом, подумав, она призналась: если бы ей дали задание нарисовать свой собственный герб, то кошку на нем она изобразила бы обязательно...

Вот и сейчас кошкина родственница убежала вперед, а его глаза, не такие зоркие, и еще менее послушные ноги продолжали спотыкаться о каждую ступеньку.

Как всегда в эту пору, наверху лестничного проема едва маячил далекий огонек и ступени плотно окутывал мрак, разбавляясь мутными пятнами разве что к третьему этажу.

Поэтому, когда на Себастьяна откуда-то сбоку вдруг навалилось чье-то тело, от неожиданности он едва удержался на ногах.

В последнюю секунду перед падением пальцы ухватились за край узких железных перил. Из все еще плотной темноты на него дохнуло отвратным запахом застоялого спиртного...

Сориентировавшись, Себастьян покрепче обхватил невидимого нападавшего: теперь по лестнице вниз они могли загреметь лишь вдвоем. Камилла в это время уже, видимо, дошла до своей квартиры: сверху донесся мелодичный звук связки ключей, а за ним — скрип открывающейся двери. Что творилось внизу, она не слышала.

— Чего ты здесь забыл? — прошипел невидимый некто сиплым голосом, и запах дешевого виски стал еще более резким.

— А ты чего? — отозвался Себастьян, не отпуская противника.

Он уже достаточно пришел в себя, чтобы понять: нападавший, кем бы тот ни был, скорее всего — один и к тому же нетрезв. А значит, все не так уж плохо.

— Я здесь живу! — вдруг с неожиданной обидой ответил некто, выдав очередную порцию «чудного аромата».

— Я тоже! — не сдавал позиций Себастьян.

Парень наконец додумался сделать то, что надо было с самого начала: одной рукой нащупал в кармане мобильник и наугад нажал какую-то кнопку. Резко выдернув телефон из кармана, он поднял его, осветив незнакомца... который через секунду оказался очень даже знакомцем: эту физиономию с трехдневной щетиной ему уже доводилось видеть у дома Камиллы. И всякий раз этот тип, фигурой напоминающий боксера, внимательно провожал его глазами.

Теперь же он смотрел с откровенным недоумением — так, словно увидел призрак. Его пальцы, до этого мертвой хваткой сомкнувшиеся на предплечье Себастьяна, сами собой разжались.

— Ты чего? — буркнул он вдруг, моргая глазами из-за света — хоть и слабенького, но вполне достаточного, чтобы видеть друг друга.

— Что значит чего? Нападаешь ни с того ни с сего, а потом еще...

Себастьян хотел добавить «задаешь дурацкие вопросы», но вовремя остановился: не стоило зря злить пьяного. Поединок между ними вряд ли окончился бы для него победой. К тому же тот был здесь «своим», а Себастьян — нет.

— Чего ты здесь забыл? — повторил свой вопрос задира (Себастьян про себя уже успел окрестить его Культуристом). Но в его голосе уже не было первоначальной агрессии — только удивление.

— Я иду к своей девушке, — честно ответил Себастьян, глядя Культуристу прямо в глаза. — К Камилле.

— К Камилле?!

Блестящие, с припухшими веками глазки здоровилы вдруг сделались совсем круглыми. Он с полминуты в упор разглядывал Себастьяна со смесью удивления и непонятной настороженности, граничащей со страхом.

— Ты этот... Себастьян, что ли, да? — вдруг выдохнул он, и парень в ответ кивнул.

— Он самый. А теперь давай пойдем каждый своей дорогой, — как можно более миролюбиво предложил Себастьян и осторожно сделал несколько шагов по ступенькам вверх.

К большому облегчению, Культурист не стал препятствовать ему. Но и успокоиться тоже не смог.

— Так куда же ты идешь? — повторил он.

— Туда! — уже не так миролюбиво рявкнул Себастьян, теряя терпение. Весь этот пьяный бред конкретно действовал ему на нервы. — К своей девушке.

— Но она... Не живет там больше... — пробормотал ему вслед Культурист, непонятно к кому обращаясь — то ли к парню, что уже успел подняться на пролет вверх, то ли к самому себе.

Себастьян едва не расхохотался. Это же надо — столько влить в себя дрянного пойла!

Но, продолжая свой путь — уже в полумраке, со все еще светящимся в руке телефоном, — он вдруг непонятно почему на секунду представил себе, что этот Культурист прав и дверь Камиллы окажется запертой. И не отворится на его стук, и не брызнет из-под двери яркая полоска теплого света. И что все это существует лишь в мечтах: точеная фигурка любимой, ее голос и счастливый вечер... А на самом деле — темнота и тишина за дверью. И леденящее душу одиночество — так, если бы никогда, никогда больше...

Оказавшись у порога квартиры, он неслышно прислонился к двери лбом. Непонятный страх липкими щупальцами охватывал его, пробираясь под одежду, сковывая холодом каждый стук сердца, ставший вдруг болезненным...

Дверь резко открылась, и Камилла едва не сбила его, выскочив навстречу.

— Ты почему не заходишь? Я уже начала волноваться, — набросилась она на Себастьяна, в ее голосе звучала неприкрытая тревога.

Камилла обняла его за шею, и от этого простого движения лед, сковывавший сердце парня, рассыпался разноцветной пылью.

«Так, наверное, чувствует себя младенец, которого, проснувшегося ночью в страхе, вдруг берет на руки мама...» — подумал он, хватая в объятия свою любимую.

— Просто...

Он хотел было рассказать ей о столкновении в темноте с подвыпившим типом, но резко передумал — зачем омрачать настроение? Ведь ничего плохого не случилось.

— Просто я так люблю тебя! Ты даже не представляешь, как сильно... — прошептал он, зарываясь лицом в ее волосы, до сих пор хранящие в себе соленый запах океана.

— Кажется, представляю, — улыбнулась Камилла, крепче прижавшись к нему.

Полоска света исчезла за дверью, которая закрылась. И все страхи остались по ту ее сторону, в темноте...

«Все страхи остались по ту сторону двери», — думал Себастьян, обнимая любимую. Они наслаждались друг другом, пока их, уставших от поцелуев и ласки, не накрыл мягкими крыльями сон...

...Цветные картинки сменяли одна другую, словно узоры калейдоскопа. Какие-то лица, голоса. Куда-то надо идти... Ночной мрак, по которому он крадется, спотыкаясь о могильные плиты.

Комья земли, что разлетаются во все стороны, горячечное нетерпение — быстрее, быстрее, только быстрее... Кровавые пузыри на руках. Пока лопата с глухим стуком не ударяется обо что-то твердое — крышку гроба.

Едва видна луна в мрачном, потухшем небе, дышащем сыростью, и вот-вот брызнет дождь. Он поднимает крышку... Застывшие глаза мертвой женщины смотрят на него, наблюдают за ним, и он не может отвести взгляд. Как? Почему? «Глаза ведь должны быть закрыты», — пробивается мысль откуда-то издалека, словно слабая ниточка тонущего рассудка, но тело не рассуждает — оно готово нести свою ношу.

Покойница оказывается неожиданно тяжелой, однако он несет ее, закусив от напряжения губы до крови, несет на руках к выходу из кладбища, а выхода все не видно... Ноги скользят на мокром от дождя гравии, больше нет сил двигаться к закрытым воротам, что мрачной громадой нависают уже откуда-то сверху... Или он сам лежит на земле?!

Застонав и резко дернувшись во сне, словно желая выбраться поскорее из паучьих лап кошмара, Себастьян открыл веки...

И сам не понял, где очутился.

Под невысоким потолком тусклым глазом уставилась вниз грязная лампочка. Углы таились в темноте, уродливыми клочьями с потолка свисала пыльная паутина. От удушающего запаха горло першило, будто и там обосновалась такая же паутина. Он лежал на низком диванчике, застеленном какой-то тряпкой... И рядом спала Камилла. Ничего не понимая, но уже безумно пытаясь найти среди всего непонятного, чужого, пугающего единственный ориентир и опору в этом иногда таком странном мире, парень одним порывом притянул к себе любимую.

— Камилла... Камилла, ты спишь?

Неожиданно холодным оказалось ее плечо — и твердым, будто вытесанным из монолитного куска мрамора...

— Камилла!

Резко развернув ее к себе, он, обомлев от ужаса, смотрел в застывшие мертвые глаза...

Нет!!!

...Его крик разбудил, наверное, полдома. Камилла, испуганная, дрожащая, обнимала Себастьяна обеими руками и шептала что-то успокаивающее, пока он безумными глазами всматривался в ее лицо. Осторожно дотронулся... И только ощутив знакомое тепло, с рыданиями — не стесняясь слез, до боли сжал ее, обнимая.

— Камилла... Это было... Это просто ужасно...

— Успокойся, успокойся, пожалуйста... Я с тобой рядом... Все хорошо... Это лишь сон, тебе приснился кошмар, вот и все... Успокойся же, глупенький...

Словно ребенка, она гладила его по голове и шептала что-то утешающее, пока он окончательно не пришел в себя.

— Прости... Но этот кошмар действительно был жутким. Я проснулся во сне... И это пробуждение было куда ужасней самого кошмара...

От воспоминания ледяные мурашки снова пробежали по его спине, заставив содрогнуться.

Потом они еще долго лежали рядом молча, не расплетая рук. Тени с улицы, пробиваясь сквозь полуспущенную штору на окне, двигались по потолку. Она не решалась спросить его, а он все никак не мог успокоиться, вновь и вновь переживая страшный сюжет. Наконец воспоминания о сне поутихли достаточно, чтобы Себастьян смог рассказать о нем.

— Знаешь... Уже примерно с месяц меня мучают кошмары. Разные... Но в каждом из них — мы порознь. И это страшнее, чем все полчища демонов вместе взятые, если бы вдруг они захотели появиться...

Камилла долго молчала — ему даже показалось, что она уже успела уснуть.

— Честно говоря, меня тоже мучают тревожные сны. Вернее, один и тот же сон: что чужие люди отнимают меня у тебя. Я ухожу, а ты остаешься, и я ничего не могу с этим поделать...

Девушка вдруг всхлипнула и теснее прижалась к плечу Себастьяна. Теперь уже она выглядела напуганной и растерянной, а он пытался утешить ее и приободрить.

— Ну-ну, успокойся... Это был просто кошмар, — прошептал парень, забыв о собственных ночных страхах.

— Наверное, стресс, пережитый нами в тот момент на кладбище, когда ты убегал от сторожа, а я пыталась тебя спасти, оказался глубже, чем мы подумали вначале, — предположила Камилла, и он не захотел уточнять, что у него это началось гораздо раньше.

— Может, все пройдет со временем, а может... — Она зябко поежилась, словно сама пыталась отряхнуть холодные нити недавнего наваждения. — Если мы обратимся за помощью к психологу, нас, наверное, не поймут, — тихо добавила девушка.

Ее слова прозвучали настолько наивно, что Себастьян не сдержал смех: он сразу же представил глаза психолога, которому рассказывает, где, как, а главное — почему пережил стресс, едва не став добычей... страшного кладбищенского сторожа.

— Нет, нас точно не поймут, — сказал парень, по-прежнему улыбаясь.

И, будто решив вдруг отбросить в сторону надоевшие страхи, Камилла и сама улыбнулась.

— Я представил выражение лица психолога...

— Я тоже!..

Немного помолчав и уже окончательно овладев собой, Себастьян вдруг добавил:

— Знаешь, по-моему, я нашел лекарство от наших страхов.

Камилла взглянула на него вопросительно. В полутьме ее глаза казались совсем черными.

— И тебе, и мне снится, что мы расстаемся... Значит, чтобы избавиться от этого страха, наяву не нужно разлучаться! Давай не будем тянуть со свадьбой — и обвенчаемся как можно скорее. И чтобы никто не посмел на тебя криво взглянуть — сделаем все побыстрее.

— Что ты имеешь в виду? — Камилла, пожалуй, была немного ошарашена столь спонтанным решением.

— Пропустим помолвку, — уверенно ответил Себастьян, — это вовсе и не обязательно. Пригласим друзей сразу на свадьбу. И ты у меня будешь самая-самая прекрасная в мире невеста!

— Но как же... ведь свадьба...

— Требует денег, я знаю. Однако я же не зря кое-что копил уже несколько лет... Да, королевских банкетов обещать не могу, но... Церемония и платье у тебя будут самые красивые! И наряд мы идем выбирать завтра же!

— Правда-правда? — вдруг совсем по-детски пролепетала она, едва сдерживая счастливые слезы.

— Правда-правда... — ответил Себастьян, не выпуская ее из кольца своих рук.

И от этого решения — может, неожиданного, но никак не поспешного, вдруг сделалось так легко и светло на душе...

Когда розовый луч рассвета, пробившись из-за полуопущенной шторы, осторожно скользнул по краю подушки, влюбленные мирно спали, по-прежнему не размыкая рук.

А сны, что виделись им теперь, были такими же мирными и безмятежными, как и улыбки на их лицах...

Глава 37
Лекарство от нервов

Часть расследования, когда в деле появляются наконец хоть какие-то зацепки, — всегда была самой любимой для Альбы. Хотя таких, очень уж запутанных ситуаций, попадалось не слишком много.

Конечно, не так-то просто доказать вину одних и невиновность других, но как же этот процесс был далек от витиеватых расследований в телесериалах, изысканные хитросплетения улик и завораживающие интриги которых намертво приковывали зрителей к голубому экрану!

Нет, в практике Альбы случались и перестрелки с погонями, однако все же среди обычной рутины и нудных отчетов иногда отчаянно не хватало романтики детектива…

А сейчас — на белом листе безнадежного, казалось бы, дела стало потихоньку проявляться подобие картинки. Да, еще только подобие, но уже можно сказать наверняка: это дело — необычное. И того, кто его раскроет, ожидает коль не слава, то хотя бы известность городского масштаба. Особенно, если учесть, с каким пристрастием подключились к истории журналисты: при отсутствии фактов они вполне обходились слухами, что, в свою очередь, питаясь газетными новостями, росли как снежный ком.

Алваро несколько удивленно слушал торопливый рассказ Альбы. Ведь фоторобот девушки, появившийся недавно на доске, сразу же стал в участке живым анекдотом о грезах мужиков за пятьдесят, которым нечем себя занять…

И тут вдруг выясняется, что прекрасная незнакомка — вовсе не плод фантазии подвыпившего мужчины, а реальный человек! Она действительно существует — слова кладбищенского сторожа подтвердил случайно попавший в участок водитель из Росарито.

Однако такого же радостного воодушевления, как у его помощницы, Алваро не испытал. Он только равнодушно пожал плечами.

— Почему ты настолько уверена, что это именно та самая девушка? Может, лоботрясу просто нечем себя занять и морочит голову? Придумал, что знает разыскиваемую. Но даже если это и реальная девушка — какие у нас улики против нее? Что с того, если она действительно заблудилась на кладбище ночью? Так тут посочувствовать надо, а не обвинения предъявлять. Может, она здесь действительно ни при чем?

— Да... Но раньше ты сам убеждал меня, что таких совпадений не бывает.

Альба почувствовала разочарование, глядя на безучастное выражение лица шефа.

В отличие от него, в ней уже загорелся тот почти охотничий азарт, когда пазлы один за другим сами падают в руки и надо лишь суметь разложить их в правильном порядке...

— К тому же девушку мы ни в чем пока не обвиняем, — продолжала помощница следователя. — Я тоже не думаю, что она в одиночку развлекалась по ночам, перетаскивая трупы с кладбища. Но, найдя ее, мы, возможно, могли бы выйти на других...

Алваро еще раз пожал плечами, и Альбе на этот раз захотелось хорошенько его встряхнуть. Неужели это комиссар Марио сумел нагнать на босса такую меланхолию?

— Ладно, попробуй разыскать эту, как ее там... Ками...

— Камиллу, — машинально поправила его Альба.

— Возможно, что-нибудь и прорисуется. А я тем временем покопаюсь в архивах: случались ли подобные происшествия в Тихуане и соседних городах за прошедшие несколько лет... Или поручить это тебе?

— Нет, пожалуй, я займусь лучше поиском девушки, — Альба с трудом сдержала сарказм и через секунду поняла, что правильно сделала: бросив на нее быстрый взгляд исподлобья, шеф, однако, не стал возражать.

— Попробуй... Только сперва принеси мне кофе! — крикнул он уже в спину уходящей напарнице.

С еще большим трудом сдерживая раздражение, она все-таки отправилась в комнату отдыха.

— Конечно же! Рыться в архивах — это благородное занятие. А искать девушку — нет, это бесполезно... Порой складывается впечатление, что у него профессиональный нюх временами вообще атрофируется, — тихо бормотала Альба себе под нос, выискивая стопку бумажных стаканчиков.

Взяла в руку один, чуть призадумалась... И раздражение на ее лице сменилось коварной улыбочкой. Вместо кофемашины она подошла к электрочайнику.

Вернувшись в кабинет через пару минут, поставила стаканчик перед Алваро — для этого пришлось аккуратно отодвинуть ворох нужных и очень нужных бумаг, которые сходящей лавиной расползлись по его столу. Шеф уже сидел, уставившись в монитор, и по обычаю не взглянул ни на помощницу, ни на напиток.

— Что-то еще? — осведомилась она милым голоском секретарши, которая изо всех сил хочет понравиться директору.

Алваро ничего не заподозрил.

— Иди работай, Альба, — пробормотал он, все так же не отрываясь от монитора.

Легкой походкой женщина снова направилась к двери. И уже с той стороны ее догнал возмущенный крик шефа:

— Альба! Это что такое?!

Спрятав улыбку, она не отказала себе в удовольствии заглянуть в кабинет, чтобы полюбоваться на вытаращенные круглые глаза начальника, который едва не подавился от неожиданности. Но стопроцентно сошел с небес на землю и наконец-то заметил и ее, и содержимое стаканчика...

— Где? А, это... Это — зеленый чай. Бодрит и заряжает энергией. Кажется, вы уже взбодрились, инспектор. А много кофе — вредно, от кофе — нервы... Всего хорошего, шеф!

Не испытывая больше судьбу, Альба поспешила удалиться: кто знает, как именно вздумает ее неулыбчивый босс отомстить за чай, принесенный вместо кофе. Еще передумает и сошлет ее в архив... Между тем изумленное выражение лица Алваро до сих пор стояло у нее перед глазами — и эта картинка веселила девушку все больше. День сегодня явно обещал быть удачным!

Глава 38
Сгоревшее желание

Маленький дворик с хилыми деревцами выглядел свежим и умытым после только что прошедшего дождя.

Камилла сложила зонтик и, прежде чем нырнуть в первый подъезд, с удовольствием огляделась: прямо над двором раскинулась яркая радуга. Это место, связанное с ее детством, всегда казалось ей немножко волшебным. Время здесь будто застыло: те же коты, брезгливо обходящие дождевые лужи, те же розы на клумбах под окнами, те же старенькие лавочки.

На душе у девушки было светло и радостно. Она птицей взлетела на пятый этаж, даже не запыхавшись, — несмотря на тяжелую сумку.

Длинный звонок (сеньора Мариита плохо слышит) — и знакомые шаркающие шаги за дверью. Камилла улыбнулась: сегодня она приготовит своей старшей подруге особое блюдо! Но, когда дверь отворилась, улыбка девушки немного угасла: все же время неумолимо текло и тут, в этом волшебном месте, — сеньора Мария выглядела еще более постаревшей. Старушка совсем сгорбилась, трясущиеся руки с трудом управлялись с дверным замком.

— Камиллочка, ангел мой... Что-то давно ты ко мне не заглядывала.

— Здравствуйте, сеньора Мария, — нарочито бодро промолвила девушка, перешагивая порог. — Простите меня, просто в последнее время дни не проходят, а пролетают.

— Это хорошо... Так бывает, когда жизнь радостна и наполнена событиями, — пожилая сеньора медленно зашагала на кухню вслед за Камиллой. — Вот мои дни ползут, как улитки, потому что все мои события — это твои рассказы... ну, еще новости из телеящика!

Мария сердито кивнула на стоящий в углу телевизор — так, будто он был виноват в одиночестве бедной старушки.

— Угадайте, что мы сегодня с вами приготовим? — Камилла постаралась перевести разговор на более веселую тему.

— Да я смотрю, ты прямо пристрастилась к готовке, — довольным тоном сказала Мариита, тяжело опускаясь на стул у кухонного стола. — А помнишь, как раньше боялась скалку в руки взять? Говорила, что ничего у тебя не выйдет...

— Если бы не ваши уроки кулинарии, я бы и сейчас боялась, — ответила Камилла, рассмеявшись. — Вы мне все свои секреты передали, вот хотя бы, как сделать пирог, исполняющий желания.

— А-а... — закивала старушка, — помню я этот пирог... Ну и как, девочка? Сбылось ли желание, что ты запечатала в том пироге?

Камилла, выкладывающая продукты на стол, застыв, посмотрела на Марию. Лицо девушки светилось по-особенному.

— Да, — тихо ответила она. — Все сбылось, сеньора Мариита... Меня любят, и я люблю — да так, как даже и не мечтала... Руки Камиллы снова проворно взялись делать свое дело: овощи отправились в мойку, куриная грудка — в кастрюлю, мука — в большую миску. Мария с интересом наблюдала за действиями юной подруги, но, когда та вынула из сумки листья молодых кукурузных початков, насторожилась и с недоумением взглянула на Камиллу:

— Это что, девочка? Неужто ты собралась приготовить...

— ...тамале? — лукаво закончила ее вопрос Камилла. — Да, именно его! Помню, вы рассказывали, что это было любимое блюдо вашего детства.

Мариита часто заморгала: на глаза старушки непроизвольно навернулись слезы.

— О Камиллочка... Да, конечно! Моя мать по праздникам готовила нам тамале. Потом уж я сама научилась — и делала чуть ли не через день. А после перестала: дела, заботы, времени поубавилось, а с тамале — много возни... Давно я его не пробовала!

— Ну вот и попробуем вместе!

Камилла уверенно месила кукурузную муку с маслом и солью, добавляла куриный бульон, тушила овощи...

— А еще один пирог с желанием не хочешь испечь? — хитро усмехнулась старушка. — Коль в прошлый раз все так замечательно получилось...

Камилла на секунду задумалась:

— Почему бы и нет? Сделаю и маленький пирожок. Тем более подходящее желание у меня уже есть...

Хорошо, когда у человека есть мечты и желания, — вздохнула сеньора Мариита. — Тогда он знает, ради чего живет...

Глядя, как молодая девушка ловко управляется с готовкой, старушка чувствовала гордость: именно она научила ее всему, что умела сама. Мария знала ее еще молчаливой и робкой девочкой-сиротой, но за этой незаметностью чувствовалась скрытая сила и даже страсть. Сеньора Мариита беспокоилась, как сложится жизнь девочки без поддержки родителей, и не раз, обращаясь к святым заступницам, просила уберечь ребенка от напастей и подарить ей простое семейное счастье...

Тамале были аккуратно уложены в пароварку, а тесто на пирог — покрыто чистым полотенцем. Только тогда Камилла позволила себе присесть рядом с Мариитой.

— Ну а теперь расскажи, какой он — твой Себастьян? Так, кажется, его зовут... — пожилая сеньора, улыбаясь, смотрела на девушку.

Морщинки-лучики в уголках глаз делали их выражение добрым и участливым. Камилла тоже улыбнулась — радостно и лучезарно. Теперь она уже не стеснялась рассказывать о Себастьяне, наоборот — готова была говорить о нем бесконечно.

— Он очень добрый и умный... Готов помочь каждому. Еще он смелый, способен рисковать... Рисует, как профессиональный художник, и за что ни возьмется — все у него получается хорошо. К тому же он красив. Высокий и стройный. И еще у него такие глаза... Когда он смотрит на меня — я чувствую, что коленки слабеют... И при всем этом Себастьян очень скромный, никогда не хвастается, напротив — скрывает свои таланты.

Мария покачала головой:

— Прямо идеал какой-то! Разве такие парни сейчас водятся на свете?

Камилла жизнерадостно рассмеялась:

— Нет, сеньора Мариита! Себастьян один такой...

— И ты уверена, что он любит тебя?

— Да, уверена! — твердо ответила Камилла. — Если бы вы только знали, на что он пошел ради меня... Не представляю, что кто-то смог бы полюбить меня больше.

— Ну а ты, девочка? Ты действительно любишь его? Камилла посмотрела старушке прямо в глаза:

— Я не просто люблю его... Он стал моей частью. Теперь понимаю, что не смогу больше жить без него... Ах, тетушка Мариита! Если бы вы только знали, как я счастлива!

Камилла действительно сияла от радости. От нее исходила горячая волна любви — Мария почти физически ощущала эту волну и грелась в ней, как греются уставшие и замерзшие путники у чужого жаркого огня.

По кухне разлился изумительный аромат — тамале был готов.

— А давай-ка пообедаем не в кухне, а в гостиной, — неожиданно предложила Мариита.

— Отличная идея! Вот только пирог в духовку поставлю... Мария понесла в гостиную тарелки и столовые приборы, а девушка уложила пирог на противень. Затем быстро сделала в тесте углубление, наклонилась к нему и прошептала:

«Хочу, чтобы мы с Себастьяном жили долго и счастливо! И чтобы наша любовь не угасла даже тогда, когда у нас появятся внуки...»

Щечки ее пылали — то ли от волнения, то ли от жара духовки. Запечатав тесто, Камилла отправила его выпекаться, сама же поспешила к сеньоре Мариите...

Тамале удался на славу! Молодая девушка и ветхая старушка сидели рядом за небольшим круглым столом, смеясь и болтая обо всем на свете, словно две закадычные подруги, и наслаждались великолепным угощением.

Окно напротив было открыто, и щебет птиц вносил дополнительный оттенок уюта и природного колорита. Женщины чувствовали себя, будто на пикнике.

— Я так счастлива, Мариита! — вдруг произнесла Камилла, откинувшись на спинку стула и прикрыв глаза. — Как это возможно — чтобы два совершенно чужих человека, случайно встретившись, стали вдруг одним целым?.. И он, и я обрели то, о чем мечтали только во снах... И перед нами — вся жизнь! Жизнь вместе...

— Да, девочка, — тихо сказала Мария. — Я вижу, как ты счастлива... Не зря я просила всех святых, чтобы тебе встретился такой человек, как Себастьян! Теперь вы поженитесь, и у вас родится много красивых ребятишек...

Такая перспектива развеселила их обеих.

— Чем это пахнет? — вдруг потянула воздух носом сеньора Мариита.

— Пирог! — воскликнула Камилла, бросившись на кухню. Но было слишком поздно: выпечка безнадежно сгорела.

— Не огорчайся! — сеньора Мариита появилась на кухне и обняла Камиллу за плечи. — Это всего лишь пирог...

— Не просто пирог, — Камилла чуть не плакала. — В нем было мое желание... Оно сгорело!

— Ну что ты! — Мария тихо засмеялась. — Это только глупое поверье... Давай-ка попьем с тобой чайку.

Душистый аромат и терпкий вкус чая отвлекли и успокоили девушку.

«Действительно, это всего лишь испорченный пирог, — думала она, грея руки о горячую чашку. — Ничто не помешает нам быть счастливыми...»

И, покидая сеньору Марииту, Камилла уже спешила навстречу новому дню — тому, в котором они с Себастьяном опять будут вместе.

Глава 39
Облако счастья

— Так ты говорил... абсолютно серьезно? — почти прошептала Камилла, замерев перед огромной витриной свадебного салона.

Глаза ее, полные восхищения, мерцали двумя звездочками.

— Конечно. Пора привыкнуть к тому, что я всегда говорю серьезно, — с важным видом произнес Себастьян и... не удержался от улыбки.

— Но... у нас, наверное, нет таких денег. Этот салон... кажется очень дорогим.

— Ты у меня тоже дорогая. Давай для начала просто зайдем и посмотрим.

Камилла доверчиво взяла его за руку, и от этого жеста Себастьян вдруг почувствовал, как теплая волна невероятной нежности захлестнула все его естество — так, что на глаза навернулись слезы.

«Наверное, это и есть любовь: когда каждый миг рядом с дорогим тебе человеком хочется запечатлеть в памяти навсегда, оставить в глубине души до конца жизни; когда сердце, до краев наполненное любовью, ты готов без остатка отдать его той, без которой уже не можешь ни жить, ни дышать... Когда намертво прирастаешь к девушке, что совсем недавно была для тебя чужой и незнакомой...» — все это пронеслось в одно мгновение, пока он держал ее за руку, открывая перед будущей невестой дверь свадебного салона.

Он не знал, что живет внутри него — безумная любовь или же любовное безумие. Но так ли это важно, если он чувствует себя на седьмом небе? Разве требуется что-то еще, коль рядом девушка со светящимися счастьем любимыми глазами, и ты готов сделать все, лишь бы в них не закралась ни грусть, ни тревога...

Переступив порог салона, Себастьян остановился с открытым ртом. Да, здесь было на что посмотреть: белоснежные наряды из тонкого шелка, гипюра и тюля поражали поистине королевским великолепием. Многоярусные, стильные, с длинными шлейфами, скромные и открытые, на любой вкус и кошелек...

Пока они вдвоем с Камиллой молча созерцали роскошное разнообразие свадебных уборов, к ним, сияя фирменной улыбкой, уже спешила продавщица средних лет. Наметанным глазом определив, что перед ней потенциальные клиенты, а не просто забежавшие поглазеть прохожие, она тут же приступила к делу:

— Здравствуйте! Как я понимаю, вы пришли, чтобы выбрать себе свадебные наряды? Думаю, сперва — невеста. Прошу, у нас отличный выбор великолепных платьев!

Не позволяя им опомниться, продавщица подхватила Камиллу под руку, словно старую знакомую.

— Позвольте показать вам несколько новинок — мне кажется, они могли бы вам понравиться! Вот, посмотрите!

Камилла, не в силах вымолвить ни слова, разглядывала ряды платьев на манекенах, продавщица же подошла к Себастьяну.

— У вас очень красивая невеста! Любое убранство будет ей к лицу... На какую сумму вы рассчитываете? — спросила она уже тише.

— Я найду деньги, — выдохнул он. — Пусть это будет самое красивое платье.

Женщине явно был по душе такой ответ. Еще раз улыбнувшись, она снова вернулась к Камилле.

— Что-то нравится? Может, стоит примерить вот это?

Девушка обернулась к Себастьяну — немного растерянная, смущенная и радостная. Он лишь кивнул ей — «Выбирай!» — а сам переместился на маленький диванчик в углу. Его, без сомнения, поставили здесь именно для будущих мужей или родственников невест, чтобы не утомлять их долгим ожиданием выбора подходящего наряда. На низеньком столике возле диванчика можно было найти чтиво на любой вкус — от вороха свадебных журналов до ревю о путешествиях, кулинарии, моде и футболе.

Но Себастьяну и так не было скучно. Все его мысли занимала Камилла: он представлял себе, какой прекрасной может быть она в одном из этих платьев... И неважно, сколько это стоит. Он найдет деньги. Зато его невеста будет самой красивой во всем мире!

Разглядывая свадебный салон, парень вдруг почему-то вспомнил другое заведение — салон «Санта Муэрте», их с Камиллой место работы. Наверное, более резкий контраст найти было сложно: белоснежный восторг для рождения новой семьи, новой, уже совместной жизни — и скорбное величие горящих свечей, строгая сдержанность траурного крепа, алые розы на черном бархате...

Он вздрогнул, отгоняя наваждение, потому что память унесла его еще дальше: фотосессия, на которой он едва узнал Камиллу в образе Святой Смерти...

В этот момент перед его глазами вдруг появилось сверкающее белое облако — и все мысли разлетелись в разные стороны.

— Как? Неужели...

Перед ним, смущенно улыбаясь, стояла Богиня. Звездная королева в преддверии инаугурации... Хотя едва ли такие метафоры могли передать то, что открылось его влюбленному взгляду сейчас. Платье не было ни самым дорогим, ни самым пышным, однако простое изящество этого наряда как нельзя лучше подчеркивало красоту невесты. Расшитый орнаментом из мелких стразов корсет обхватывал тонкую талию, а струящаяся юбка сбегала вниз легкими волнами. Верхний ярус тончайшей фаты мягко касался точеных плеч, а на шее мерцающими огоньками сверкало ожерелье...

— Тебе... нравится? — без кокетства в голосе спросила Камилла.

Ее глаза, две сияющие звезды, вопросительно смотрели на парня.

Неужели она сама не осознаёт того, насколько сейчас прекрасна?

У Себастьяна не хватило слов, он смог лишь изо всех сил закивать головой. Не дождавшись другого ответа, Камилла опять скрылась в примерочной.

Но продавщица, кажется, поняла его чувства и без слов.

— Мисс мира отдыхает, не правда ли? — женщина заговорщически подмигнула Себастьяну.

Она уже ничуть не сомневалась, что этот обалдевший красавчик из кожи вон вылезет, но купит для невесты понравившийся наряд.

Через несколько минут Камилла появилась в своем обычном платье, но Себастьян, глядя на любимую девушку, продолжал видеть королеву.

— Тебе и правда понравилось? Ты так ничего и не сказал, — переспросила она уже на улице.

— У меня просто пропал дар речи, — признался он честно, сжимая ее теплую ладошку. — Ты была ослепительно красива в этом наряде. Мы обязательно его купим!

— Может, не надо? Там все такое дорогое... Я могла бы просто взять платье напрокат у знакомой швеи...

— Нет! Вот тут уж позволь мне решать, — твердо заявил жених. — Свадьба — это раз в жизни. И это не то, на чем стоит экономить.

Она посмотрела на него с восхищением, и Себастьян расцвел от одного лишь взгляда.

— Ладно, мы вернемся к этому вопросу позже... А теперь — давай-ка решим, куда нам отправиться погулять? — предложил он, открывая перед любимой дверцу уже ставшего почти родным голубенького «жука». — Не хочется в такую погоду просто сидеть дома...

А день и в самом деле был чудесным. В радостном лазурном небе беззаботно играли в догонялки пухленькие белые облака. Солнце поумерило свою страсть и обнимало землю теплом, но не жаром. Немного порывистый ветер даже сюда, в центр города, доносил свежий бриз океана...

Камилла на секунду задумалась.

— Кажется, у меня есть отличная идея! Доротея рассказывала, что в город приехал парк аттракционов. Там будут разные качели и ярмарка чудес… Поедем? Они расположились на западном пляже. Думаю, нам не будет скучно!

«Рядом с тобой мне не скучно даже в „Санта Муэрте"», — подумал Себастьян, но вслух сказал совсем другое:

— Почему бы и нет? Кажется, последний раз я был в таком месте лет в двенадцать… Поехали!

Верный автомобильчик безотказно вырулил на дорогу и покатился в сторону западного городского пляжа — любимого места отдыха половины горожан.

Глава 40
Из хрустальной глубины

Передвижной парк аттракционов они увидели еще издали — не заметить его было бы сложно. Качели и горки, уходящие, казалось, в небеса, шум и веселая музыка, мелькание разноцветных огней — все это двигалось, мерцало в воздухе и кружилось под звуки праздника.

Себастьян с трудом пристроил своего «жука» среди остальных автомобилей: найти свободное место оказалось непросто — на пляже действительно собралось едва ли не полгорода. Парень с девушкой прошли дальше, к парку. Теперь в разноцветной шумной суете стали различимы восхищенные и перепуганные визги, смех, ароматы попкорна, сладкой ваты и разных вкусностей.

Себастьян вздохнул: вся эта суматоха вызывала у него двойственные чувства. С одной стороны, ему, как и любому взрослому, иногда хотелось вернуться в детство, окунувшись в атмосферу праздника и веселья; с другой — он не очень-то любил большие скопления людей и быстро уставал от толпы и людского гомона. Однако, глядя на довольную улыбку Камиллы, парень тут же решил, что они приехали сюда не зря: главное, ей здесь нравится, а он вытерпит ради нее что угодно...

Но терпеть не пришлось: они и правда веселились как дети. Взявшись за руки, до самого неба взлетали на качелях-кораблике, визжали от восторга и страха на американских горках, кружились на карусели и даже разок проехались в вагончике детской железной дороги...

Клубы́ сладкой ваты напоминали клочки розового облака на палочке и оставляли на руках и лице липкие следы. Устав кружиться и кататься, влюбленные решили просто погулять между рядами аттракционов, со всех сторон осаждаемых ребятишками и взрослыми.

— Знаешь, я чувствую себя сейчас подростком, убежавшим от родителей, — призналась Камилла.

— У меня тоже похожее чувство! Словно вот-вот позвонит мама и надо будет возвращаться домой... И, как у подростка, у меня проснулся зверский аппетит! — честно добавил он.

Девушка рассмеялась.

— Тогда поступим так же, как сделали бы в том возрасте, — не будем себя сдерживать, съедим столько, сколько в нас поместится...

Через несколько минут у них в руках были два свежих бурито — с сыром и курицей, упакованные в бумажные пакетики. Бутылочка лимонада тоже оказалась очень даже кстати. Выйдя за периметр парка, молодые люди обустроились прямо на теплом песке, подобрав под себя ноги, и отдали должное уличной еде.

Несколько крупных чаек, тут же заметив их, стали кружить рядом, привлекая к себе внимание.

— Вот уж попрошайки! Ничего не пропустят!

— Давай бросим им по кусочку? — предложила Камилла.

— Стоит нам это сделать, сюда подоспеют несколько десятков их подруг, — остановил девушку предусмотрительный Себастьян. — А на завтра все местные газеты запестрят заголовками: «Двоих неразумных местных жителей на берегу съели чайки, перепутав с бутербродами...»

— Не думаю, мы еще не настолько похожи на сэндвичи, — захихикала девушка.

— Расскажи это голодным чайкам.

Отдав должное бурито, они освежили тут же, в соленой воде, от соуса ладони.

С блаженным видом Себастьян растянулся на песке.

— Если бы еще можно было солнце немного затенить... Тогда — вообще рай, — выдохнул он, наслаждаясь приятным теплом и не менее приятной тяжестью в животе.

— Любой ваш каприз, сеньор, — снова хихикнула Камилла, накрывая его лицо своей полупрозрачной шляпкой. — Хорошо себя веди, не приставай к незнакомкам и стереги мою шляпу. А я пока схожу и поищу мусорный бак.

— Как скажете, сеньора, — пробормотал Себастьян, не открывая глаз.

Легкие шаги Камиллы растаяли сбоку от него.

«Сеньора Толедо... Кажется, очень даже неплохо, — подумал вдруг Себастьян. — Может, у меня и не самая громкая фамилия, но все же сочетание благозвучное: Камилла Толедо! Даже красиво получается. Красиво...»

Мысли расползались прочь довольными улитками. Спокойный рокот на удивление смирного океана, далекие крики чаек, шум и голоса детворы, пробегающей мимо, — среди этих мирных звуков Себастьян покоился, как на мягкой подушке. Сейчас придет Камилла, и он склонится головой к ней на колени, и они будут о чем-нибудь беседовать...

Он чувствовал необыкновенный покой и умиротворение. Глаза под шляпкой девушки закрывались сами собой...

***

Первым, что ощутил Себастьян, вынырнув из сна, была неожиданная прохлада. Солнце прикрыло свою макушку облаками, и ветер с океана оказался нежданно колючим. Окончательно проснувшись, парень понял, что солнечный диск сместился с зенита почти на горизонт.

— Мы что, уснули прямо тут, на берегу? — пробормотал он, наконец убирая с лица шляпу.

Ему никто не ответил.

Поднявшись, Себастьян вначале огляделся вокруг: на этом участке пляжа, поодаль и от воды, и от ярмарки, он был один.

Несколько других компаний, обедавших так же, как и они, прямо на песке, вероятно, давно ушли. Немного дальше, у самой воды, мирно прогуливалась влюбленная парочка, а еще дальше — где берег был более пологим, плескались дети. Но Камиллу он нигде не увидел.

Подхватившись, сперва решил пройтись вдоль прибрежной линии, выискивая глазами знакомую фигурку. Возможно, она гуляет у воды, чтобы не будить его, или собирает ракушки...

Однако девушка исчезла.

— Камилла... Где же ты? — пробормотал он, обращаясь в сторону океана, и выудил из кармана мобильный.

Полупрозрачная дымка клубилась впереди, кружась над светло-зелеными волнами. Вода уже не была тихой: пенные валы с силой шлепались о берег, недовольно ворча, словно разбуженный от сладкого сна зверь.

Себастьян нажал кнопку вызова на телефоне, но экран оставался черным. Еще раз! Устройство попыталось включиться, мигнув слабым огоньком, жалобно пискнуло — и снова вырубилось. Батарея села.

Черт, черт и еще раз черт! Почему он так часто забывает зарядить мобильный? А теперь это только бесполезный кусок пластика.

С трудом сдержав желание швырнуть ненужную вещь в зеленые волны океана, Себастьян решительно направился в сторону парка. Надо хотя бы узнать, сколько времени он спал.

— Уважаемая, вы не подскажете, который час? — обратился он к первой встречной пожилой сеньоре, которая не спеша вела за руку девчушку-попрыгушку лет шести.

— Нет, я сегодня без часов. Праздник, знаете ли, можно испортить, наблюдая за временем, — ответила женщина, и парень хотел было уже идти дальше, когда его остановил тоненький голосок:

— Я скажу, дядя!

Девочка, приветливо улыбнувшись, начала копаться в своей игрушечной маленькой сумочке с переброшенным через плечо ремешком. Основательно порывшись, она извлекла неожиданно большущий телефон, с трудом уместившийся в ее крошечной ладошке. Согнув руку в локте, ловко положила на нее мобильный и маленьким пальчиком быстро начала тыкать в экран.

Себастьян лишь удивленно моргнул. А юная обладательница прибора высоких технологий с серьезным — до самой последней веснушки на носу — выражением произнесла:

— Восемнадцать часов четыре минуты!

— Спа... спасибо, — пробормотал парень.

— Пожалуйста, — важно ответила девчушка.

Ловко спрятав телефон в кукольную сумку (и как только он туда поместился?), она снова запрыгала на одной ноге рядом с бабушкой.

Между тем мысли Себастьяна уже были далеко от нее.

Шесть часов, начало седьмого! Но ведь когда они приехали сюда, было примерно около двенадцати. Пока играли, гуляли, обедали... Во сколько они вышли к пляжу? В тот момент он не смотрел на часы. И вообще, с появлением в его жизни Камиллы время могло идти так, как ему заблагорассудится, без оглядки на какие-то там часы. Зачастую оно, это самое время, неслось вскачь, будто за ним гнались: едва день начался, как он уже клонился к вечеру, особенно, если они были вместе. Иногда оно притормаживало и давало им больше возможности насладиться каким-нибудь событием... Но без Камиллы оно ползло со скоростью больной черепахи — минуты растягивались едва ли не до бесконечности... Теперь же время, похоже, выкинуло очередной фокус: стоило Себастьяну на минутку задремать, как оно прошмыгнуло мимо него, словно мышь от кота...

Может, Камилле надоело ждать, пока он проснется? Но почему тогда она его не разбудила? Или что-то задержало ее там, куда она пошла? Однако она ведь собиралась просто-напросто выбросить мусор...

«Наверное, дожидается меня у машины!» — мелькнула спасительная догадка, и Себастьян заспешил к автомобилю. Но там его ждало разочарование: голубенький «жук» стоял на месте, а девушки рядом с ним не оказалось.

Это уже переставало быть забавным. Мысли и догадки запрыгали в голове, перебивая друг друга.

«Вернулась к аттракционам? Пошла прогуляться и заблудилась? Встретила знакомых и заболталась?» Стараясь не волноваться, Себастьян возвратился на место своего недавнего отдыха: там по-прежнему было пусто.

Ноги почему-то стали тяжелыми, будто к ним подвесили пудовые гири. Уныло опустив голову, парень опять повернул к ярмарке чудес.

Вот аттракционы, на которых они катались: к вечеру, кажется, детей в очередях стало меньше, зато больше подростков и молодежи. Толпа еще прибавилась — люди двигались во все стороны, говорили, кричали, смеялись, стояли за билетами, толпились у лотков со сладостями, но Камиллы нигде не было видно.

Ну не спрашивать же у каждого прохожего, не видел ли он здесь девушку — самую красивую в этом городе?

Как много людей! В этом пестром море так легко затеряться... Он снова, по инерции, достал из кармана мобильный, с тоской посмотрел на него, в который раз ругая себя за беспечность.

Самообладание понемногу стало покидать парня. Куда она могла пропасть, не предупредив его? Неужели с ней что-то случилось?

Крики, шум, смех, голоса и музыка — все это обрушивалось на него со всех сторон, заставляя прикрывать уши руками, пригибаться под тяжестью звуков... Он метался по ярмарке, в десятый раз возвращаясь к пляжу — лишь для того, чтобы убедиться, что Камиллы там нет, и опять нырял в толпу, шум которой теперь причинял почти физическую боль. Растерянность сменилась отчаяньем.

Пляж стремительно погружался в сумерки — или это от волнения темнело у него в глазах? На Себастьяна уже стали оборачиваться: парень, который едва не плакал и метался между аттракционами, привлекал внимание...

Белое платье мелькнуло где-то впереди. Он рванул туда, замешкавшись на пару секунд, чтобы обойти досадную преграду —

шумное семейство, остановившееся прямо на его пути... Но белое платье уже пропало из виду.

— Камилла... — вырвался хриплый шепот вместо звонкого окрика.

Что такое случилось, что творится с ним? Вроде бы ничего ужасного не произошло — есть масса причин, по которым его девушка могла вот так исчезнуть, но все же... Почему столь болезненно сжимается сердце и мысли мечутся, как пойманные в силки воробьи? А вдруг с ней что-то случилось? Ее похитили! Разве способна Камилла просто оставить его одного, растерянного, в полном неведении? Она не могла так поступить с ним!

Один из разрисованных шатров балагана оказался приоткрытым: яркий полосатый коврик, висящий у входа и заменяющий дверь, был немного откинут в сторону.

Может, именно сюда зашла Камилла?

Себастьян отодвинул коврик рукой и шагнул внутрь. Навалившийся со всех сторон полумрак оказался таким неожиданным, что парень застыл на месте. Только чуть осмотревшись, он понял: плотные стены без окон и занавешенный вход — часть общего антуража.

То была «лавка чародея» или нечто в этом роде. В центре шатра размещался низкий стол — по его углам крепились подсвечники со странными высокими свечами. Подойдя ближе, Себастьян понял, что глаза его не обманули: все четыре свечи действительно были черного цвета.

Густой запах благовоний витал в воздухе — такой насыщенный, что от него кружилась голова. В центре стола лежал стеклянный, а возможно, хрустальный шар. Золотые и фиолетовые искры медленно поднимались из его глубины. Казалось, шар жил своей собственной жизнью. Завороженный необычным явлением, парень сделал пару шагов к нему. Словно почувствовав его интерес, искры в хрустале закружились быстрее, к золотым и фиолетовым добавились кроваво-красные.

— Хочешь погадаю?

Хриплый голос за его спиной прозвучал так неожиданно, что Себастьян едва не подпрыгнул от страха. Резко обернувшись, он увидел в двух шагах от себя старую женщину в огромном красном платке, почти полностью прятавшем ее лицо и плечи. Седые волосы выбивались из-под платка безжизненными космами, и только взгляд глубоко запавших глаз казался каким-то острым, птичьим.

— Садись! — приказала старуха.

Молодой человек, еще секунду назад собиравшийся вежливо поблагодарить и уйти (ведь Камиллы здесь не оказалось), послушно устроился на табурете, покрытом домотканым ковриком в индейском стиле.

Гадалка обошла стол и тяжело опустилась на стул с высокой резной спинкой. Ее глаза продолжали внимательно разглядывать Себастьяна.

— И о чем же ты хочешь знать? О любви? О деньгах? Об удаче? — скрипучим голосом начала она, и было непонятно, слышалась ли в ее интонации легкая насмешка или такова манера старухи разговаривать.

— Хотя подожди... Дай сама скажу. В твоем сердце живет любовь. Но вместе с ней там поселилась тревога...

Старуха подхватила со стола колоду карт, которую Себастьян заметил только теперь, и, тщательно перетасовав их, стала выбирать карты по одной, раскладывая перед собой каким-то ей одной известным способом.

— Сейчас посмотрим...

Парень ждал продолжения со смешанными чувствами. Он не очень-то верил в гадания и предсказания, но иногда соглашался, что не все в жизни укладывается в рамки обычных вещей, — и доказательств этому было предостаточно.

И вот теперь, случайно оказавшись в шатре гадалки, он уже был почти уверен: все, что сейчас услышит, — не просто обычное угадывание.

— Любовь живет в твоем сердце — и она заполнила его полностью, — начала старуха.

Длинные рукава ее халата мелькали в воздухе, пока сухие крючковатые пальцы переворачивали карты, изначально лежавшие рубашками вверх.

— Ничего по сторонам не слышишь и не видишь из-за своей страсти… Но женщина твоя…

Старуха вдруг хмыкнула и нахмурилась, наградила Себастьяна удивленным взглядом исподлобья, а затем снова уставилась в карты: будто решала для себя — верить или нет увиденному в них.

— Тяжела, словно камень, вина, которую носишь ты на своих плечах, — повернула вдруг гадалка рассказ немного в иное русло. — Ты нарушил давно данное обещание, клятву ты нарушил, и теперь… смерть ходит по твоим дорогам. Смотри! — крикнула она снова так неожиданно, что у Себастьяна по спине пробежал холодок.

Крючковатый старушечий палец с длинным желтым ногтем указывал на шар в центре стола. Только теперь, словно по приказу гадалки, из его глубины взметнулось облако мелких снежинок-пылинок.

— Посмотри на нее!

Он словно оцепенел на месте и, повинуясь приказу, как загипнотизированный удавом кролик, широко открытыми глазами глядел на причудливую игру света внутри шара. Вот белые блестки поднялись вверх — и тут же закружилась, опускаясь, белесая полоса неизвестно откуда взявшегося тумана.

— Смотри же! — прокаркал снова резкий голос, и теперь уже холодная волна прокатилась по всему телу Себастьяна.

Показалось ли ему или в душной от благовоний палатке действительно повеяло могильным холодом?

В дымной глубине шара начали прорисовываться какие-то очертания, словно складываясь из стремительно темнеющего тумана, но разобрать пока ничего не получалось. До рези в глазах всматриваясь в странный шар, Себастьян мигнул — а уже в следующую секунду из мутной глубины на него смотрела…

Парень почувствовал вдруг каждую волосинку на своем теле, будто рядом находился мощный источник электричества. Дыхание перехватило, мышцы словно окаменели — даже шелохнуться он не мог. И продолжал вглядываться в пустые глазницы Святой Смерти, что взирала на него из шара. Смерти без глаз, но с разрисованным красками лицом Камиллы…

Страшный лик поменял выражение. Кажется, это была улыбка, но от нее холодный ужас накрыл Себастьяна. Этот бешеный, почти животный страх взорвался в его теле, побежал по жилам и капиллярам, резко возвратил телу подвижность.

Вскрикнув, как раненая птица, он подхватился со стула, задев стол и едва не опрокинув хрустальную мерзость. Старуха продемонстрировала неожиданное проворство, бросившись ловить свое сокровище. Кажется, она поймала шар, но одна из свечей рухнула на пол, а за ней упали, рассыпавшись по полу, стебли сухой травы. Трава вспыхнула, и языки огня заплясали на полу, разбрасывая вокруг искры и корявые тени.

Однако все это Себастьян успел заметить лишь краем глаза — ноги уже несли его прочь, к выходу, а руки отбрасывали край тяжелой занавески, не желающей выпускать посетителя из этого страшного места...

Глава 41
Нарушенная клятва

Когда Себастьян снова оказался среди обычных людей, под лучами солнца и светлым небом, парню показалось, будто он вырвался из другого мироздания — жуткого мира мертвых, который еще продолжал таращиться ему в спину прожигающим взглядом пустых глазниц.

Не обращая внимания на то, что от него шарахаются как от чумного, и расталкивая всех на своем пути, Себастьян несся не оглядываясь мимо аттракционов, торговых лотков — подальше отсюда, скорее!

Туда, где дышит свободой никому не подвластная стихия... Он понемногу начал приходить в себя, только тяжело опустившись на колени прямо в океанскую волну, — она тут же окатила его, весело накрыв с головой. Соленая прохладная влага постепенно возвращала его к реальности.

Он вновь и вновь нагребал горсти воды и отирал горящее, словно от болезни, лицо.

Что это было? Действительно ли он видел нечто страшное в хрустальном шаре или это происки хитрой старухи, которой требовалось произвести впечатление на клиента? Тогда она явно перестаралась с эффектом. А может, всему виной дурманящие запахи, что вызывают галлюцинации? Теперь, весь мокрый и понемногу приходящий в чувство, он уже готов был верить именно в это.

Наверняка старая ведьма просто хотела вытащить из него деньги! Возможно, она даже применила гипноз. А то, что он видел... Всего-навсего разыгравшееся воображение. Обрывок тяжелого сна, что преследует его так часто, — сна, в котором у него украли Камиллу, забрали... И он остался один.

Как сейчас, наяву...

Его тело трясло — то ли от пережитых эмоций, то ли от слез, вдруг хлынувших из глаз. Еще не в полной мере опомнившись, парень опять погрузил лицо в воду. Что же он плачет, будто маленький ребенок?

— Себастьян!

Он вздрогнул, словно от удара, но не обернулся, боясь разочароваться оттого, что ему все послышалось, почудилось, приснилось...

— Себастьян! Наконец я нашла тебя!

Запыхавшаяся Камилла остановилась на кромке берега, но, поняв, что с ним что-то не так, прямо в туфлях забежала в воду.

— Что с тобой? Что случилось?

— Это правда ты? — почти беззвучно спросил он и, как был, стоя в воде на коленях, ринулся к девушке и крепко обхватил ее ноги.

— Конечно я, Себастьян! Что произошло, что с тобой? Почему ты дрожишь? — Она обнимала его плечи, гладила по голове — как испуганного ребенка, пытаясь успокоить. — Ну что ты? Все хорошо... Ты испугался, что я пропала? Извини, однако я не могла не помочь... Я много раз звонила тебе, но твой телефон был отключен... А потом бегала еще час везде, пытаясь тебя найти...

Он едва слышал ее оправдания, почти не разбирая слов. Закрыв глаза, продолжал обнимать колени девушки. Он все еще был не в себе.

— Может, мы выйдем из воды? — через пару минут произнесла Камилла, и легкие нотки смеха в ее тоне окончательно возвратили его к жизни.

— Знаешь... Я так испугался, ведь ты пропала... — голос Себастьяна был хриплым. — Каждый раз, когда мы расстаемся, мне почему-то кажется, что это — навсегда.

— Глупенький... Что со мной может произойти? Если бы твой телефон был в порядке, я бы все тебе рассказала и ты бы не волновался.

— Я чуть не скормил его океану, увидев, что он не работает...

Себастьян наконец выбрался на берег, но вид у него был довольно жалкий: вода крупными каплями стекала с растрепанных волос, тонкая футболка прилипла к телу, а мокрые джинсы стали весить втрое больше. Из обуви воду пришлось выливать. Одежда Камиллы тоже намокла.

Разувшись, влюбленные пошли босиком вдоль берега, позволяя теплому ветру высушить их. Себастьян поймал рукой ладошку девушки — только теперь он смог успокоиться и выслушать объяснения девушки о ее внезапном исчезновении.

Она рассказала, что по пути назад заметила женщину, которой стало плохо. Пока сбегала, чтобы принести ей воды, та попросту потеряла сознание. Пришлось вызывать медиков, а рядом не оказалось никого, кто знал бы бедную сеньору. Камилла не могла бросить ее, поэтому поехала вместе с ней в больницу, а потом дозванивалась родственникам женщины. Ее срочно забрали на операцию...

Камилла же отправилась назад — с другого конца города, на нескольких автобусах. Она пыталась дозвониться Себастьяну, но безрезультатно...

Девушка говорила и говорила, а он лишь молча кивал, не вслушиваясь в ее слова. Главное — с ней все в порядке, она снова здесь, рядом с ним.

Уже вернув себе утраченное спокойствие, парень решился рассказать ей о пережитом приключении.

Над их головами совсем обыденно летали чайки, мирно шумел океан, светило солнце — и теперь все, что привиделось ему в темной душной палатке, казалось лишь забавным приключением. Вместе с этим его начала мучить совесть: он убежал, как перепуганный заяц, даже не попрощавшись с хозяйкой балагана, к тому же устроил пожар. Хотя она и вызывала у него не слишком приятные чувства, но все же он по своей воле зашел в ее палатку.

И правильно было бы оставить хоть пару монет за гадание — пусть даже и такое странное.

Своими мыслями парень поделился с Камиллой. Девушка выслушала его с удивлением, и Себастьяну даже стало немного стыдно: выглядел он в этой истории не лучшим образом...

— Мне хотелось бы извиниться перед ней...

Камилла критически оглядела своего спутника, вздохнула, достала из сумочки расческу и протянула ему.

— Если ты не хочешь, в свою очередь, напугать ее, тебе придется хотя бы расчесать волосы. Вот сейчас — почти то, что надо, — ободряюще улыбнулась она, когда он отряхнул прилипший песок со своей уже подсохшей одежды и пригладил волосы щеткой.

Неспешно они отправились к палатке колдуньи.

Краски вечера стремительно сгущались, аттракционы же, наоборот, осветились россыпью разноцветных огоньков. По-прежнему громко звучала музыка, хотя толпа схлынула: теперь на горках и каруселях катались по большей части молодые парочки и подростки. Пройдя знакомой уже дорогой, Себастьян остановился в растерянности.

— Она точно была здесь, возле этих качелей. Я запомнил! — пробормотал он, правда, не слишком уверенно. — Вот здесь она стояла...

Но на песке не было даже следа от палатки.

— Вероятно, балаган находится по другую сторону от этих качелей, — предположила Камилла.

Пожав плечами, Себастьян решил все-таки проверить. Он обошел качели по кругу, однако палатки так и не обнаружил.

— А может, она просто уже закрылась и ее увезли?

— Не исключено... Сейчас мы спросим.

Себастьян направился к пожилому мужчине — продавцу билетов. Но тот посмотрел на парня, как на сумасшедшего.

— Да не было тут никакой гадалки, — отрицательно покачал он головой. — Ни раньше, ни позже. Я здесь уже второй день продаю билеты — не было тут такого.

— Хорошо... А где тогда она? Может, в другой стороне ярмарки? Я мог и ошибиться.

— Да у нас вообще никакой гадалки нет! Лишь аттракционы. Еще — тир, уличная еда и клоуны для малышей, но они только до пяти часов были... Ты точно туда приехал, парень?

— Извините, — пробормотал Себастьян и поспешил вернуться к Камилле, сопровождаемый подозрительным взглядом продавца билетов.

Поглядев на парня, девушка поняла: тут что-то не так.

— Что, она уехала?

— Этот продавец утверждает, будто такой тут вовсе и не было...

— Может, вы оба ошибаетесь — ты пришел не на то место, а он не запомнил ее палатку, вот и все, — попыталась успокоить его Камилла.

Но Себастьяну вдруг снова стало как-то неуютно. Теперь ему начало казаться, что со всех сторон в сгущающихся сумерках за ним следят чьи-то пристальные глаза. Лицо с пустыми глазницами...

— Может, я и вправду сумасшедший...

Камилла решительно взяла его за руку.

— Никакой ты не сумасшедший! Просто вы все, мужчины, такие впечатлительные... Нечего было ходить ко всяким подозрительным старухам, которые показывают фокусы!

Он смотрел на девушку, пытаясь понять: почему ему так спокойно рядом с ней? И никакие напасти не властны над ним. Но стоит им расстаться, хоть ненадолго...

Она, кажется, прочитала его мысли:

— Мне нельзя оставлять тебя ни на минуту! Ты постоянно во что-нибудь влипаешь.

— Так и не оставляй. Давай всегда будем вместе.

— А сейчас пошли отсюда! Идем к океану.

Теперь она сама взяла парня за руку и решительно повела его к выходу из ярмарочного городка. Он, не сопротивляясь, шел рядом, чувствуя ее тепло и ощущая почти блаженство...

«Если я и схожу с ума, то ты — единственная причина этого», — подумал, не спуская с нее восхищенного взгляда.

Оказавшись снова возле воды, они присели на все еще теплый после жаркого дня песок.

— Знаешь, почему-то именно рядом с океаном мне всегда было хорошо и спокойно. Даже когда он бушует, — сознался вдруг Себастьян. — Он словно делится со мной частичкой своей безбрежной мощи. И тогда я тоже становлюсь сильнее. Странно... Ведь рядом с тобой у меня такое же ощущение. И наоборот — когда мы не вместе, мне кажется, ты уходишь навсегда и я никогда больше тебя не увижу. В такие моменты мне становится... — он хотел сказать: «по-настоящему страшно», но вместо этого произнес: — Очень тоскливо...

— Значит, нам и в самом деле не стоит расставаться. Чтобы было хорошо, — улыбнулась Камилла. — Ведь и мне без тебя тоже очень одиноко...

Обнявшись, они сидели на берегу, любуясь красками догорающего заката, как в тот момент, когда он впервые привез ее к океану.

— А та старуха... Она говорила о какой-то нарушенной клятве и, кажется, очень тебя встревожила этим... Или мне только так показалось?

Себастьян молчал — настолько долго, что Камилла пожалела о своем вопросе. Она поняла, что задела его за живое, но совсем не желала этого.

— Так и есть... Не помню, говорил ли я тебе. Кажется, нет. Мой отец... В общем, когда-то мама в слезах просила меня не ездить на мотоцикле. Какая-то гадалка сказала ей, что моя жизнь закончится после аварии... на мотоцикле. Чтобы успокоить ее, я не просто пообещал — я поклялся на нем не ездить, хотя это далось мне непросто. И старался не нарушать клятву. А мотороллер, на котором я раньше развозил пиццу, — его ведь и транспортом назвать сложно. Так, самокат.

— Зачем же ты нарушил клятву, если помнил о ней?

— Ты же ездила со мной. И тебе тоже нравилось, когда ветер свистит, кажется, будто нет преград и можно доехать куда угодно.

Еще чуть-чуть — и дорога закончится, а дальше ты помчишься по небу... Наверное, это и есть ощущение свободы, — вздохнул Себастьян.

— Почему же... Почему же ты продал свой мотоцикл? — еще тише спросила она.

— Когда мы попали в аварию... Перед тем, как я потерял сознание, мне показалось, ты травмирована. И даже — что ты умираешь. Я тогда сам чуть не умер — только от одной этой мысли... К счастью, все обошлось, и, вернувшись домой, я много чего передумал. Да, мне нравится быстро ездить, я люблю мотоциклы. Но тебя люблю больше! И впредь ни за что не буду рисковать тобой. Пусть мотоцикл останется в прошлом. А рядом со мной будешь ты...

Тронутая его словами, Камилла молчала. А он еще крепче обнял девушку за плечи.

Ночь надвигалась на побережье, разноцветные огни недалекого города подсвечивали фиолетовое небо, добавляя ему света. Они мерцали и переливались, оставляя цветной след на темной поверхности беспокойной воды.

— Поехали домой, — предложил Себастьян, и Камилла согласно кивнула.

Так же, держась за руки, они направились к машине.

Себастьян ощущал, будто тяжелый груз соскользнул с его плеч. Рассказав любимой о своей тайне, он освободился от тягостного чувства, долгое время томившего его. Легкость и свобода теперь поселились в сердце парня.

Запрыгнув в свой — уже ставший любимым — автомобильчик, они отправились к дому Камиллы. Старенькая автомагнитола поймала хорошую радиоволну, и легкая музыка идеально подошла к их настроению.

Подпевая популярной песенке, девушка радостно улыбалась Себастьяну, и он тоже отбросил все пережитые волнения. Теперь все хорошо, и впереди их ждет прекрасный вечер...

Вот и небольшая автостоянка за пару кварталов от ее дома: они всегда оставляли своего «жучка» именно там. Можно было бы пристроить машину и поближе, однако шанс не найти утром автомобиль был слишком велик — и Себастьян предпочитал не рисковать. Тем более пройти эти два квартала до нужного подъезда рука об руку с любимой — дополнительный приятный бонус в конце дня...

Когда до темнеющего в слабом свете уличных фонарей входа в подъезд оставалось лишь несколько шагов, дверцы незаметно припаркованной в стороне машины открылись и оттуда быстро вышли двое, преградив им путь.

— Камилла Алонсо?

— Да, это я, — немного растерянно ответила девушка, глядя на незнакомых мужчин.

В скупом уличном свете на груди одного из них блеснул значок полицейского.

— Вы задержаны по подозрению в вандализме. Пройдемте с нами, — отчеканил полицейский.

Второй стал между ней и Себастьяном, который от неожиданности замер на месте.

Растерянные и от этого ставшие огромными глаза Камиллы... Удостоверение полицейского, которым тот взмахнул в воздухе, словно грозным жезлом... Открытая дверь полицейской машины... Все было каким-то нереальным сном, кошмаром, воплотившимся в реальность сразу для двоих...

— Стойте!

Себастьян, бледный даже в темноте, чуть пошатываясь, бросился им вдогонку, когда полицейские с девушкой уже подходили к своей машине.

— Стойте, подождите... Отпустите ее! Она ни в чем не виновата. Это я... Я хочу сделать признание.

Глава 42
В клетке

Вокруг были серые стены камеры и въевшийся в них запах отчаянья и безнадежности... Вместо мягкой постели и теплых объятий Камиллы Себастьяна ждала ночь на узкой тюремной койке. Он все еще не отдавал себе отчета в том, что эти перемены безвозвратно вошли в его жизнь. Так врывается в город ураганный ветер, чтобы наброситься на строения и терзать их, проверяя на прочность дрожащие от натуги стены...

Его запас выдержки был невысок: отчаянье захлестнуло парня с головой и разлилось по телу ледяными океанскими волнами. Постепенно приходило осознание, что просто так это все не закончится, что за свои поступки придется нести ответственность.

Он понимал: скорее всего, его ждут тюремные стены. Но не страх пребывания в тюрьме был причиной ужасного состояния парня, разлука с Камиллой — вот что страшило Себастьяна больше всего. Ему, конечно, удастся доказать, что девушка ни в чем не виновна и что единственный зачинщик бед — он сам. Но ведь их разлучат — вероятно, на длительное время, и он сможет видеть свою любимую лишь в мечтах и на коротких свиданиях. Ее тепло надолго останется для него запретным — от этой мысли хотелось выть и бросаться на стены, подобно сумасшедшему, как животное, которое вырвали из его счастливой свободы и бросили в душную клетку...

Утром был допрос. Смуглое лицо следователя — сурового мужчины с коротко остриженными волосами, напоминавшими щетку, показалось ему смутно знакомым. Пока инспектор Алваро фиксировал его ответы, время от времени делая какие-то пометки в своем блокноте, Себастьян пытался вспомнить, где же он мог его видеть.

Была еще молодая женщина — кажется, помощница следователя. Она почему-то во все глаза смотрела на Себастьяна и порой по несколько раз повторяла один и тот же вопрос, словно ответ на него был ей непонятен.

Себастьян не пытался лукавить — сейчас это уже ни к чему. Он честно рассказал все как есть, ничего не утаивая. Девушка не была соучастницей, и он доказывал это настолько обстоятельно, что и сам удивлялся, откуда берет такие аргументы. И они, эти полицейские, должны ему поверить, ведь все, о чем он говорит, — чистая правда.

То, что они вдвоем настаивают на медицинском освидетельствовании подозреваемого, казалось немного странным. Но, возможно, здесь такие порядки... Что он может знать об этом?

Ему было неинтересно заключение психиатра — худенького старичка в очках, с полосочками усов над тонкими бесцветными губами. Врач несколько раз снимал очки, протирал и без того сверкающие стекла и опять водружал их себе на кончик носа, а потом пристально смотрел на Себастьяна. Тот не знал, как истолковать такой жест, да и это, как и все остальное, парня не волновало. Он сидел молча, сложив руки на коленях, пока старичок усердно строчил какие-то бумажки. Затем явился полицейский и снова увел Себастьяна в клетку.

Тюремная еда казалась безвкусной, а может, у него просто отсутствовал аппетит. Он заставлял себя с трудом проглотить несколько ложек, хотя воду пил помногу и часто. Себастьяна держали в одиночной камере. Краем уха он слышал обрывок разговора полицейских о том, что слухи о вандале быстро просочились за тюремные стены и что его лучше держать подальше от других — хотя бы до вынесения приговора.

Парня вновь допрашивали, задавая странные вопросы, — так, словно пытались сбить с толку. Но Себастьян лишь грустно улыбался, когда разгадывал очередной подвох, и отвечал только честно и прямо. Ему нечего было скрывать. Правда — лучшее оружие. Даже если это оружие направлено против тебя...

Один раз его возили на место преступления — очная ставка, кажется, именно так это у них называется. Конечно же, он готов был все показать — вот только место расположения одной из могил искал долго — все-таки тогда было темно.

В старом холодильнике салона нашли два пропавших тела. Из «подозреваемого» Себастьян стал «обвиняемым».

Всего один раз к нему пустили Камиллу — на десять минут, под присмотром дежурного. Как неживая, та села на привинченный к полу табурет. Сказала, что ее не задержали и допрашивали только как свидетеля. И еще что весь салон собирается на суд, защищать его. И что в газетах уже пишут о самом странном преступлении за последние десятки лет...

Она говорила и говорила, а слезы сами собой поспешно сбегали из ее покрасневших глаз с воспаленными веками — видимо, это были далеко не первые слезы... Она едва не давилась словами, спеша рассказать все, но он почти ничего не слышал, только смотрел на любимое лицо, бледное, с темными кругами под глазами... А потом пролежал весь день неподвижно на углу койки, скрутившись, словно раненая змея в своем логове, а ночью плакал и душил рыдания в тюремной подушке...

Приходил адвокат. Кажется, он был озадачен вначале, затем пытался что-то доказать Себастьяну, о чем-то договориться с ним... Но защитника парень тоже не слушал. Все это казалось продолжением кошмара, и он дышал, говорил и выполнял чужие приказы машинально, словно и телом его управлял кто-то другой. А он, настоящий, был далеко отсюда...

Адвокат ушел. Долго качая головой, он говорил что-то следователю — Себастьян не вслушивался в слова.

На смену этому сеньору явился другой: с иголочки одетый, явно тщательно следящий за своей внешностью. Он не махал руками и не пытался в чем-то убедить подзащитного: лишь иногда согласно кивал, вопросительно глядя на Себастьяна, будто каждую минуту повторял себе — а не забыл ли он чего-то еще?

Но самое странное, что приходила девушка — помощница следователя. Она зашла в камеру Себастьяна поздно вечером и вопросы задавала странные — не такие, что записаны в стандартном протоколе. Просила рассказать, как они познакомились с Камиллой, как встречались потом, как и почему он оказался в салоне.

Она ничего не записывала на диктофон, а разговоры о Камилле являлись, пожалуй, единственной темой, не тягостной для него. И парень с охотой рассказывал ей все — от той самой первой встречи на перекрестке, что стала поворотной в его судьбе...

Уходя, помощница следователя произнесла:

— Спасибо!

— За что? — растерялся Себастьян.

Тогда она посмотрела на него как-то странно, словно хотела сказать многое — но не могла. И ответила просто:

— Именно такой истории не хватало, чтобы оживить мою книгу... Вы же позволите мне написать о вас? Не беспокойтесь, имена и место событий будут изменены...

Себастьян лишь равнодушно пожал плечами — это действительно его нисколько не волновало.

— Тогда благодарю еще раз. И знаете... — она чуть помедлила, однако все же сказала это вслух: — Мне кажется, я немного завидую вашей девушке...

Женщина ушла, и Себастьян снова остался наедине со своей тоской. Господи, как же терзала, как рвала на части она его сердце! Особенно ночами, когда окружающие звуки стихали, а в узкое окошко темницы удивленно заглядывала убывающая луна. Как он скучал! Как отчаянно хотел вырваться прочь из этих стен, что душили своей непоколебимостью, и от людей, еще больше душивших собственной правотой... Да, он виноват. То, что он сделал, — преступление. Но все, совершённое им, было сделано во имя любви...

И на вопрос, жалеет ли он о содеянном, ответит: «Нет». Просто потому, что это — правда...

Ему все же удалось немного успокоиться и взять себя в руки — в ночь перед судом. Тогда, вместо того чтобы предаваться отчаянью, он стал перебирать в памяти самые светлые моменты их совместного прошлого — по капельке, пытаясь ничего не упустить. Словно драгоценности из коробочки, доставал теплые мгновения, стремясь прикоснуться к ним снова...

Вот она улыбается, когда он признаётся, что тоже не любит пиццу. Вот Камилла спешит ему навстречу, пока он, не снимая шлема, ждет ее на своем мотоцикле. Вот гибкая фигурка в объятиях алой ткани, похожая на маковый цветок, извивается в ритме танца, словно взлетая над изумленной площадью... Ее теплая ладонь, когда она отирает кровь у него на лбу после аварии. Салон со всеми служителями, и она — его любовь, в образе Святой Смерти. Тепло и трепет ее тела под легкой материей... «Давай останемся здесь навсегда... Или хотя бы до рассвета...» Почему, почему и вправду они не смогли остаться там, рядом с такой знакомой и близкой стихией? Они вернулись в мир людей, навстречу мучительной разлуке...

Но сейчас он гнал от себя прочь темные мысли. Пусть эта одинокая ночь — ночь воспоминаний, будет светлой... А завтра — день. Хороший день, потому что завтра он увидит ее. И не столь важно, что это будет уже последняя встреча — перед грядущей долгой разлукой.

Перед тем, как расстаться, вероятно... Нет!

Он не мог, не хотел, боялся произнести слово «навсегда»... В зале не было свободных мест. Весьма возможно, что сюда просочились и представители прессы — чтобы жадно ловить каждое слово, а потом сплетать эти слова в причудливые узоры собственного видения...

Вот Диего и Ванесса — они и здесь сели рядом. Строгое лицо индианки скрывает эмоции, зато Диего — весь как на ладони. И он переживает, очень переживает за его, Себастьяна, судьбу... Вот Слай в третьем ряду — она едва сдерживает слезы. Педро, кажется, не пришел — но имеет ли он право осудить его за это? И даже Пилар и Матео — тоже в зале. И Айвен, который обменял его мотоцикл на старый автомобиль... Конечно же, на суд не явилась сеньора Регина — и, наверное, под страхом увольнения не пускала сюда своих работников. Они не пришли. Пришли друзья. И все ждали, затаив дыхание, конца этой странной истории…

Но не их лица искал его взгляд, метавшийся от одного края зала к другому, а потом рассматривавший каждого, кто собрался здесь. Собрались из-за него. Однако если бы сейчас тут появился даже президент Мексики — Себастьяна это нисколько бы не взволновало.

В зале не было Ее.

«Возможно, она вместе с другими в отдельной комнате для свидетелей и вызывать их будут по одному», — сам для себя решил Себастьян, изо всех сил стараясь в это поверить.

Начался суд. Постепенно входили свидетели — их вызывал адвокат обвинения. Все они на секунду становились объектом пристального внимания Себастьяна — лишь на миг, достаточный, чтобы понять — это не Она. А дальше снова — равнодушие и терзания неприкаянной души, которая устала томиться от разлуки, так устала, что может уже не выдержать, если опять…

И вновь ее… не было. Разные люди вставали и говорили что-то: почтальон, когда-то приносивший почту в его дом, высокий парень по имени Мигель, следователь с короткими щетинистыми волосами — он все никак не мог запомнить его имя, какая-то женщина, потом Пилар и Диего… Лица менялись одно за другим.

Вот дон Карло и повар Игнасио, его бывшая девушка Роза — все эти люди казались лишь тенями из прошлого, ведь он знал их еще до Камиллы…

Он почти не слушал их. Как и коротких изречений судьи, и пространных предложений прокурора…

Слово взял его адвокат. Он тоже долго говорил о чем-то, сдержанно жестикулировал, кивал в сторону подзащитного…

Себастьян застыл, наблюдая за всем происходящим, как за спектаклем театра теней. Ее нет. Значит, и ничего больше нет. Ничего важного, ничего ценного более…

Он не знал, почему она не пришла. И, наверное, не узнает в ближайшее время.

Сколько? Об этом сейчас ему расскажут судьи. Они отмеряют время, которое он должен будет провести вдали от нее. Где, рядом с кем — какая разница? Главное, что не с ней. И увидятся они лишь...

Когда?

А вдруг — больше никогда?

Это слово ударило, словно раскат грома в сумраке, пронзив его сознание испепеляющей молнией.

Вопрос, который он сдерживал в мыслях из последних сил — словно зверя, что готов мертвой хваткой впиться в горло, наконец вырвался на свободу и раскрыл ядовитую пасть:

А ЕСЛИ ТЫ БОЛЬШЕ НИКОГДА ЕЕ НЕ УВИДИШЬ?!

Что тогда? Готов ли ты жить дальше? Без Нее?

— Нет, — глухим голосом вдруг произнес Себастьян.

Поднялся.

И впервые прямо посмотрел в глаза своим судьям.

Натянутая до предела, уходящая в неизвестность струна неожиданно дрогнула — и зазвучала на длинной срывающейся ноте...

Глава 43
Дверь в океан

— Я слышал, Мариита будет проходить практику в Европе...

— Да. Не удалось мне ее отговорить. Есть много хороших клиник и у нас, хотя бы в Мехико. Пытался ее уговорить, но кто из молодежи теперь прислушивается к мнению старших? У них — своя жизнь.

— Признаю́сь, я был слегка удивлен, что она избрала именно психиатрию. Честно говоря, ожидал, что она пойдет по стопам отца...

— Ну, во всяком случае, она избрала для себя медицину — так что наша, как говорят, врачебная династия не прервется...

Тихий скрип двери затерялся между звуками мерно попискивающего аппарата, на котором зеленая линия вычерчивала сердечный ритм.

— Это и есть тот самый пациент?

— Да, наш Себастьян — он здесь уже около полугода. Подключен к системе жизнеобеспечения. Молодой, но организм отказывается бороться за жизнь... Очень странный случай.

— А что же с ним случилось?

— Насколько мне известно, этот парень познакомился с девушкой. Они встречались примерно с месяц, а потом попали в автокатастрофу — разбились на мотоцикле. Он отделался небольшими травмами, а вот она не выжила. Себастьян ушел из больницы и пропал. Правда, никто всерьез не искал его. А еще через месяц к нему в дом зашел почтальон — хотел отдать письмо. В доме никого не оказалось. Дверь в подвал была открыта, и он спустился туда... Бедняга потом долго ходил к психоаналитику. В подвале... Хм... В подвале на полу лежало несколько трупов — с накрашенными лицами. И там же, в кресле, находилось тело той самой девушки, которую похоронили месяц назад. В свадебном платье. А рядом с ней — наш Себастьян, уже без сознания. Он все еще продолжал держать ее за руку. Конечно, почтальон сразу же позвонил в полицию, и парня тут же доставили сюда.

— Какой ужас! — голос более молодого мужчины непроизвольно дрогнул. — Сложно себе представить: все эти трупы... Парень наверняка сумасшедший.

— Трудно сказать, — задумчиво протянул второй голос. — За все время, что он здесь, его посетили только раз: тот самый почтальон, что стал свидетелем этого... хм... события. Он немного знал паренька раньше — тот развозил пиццу, и никаких странностей за ним тогда вроде бы и не замечали. Но после смерти девушки он сразу же уволился с работы.

— А полиция? Все эти хищения тел...

— Как ни странно, несмотря на психическое расстройство, Себастьяну хватило смекалки устроить все так, что никто ни о чем не догадался. Во всяком случае, о пропаже тел узнали, только обнаружив их. Полицейские тоже приходили — сюда, но добиться от него ответов... Сами видите.

— Искренне жаль! — с чувством добавил молодой доктор. — Тут хватило бы на диссертацию по психиатрии. Какой интересный случай!

— Полностью согласен с вами. Даже та деталь, что лица трупов были накрашены... Я, признаться, сам заинтересовался — очень уж необычная ситуация... Оказалось, девушка его работала в салоне красоты визажистом. Тогда раскрашенные лица — еще как-то можно объяснить. Но зачем воровать тела с кладбища?

— Это совсем уж непонятно. Как и его бредовое бормотание о каком-то салоне «Санта Муэрте».

— Может, салон ритуальных услуг?

— Я тоже так решил. И даже навёл справки: никакого заведения с подобным названием в нашем городе нет...

— Если честно, — добавил, подумав, пожилой врач, — вряд ли эту тайну мы когда-нибудь раскроем. Как я говорил, он здесь уже полгода, мы сделали всё, что могли, чтобы вернуть его к нормальной жизни, но... Сами видите, коллега, — безрезультатно. У него нет серьёзных нарушений — кроме психики, конечно, и между тем организм упорно не хочет жить. Словно его тело само отвергает нашу помощь. Похоже, он так и не смог вынести потерю любимого человека. Сначала хотел оставить её рядом с собой. А когда не вышло — решил уйти вслед за ней.

— Да, действительно, странная история...

— Самое печальное — то, что и он, и она были круглыми сиротами. Получается, встретив друг друга, они обрели всё... Чтобы потерять через месяц. Этого он и не смог вынести... Жаль, но не думаю, что у такой истории будет счастливый конец.

— Да уж...

Дверь тихо закрылась, и звуки шагов зазвучали дальше по коридору.

Они уже не видели, как неожиданно взметнулась вверх крутым изломом зелёная линия на кардиомониторе. И тут же, будто сложившая крылья птица, упала вниз, вытянувшись в ровную полоску.

Струна задрожала, не выдержав напряжения, и освободилась от него резким звуком, похожим на вскрик.

Пппииии...

Судьи замерли вместе с адвокатом и прокурором, со всем душным залом суда, битком набитым любопытными жителями Росарито и Тихуаны. Они вытянулись по стойке смирно, когда открылась дверь и в зал вошла она — в лёгком белом платье, струящемся вокруг её ног.

Всё остановилось — на полуслове, полузвуке, на полуударе измученного сердца, застыло, словно кадр из кинофильма. Марионетки остались обездвиженными, и лишь Она — живая, настоящая — двигалась легко и плавно, рассекая застывшее время.

Она шла к нему.

Клетка подсудимого распахнулась, едва Она дотронулась до нее.

Камилла — ЕГО КАМИЛЛА! — стояла рядом и улыбалась самой настоящей счастливой улыбкой. Он протянул руку ей навстречу, и пальцы влюбленных встретились, коснулись, сплелись в тугой замок.

— Идем со мной! Теперь я больше никогда тебя не отпущу...

Она обняла своего любимого, и словно теплая волна коснулась его измученной души, задрожавшей вдруг будто лист на ветру. И вся боль, невыносимый груз потери и слепящее безумие, что рисовало перед его глазами странные картины, — отхлынули, смытые живительной волной.

Она была с ним. Теперь они вместе.

— Идем к океану, — прошептала Камилла, не отпуская его дрожащую ладонь.

Он сделал к ней шаг, и мрачное помещение зала суда тут же растворилось, испарившись в быстро тающей дымке.

Они стояли на берегу океана, у самой воды, а зеленое марево клубилось волнами, и белая пена ласковым котенком терлась об их ноги, будто звала поиграть.

Не оглядываясь больше назад, двое пошли вдоль берега, по-прежнему держась за руки.

Теперь уже — навсегда.

Конец

Оглавление

Глава 1. Перекресток 5
Глава 2. Маленькая тайна 12
Глава 3. Девушка из песни 16
Глава 4. Теория невероятности 19
Глава 5. Пирог с мечтой 28
Глава 6. Первое свидание 33
Глава 7. Чай втроем 41
Глава 8. Новая знакомая 50
Глава 9. Затмение 60
Глава 10. Салон «Санта Муэрте»...................................... 66
Глава 11. Сложное решение 72
Глава 12. Голубая мечта 78
Глава 13. Полуночные бодрствования............................ 82
Глава 14. Птица в полете 86
Глава 15. Неожиданное предложение 94
Глава 16. Святая Смерть 99
Глава 17. Ученик...106
Глава 18. Странные разговоры 113

Глава 19. Санитарный день 119
Глава 20. Фламенко на площади 123
Глава 21. Большая разборка в маленьком салоне 129
Глава 22. Неожиданный сюрприз 135
Глава 23. Девушка для Диего 139
Глава 24. Сюрпризы продолжаются..................................143
Глава 25. Неожиданное окончание вечера 149
Глава 26. Блуждающий огонек... 155
Глава 27. Ненаписанная книга...158
Глава 28. Неожиданные открытия 161
Глава 29. Беспокойное утро 167
Глава 30. Чудесное спасение 172
Глава 31. Почему вымерли мамонты................................177
Глава 32. Заблудший ангел и голубая молния.........................185
Глава 33. О чем не расскажут свечи 191
Глава 34. Фоторобот.. 195
Глава 35. Двое на берегу 203
Глава 36. Ночные страхи.. 209
Глава 37. Лекарство от нервов 217
Глава 38. Сгоревшее желание..221
Глава 39. Облако счастья 226
Глава 40. Из хрустальной глубины................................... 231
Глава 41. Нарушенная клятва 241
Глава 42. В клетке 249
Глава 43. Дверь в океан 256

Літературно-художнє видання

Волкер Віктор

Салон
«Санта Муерте»

Ілюстрації SPACE ONE
Верстка С. Даневич, Ю. Дворецька
Відповідальний за випуск В. Волкер

Підписано до друку 10.11.2020
Формат 60х90/16. Гарнітура Академія
Папір крейдований. Друк офсетний.
Ум. друк. арк. 16,50.

Видавництво «СПЕЙС ВАН»
Свідоцтво про внесення до Державного реєстру видавців
ДК №7056 від 18.05.2020
04070, м. Київ, вул. Іллінська, 8
+38 (063) 677-64-16, space-one@ukr.net

www.ingramcontent.com/pod-product-compliance
Lightning Source LLC
LaVergne TN
LVHW011931070526
838202LV00054B/4585